EN MORCEAUX

POUR TOUJOURS #31

E. L. TODD

Copyright © 2020 by E. L. Todd

All rights reserved.

No part of this book may be reproduced in any form or by any electronic or mechanical means, including information storage and retrieval systems, without written permission from the author, except for the use of brief quotations in a book review.

TABLE DES MATIÈRES

Chapitre 1	1
Chapitre 2	9
Chapitre 3	19
Chapitre 4	25
Chapitre 5	37
Chapitre 6	47
Chapitre 7	65
Chapitre 8	83
Chapitre 9	87
Chapitre 10	97
Chapitre 11	111
Chapitre 12	127
Chapitre 13	141
Chapitre 14	151
Chapitre 15	159
Chapitre 16	179
Chapitre 17	193
Chapitre 18	213
Chapitre 19	221
Chapitre 20	233
Chapitre 21	247
Chapitre 22	269
Chapitre 23	275
Chapitre 24	285
Chapitre 25	295
Chapitre 26	315
Chapitre 27	323
Chers lecteurs,	331
Du même auteur	333

1

Skye

Rhett était assis en face de moi dans mon bureau. Il passait tous les jours à midi, car il y avait une possibilité infime que Cayson fasse une apparition. Ce n'était pas encore arrivé, mais Rhett ne voulait pas risquer de louper le coche.

– Il a appelé ?

– Non... soupirai-je, doutant que le plan fonctionne. Il m'a raccompagnée à ma voiture l'autre soir... c'était inhabituel. Il m'évitait jusqu'à ce que tu commences à t'intéresser à moi.

– Crois-moi, ça marche.

– Ah bon ?

– J'ai laissé entendre que tu me plaisais, et il n'a pas du tout aimé.

– Mais il ne m'a rien dit...

Il m'a regardée d'un air triste.

– Donne-lui du temps. Je te promets que je vais faire revenir ton mari. Tu dois juste me faire confiance.

J'étais tellement impatiente. Ce que les autres ne comprenaient pas, c'est que cette période d'angoisse me semblait interminable. Je voulais retrouver ce que nous avions. Ma vie était si parfaite avant que je ne gâche tout.

– Je ne m'attends pas à ce qu'il me reprenne au pied levé, mais j'aimerais qu'il me donne une chance... Je pourrais lui prouver à quel point je suis désolée s'il me l'accordait.

– Il le fera, affirma-t-il. Il a fait clairement comprendre que tu es encore à lui... même si ce n'est pas le cas. Plus il te verra avec moi, plus il réalisera que je te séduirai un jour... que ce n'est qu'une question de temps.

J'avais tellement honte de faire ça. Je manipulais Cayson, mais comme ça marchait, je ne pouvais pas arrêter. Il ne semblait plus aussi fâché contre moi. Il était sombre maintenant, triste même. N'était-ce pas préférable à sa hargne ?

La voix de mon assistante est sortie de l'interphone.

– Mlle Preston ? Un homme désire vous voir.

Rhett et moi avons échangé un regard interrogatif.

Mon cœur s'est emballé.

– Qui est-ce ?

– Cayson...

Étant mon assistante, elle savait ce qui se passait dans ma vie privée. Elle comprenait l'importance de sa visite. Ma main s'est mise à trembler et la nervosité m'a soudain gagnée.

Rhett a immédiatement ajusté son costume et rapproché son siège pivotant du bureau. Puis il a hoché la tête.

– Fais-le entrer, dis-je avant de lâcher le bouton de l'interphone. Merde, qu'est-ce que je fais ?

Je paniquais comme un cafard à qui on vient de trancher la tête.

– Sois naturelle, me conseilla Rhett. Dis qu'on travaille ensemble sur le plan d'épargne-retraite. C'est tout. Je m'occupe du reste.

– D'accord...

– Enlève ton alliance.

– Quoi ? m'exclamai-je.

– Enlève-la. Tu l'as portée assez longtemps. Alors assume ton célibat et enlève-la.

– Euh...

Je n'ai jamais enlevé mon alliance. Elle faisait partie de moi.

Rhett a soutenu mon regard.

– Tu me fais confiance ?

Je n'ai pas obtempéré.

– Fais-moi confiance, Skye. Enlève-la et range-la dans un tiroir.

Je n'ai eu qu'une fraction de seconde pour prendre une décision, alors je l'ai ôtée de mon doigt et jetée dans le tiroir avant de le refermer prestement. Au même moment, la porte s'est ouverte et Cayson est entré. Quand il a vu Rhett, il s'est immédiatement raidi, visiblement contrarié. Il l'a regardé avec une hostilité perceptible.

– Salut... dis-je en essayant d'être naturelle, mais c'était difficile. Je bosse avec Rhett sur le plan d'épargne-retraite pour les salariés.

– Je ne pensais pas que ça exigeait autant d'heures de travail.

La voix de Cayson était glaciale et s'adressait à Rhett.

– Eh bien, il y a beaucoup d'employés à plein temps dans la société, déclara Rhett. Ces choses-là prennent du temps.

Il affichait une indifférence tranquille comme si la présence de Cayson ne lui faisait ni chaud ni froid. Il s'est détendu sur son siège, gardant son calme, puis il s'est tourné vers moi.

– Allons déjeuner au restau thaï d'hier. Leur bouffe est trop bonne.

Nous n'avions pas mangé thaï hier, mais j'ai joué le jeu.

– Bonne idée.

Cayson n'a pas réagi de façon perceptible, mais j'ai vu la tempête se lever dans ses yeux. Il a discrètement regardé ma main, s'éternisant sur mon annulaire avant de tourner la tête.

– Tu voulais quelque chose ? demandai-je innocemment.

Dissimuler ma détresse intérieure était presque au-delà de mes forces. Ça me tuait.

Cayson m'a fixée, puis il a jeté un regard à Rhett.

– Non, rien... dit-il en se dirigeant vers la porte. Je te parlerai plus tard.

Il est parti sans dire au revoir, manifestement très contrarié.

Une fois la porte refermée, je me suis caché le visage dans les mains.

– C'est un cauchemar...

– Non, c'est un rêve, dit Rhett, un sourire dans la voix.

J'ai baissé les mains et je l'ai dévisagé.

– Quoi ?

– Il est en train de se consumer de l'intérieur. Ce mec s'effondre littéralement.

– Et c'est un signe encourageant ?

Il s'est penché en avant.

– Absolument. Il va soit t'appeler plus tard, soit passer à la maison.

– Pourquoi ?

– Il va vouloir parler de moi.

– Comment ça ?

– Il va te demander si on sort ensemble.

– Vraiment ?

– Oui. Et surtout, réponds non. On est seulement des amis et il ne se passe rien.

– Tu penses vraiment qu'il va m'appeler ?

– Affirmatif, assura-t-il, le regard confiant. Fais en sorte qu'il comprenne que tu ne verrais personne si tôt après votre rupture. Il te faudra du temps avant d'envisager d'avoir une nouvelle aventure. Mais fais-lui comprendre que tu aimes bien passer du temps avec moi et que je suis devenu un véritable ami. Le but de la manœuvre, c'est lui montrer que tu as d'autres possibilités et qu'un jour, tu en profiteras s'il ne te reprend pas.

– D'accord...

Je crois que j'ai bien compris.

– Franchement, je pensais qu'il faudrait plus de temps pour arriver aussi loin. Mais il a bien mordu à l'hameçon.

– Il n'a jamais cessé de m'aimer...

– Ça se voit carrément.

Rhett s'est levé et a ajusté sa veste.

– Tu n'as plus besoin de mes services pour la journée. Appelle-moi quand il t'aura contactée, d'accord ?

– T'es vraiment sûr qu'il va le faire ?

Il a souri en sortant du bureau.

– Je fais ça depuis longtemps, Skye. Fais-moi confiance.

MA MAISON ÉTAIT TROP GRANDE POUR UNE PERSONNE. EN FAIT, ELLE était même trop grande pour deux. Mais y vivre seule était un crève-cœur. Je ne pouvais plus dormir dans la chambre que je partageais avec Cayson. Je me tournais et retournais dans le lit toute la nuit. Alors je dormais sur le canapé, car c'était le seul endroit qui ne me faisait pas penser à lui. Ou parfois, je dormais dans la chambre du bébé, car c'était la seule pièce de la maison qui m'inspirait des pensées positives.

Dieu merci, j'étais enceinte. Savoir que mon fils serait bientôt là était mon unique source de joie. Si Cayson et moi ne nous remettions jamais ensemble, au moins j'aurais un fils de lui. D'une certaine façon, j'aurais toujours un morceau de lui.

J'étais assise sur le canapé quand mon téléphone a sonné. Rhett a dit que Cayson appellerait, mais j'avais du mal à le croire. Il était parti tellement loin que je pensais que rien ne pourrait le ramener. Mais en prenant le téléphone, j'ai vu son nom sur l'écran.

Cayson m'appelle.

J'ai respiré à fond plusieurs fois avant de répondre. J'ai écouté le silence pendant un moment parce que j'avais oublié comment parler. Puis j'ai trouvé mes mots.

– Allô ?

Il s'est tu longtemps, comme s'il ne voulait rien dire du tout.

– Salut...

Silence gênant.

– Comment tu vas ? demandai-je, ne trouvant rien d'autre à dire.

Cayson a totalement ignoré ma question.

– Qu'est-ce qu'il y a entre toi et Rhett ?

– Pardon ?

J'étais médusée que Rhett ait si bien prédit la situation. À croire qu'il avait une boule de cristal.

– Rhett et toi. Tu sors avec lui ?

– Non.

Même si nous passions du temps ensemble, j'étais surprise que Cayson pense que je recommence à voir quelqu'un si tôt.

– Est-ce que tu me mens ? demanda-t-il d'une voix bouillonnante de rage.

– Non. Cayson, je ne peux pas m'imaginer avec quelqu'un en ce moment. Rhett est sympa et il me fait rire. On est devenus amis. Mais non, je ne sors pas avec lui. Je ne verrai personne pendant très longtemps.

Silence au bout de la ligne.

– Je suis désolée de t'avoir fait penser le contraire.

– Il t'a invitée à sortir ?

– Non.

– Il t'a proposé d'aller au cinéma.

Il a entendu ça ?

– Ce n'était pas un rencard.

En morceaux

– Skye, il est amoureux de toi. Tu ne le vois pas ?

Je devais mentir. J'étais censée le faire.

– Non. Je t'ai dit, c'est juste un ami. Je ne sais pas pourquoi ça t'intéresse de toute façon, Cayson. Tu m'as dit que nous deux, c'était fini pour de bon. Je t'ai laissé partir parce que je pensais que tu le voulais. Qui je vois et ce que je fais ne te regarde pas. Je ne t'interroge pas sur ta vie personnelle, alors pourquoi tu me poses des questions sur la mienne ?

Il a eu du mal à trouver ses mots.

– Je... Je ne vois personne. Je ne veux voir personne.

J'ai retenu mon souffle pour ne pas soupirer de soulagement.

– Moi non plus, je ne vois personne. Voilà, c'est clair.

– Est-ce que tu... l'aimes ?

– Comme ami, oui.

Entendre une pointe de jalousie dans sa voix m'a redonné espoir. Rhett m'a dit de lui faire confiance et c'est ce que je faisais. Mais c'était plus difficile que prévu. Je mourais d'envie de dire à Cayson que je l'aimais et de le supplier de revenir à la maison. Mais je savais que je ne devais pas le faire. Garder mes distances, c'est ce que Rhett a dit. Je n'ai pas agi froidement envers Cayson, mais je n'ai pas non plus agi avec empressement.

– Je dois raccrocher. On se parle plus tard.

– Euh... très bien, dit-il à regret.

Il était clair qu'il ne voulait pas raccrocher.

Je voulais lui parler pendant des heures, mais je ne pouvais pas.

– Ciao.

J'ai raccroché sans dire au revoir, puis j'ai posé le téléphone sur la table. Les larmes me brûlaient les yeux, mais je les ai retenues. C'était si difficile de feindre le détachement. J'espérais sincèrement ne pas avoir à le faire encore longtemps.

2

CAYSON

Slade m'a appelé.

– Yo, ramène ton cul ici dare-dare, dit-il avant de raccrocher.

Ici où ? Quoi ?

Il ne m'a même pas laissé placer un mot. Je l'ai rappelé.

– Où ça ?

– Chez moi.

Il m'a raccroché au nez.

Qu'est-ce qui lui prend ?

Je l'ai rappelé de nouveau.

– Slade, qu'est-ce qui se passe ?

– Tu ne peux pas juste faire ce que je dis ?

Il a raccroché une fois de plus.

J'étais habitué aux manigances de Slade, mais il agissait de façon encore plus bizarre que d'habitude. Je ne me suis pas donné la peine de le rappeler et je suis allé directement chez lui. Quoi qu'il veuille me dire, il voulait le faire en personne.

Arrivé à son appart, j'ai ouvert sans frapper. Il m'attendait, alors je suis entré. Quand j'ai vu Skye, j'ai essayé de ne pas réagir. Elle avait les cheveux bouclés et elle portait une robe ample qui mettait en valeur son ventre bombé. Il y avait un bracelet à son poignet... mais son alliance avait disparu. Elle ne la portait plus.

Mais je porte encore la mienne.

Au lieu de sa triste mine habituelle, j'ai eu droit à un regard indifférent de sa part. À croire que j'étais n'importe qui. Elle me donnait enfin l'espace que je lui avais demandé, mais maintenant que je l'avais, ça ne me plaisait pas du tout.

– Tu sais pourquoi ils nous ont invités ? demanda-t-elle.

– Non.

Je me suis approché, sentant mon pouls s'accélérer. Mon corps réagissait toujours à elle, quelle que soit ma colère ou ma tristesse. Le fait qu'elle ne porte plus son alliance me déchirait le cœur. Elle n'avait rien fait de mal, mais... ça m'affectait quand même.

– Toi ?

– Aucune idée.

Slade et Trinity sont apparus, souriants comme deux idiots — surtout Slade. Il avait presque l'air défoncé. Il tenait Trinity par la main et il l'a serrée contre son flanc en s'arrêtant devant nous.

Skye a mis la main sur son ventre.

– Je suis contente que vous soyez de bonne humeur, mais vous me foutez un peu les jetons...

Mes lèvres se sont retroussées malgré moi. Skye me faisait toujours sourire sans même essayer.

– Ouais... comme deux clowns tueurs.

Ni l'un ni l'autre n'a paru insulté.

Slade a fait comme si je n'avais rien dit.

– On a une grosse nouvelle à vous annoncer... et on voulait vous le dire avant tout le monde.

Skye et moi avons échangé un regard.

Trinity a passé le bras dans celui de Slade et ses yeux se sont embués.

– Je suis enceinte.

Ma mâchoire s'est décrochée.

Skye a étouffé un cri.

– Oh mon Dieu !

– Sans blague ? m'étonnai-je. La vache, c'était rapide.

– En fait, je l'ai mise en cloque tout seul, dit Slade en s'époussetant les épaules fièrement. On dirait que mes petits nageurs ne sont pas si fainéants que ça.

Skye a glapi.

– C'est merveilleux.

– Je sais, dit Trinity qui rayonnait comme un arc-en-ciel.

Skye l'a tout de suite serrée dans ses bras, en tournant son corps pour ne pas écraser son ventre.

– Je suis tellement contente pour toi. Je sais à quel point tu en rêvais.

– Nos enfants n'auront pas le même âge, mais presque.

Slade les observait, visiblement soulagé d'avoir exaucé le souhait le plus cher de sa femme.

Je me suis approché de lui en tendant la main.

– Félicitations.

Il a zyeuté ma main avec désapprobation. Puis il m'a attiré dans ses bras.

– Merci, vieux. Je vais être papa.

– Tu vas être un super papa. Mais ne lui fais pas un tatouage à deux ans.

Slade a gloussé.

– Trin me truciderait.

Je lui ai claqué le dos.

– Je suis content pour toi.

– Ouaip. J'ai mis ma femme en cloque. J'assure grave. J'ai joué le jeu.

– Grave, mec.

Voir mon meilleur pote aussi heureux me réjouissait. Je savais que toute cette histoire le tracassait. Mais Trinity et lui avaient surmonté les obstacles, et tout était bien qui finissait bien.

– Je me sens privilégié de l'apprendre en premier, dis-je.

– Eh ben, Trinity et moi on a un truc à vous demander...

Elle s'est blottie contre lui de nouveau.

– On sait que vous n'êtes plus ensemble, mais on a tous tourné la page et vous avez l'air de bien aller... commença-t-elle.

On avait tous tourné la page ? Tout le monde se fichait-il du fait que Skye et moi avions rompu ? L'acceptaient-ils comme si ça n'avait rien de grave ? J'avais l'air de bien aller ?

Oh non, je ne vais pas bien du tout.

J'étais malheureux comme les pierres. Elle devait seulement faire référence à Skye, ce qui m'a affligé encore plus.

– Mais on veut que vous soyez le parrain et la marraine, finit Slade. Vous en dites quoi ?

– Oh... s'attendrit Skye en s'éventant les yeux. J'arrive pas à croire que vous nous le demandez.

– Même pas besoin de demander. C'est un honneur.

– On va aimer ce bébé comme si c'était le nôtre, ajouta-t-elle.

Skye se tenait à un mètre de moi, mais j'avais l'impression que c'était douze. Nous étions en même temps unis et distants. Je le remarquais vraiment maintenant que nous acceptions cette responsabilité pour nos meilleurs amis.

– On l'aime déjà comme si c'était le nôtre, renchéris-je tout bas.

– Génial, dit Slade enthousiaste. Et vous êtes friqués, alors si on meurt, on sait que vous pourrez vous en occuper.

– Et parce que vous l'adorerez, dit Trinity en le fusillant du regard.

– Ouais, évidemment. Et vous pourrez garder notre esprit en vie. Personne ne nous connaît mieux que vous.

J'avais la gorge serrée. Slade était comme un frère pour moi. Le fait qu'il me confie cette responsabilité me touchait profondément.

– Mais espérons que ça n'arrive jamais, dis-je.

– Je suis sûre que non, ajouta Skye. Mais jamais si c'est le cas, votre bébé sera entre bonnes mains.

Je me suis tourné vers elle, mais je sentais qu'elle évitait mon regard. Notre complicité habituelle n'était plus là. Elle savait généralement à quoi je pensais sans que j'aie à le dire tout haut. Mais notre lien avait été rompu.

– Bon, je sors les bières... comme les femmes ne peuvent pas boire, dit Slade.

– J'ai du cidre, dit Trinity.

– Mieux que rien.

Il l'a suivie à la cuisine.

Je me suis tourné vers Skye, sentant mon cœur chavirer profondément dans ma poitrine. Notre belle relation n'était plus. Elle avait vraiment baissé les bras et ne me voyait plus que comme un ami. C'était ce que je croyais vouloir, pourtant c'était insoutenable.

Ma vie est tellement vide.

Elle m'a fait souffrir le martyre durant les mois où elle ne m'a pas cru. Ça m'a carrément bousillé. Mais ça me paraissait tellement insignifiant désormais. Je vivais tout seul dans mon appart tandis qu'elle était passée à autre chose et attirait déjà les prétendants.

C'est... déprimant.

Je me suis tourné vers elle.

– Au fait, je me demandais...

Elle n'avait pas dû m'entendre, car elle s'est éloignée pour rejoindre Trinity à la cuisine. Elles se sont mises à rire en se servant à boire. Puis elles ont trinqué, tout sourire. Slade était à côté d'elles, bière à la main, à admirer la joie de sa femme.

Comme un fantôme, je me tenais en retrait. C'était comme si je n'étais même pas là.

J'ÉTAIS HEUREUX POUR MON MEILLEUR POTE. VRAIMENT. TRINITY ET lui s'étaient fixé cette mission et ils l'avaient enfin accomplie. Ils étaient aux anges, et ils le méritaient bien. Slade était un peu immature et inexpérimenté, mais il ferait un excellent père. Il réussissait tout ce qu'il entreprenait, même s'il doutait de lui au début.

J'étais couché, mais je n'arrivais pas à trouver le sommeil. J'observais par la fenêtre la ville et ses lumières scintillantes au loin. La vie continuait autour de moi, mais la mienne s'était figée dans le temps. J'avais défendu mes intérêts et refusé de laisser Skye me traiter injustement.

Et voilà où ça m'a mené.

Je n'imaginais pas ma vie avec une autre femme. Encore aujourd'hui, quand je voyais une belle fille dans la rue, ça ne me faisait aucun effet. Je rêvais de Skye toutes les nuits. Elle m'obnubilait depuis toujours. Nous étions amis d'aussi loin que je me souvienne. L'idée de ne pas l'avoir dans ma vie était... terrifiante.

Je lui en voulais encore pour ce qu'elle m'a fait. Ça ne pouvait pas simplement être balayé sous le tapis. J'étais quelqu'un de bien et je ne méritais pas d'être traité ainsi. On ne se remet jamais complètement d'une telle expérience. Ça avait détruit notre relation et la beauté qu'elle contenait.

Mais c'est la femme de ma vie.

Je comprenais maintenant mon père. Il aurait dû quitter ma mère et trouver quelqu'un de mieux, mais il n'a pas pu. À quoi bon être avec la femme parfaite s'il ne l'aimait pas ? C'est ce que je ressentais pour Skye. Elle m'avait profondément blessé, mais il n'y avait personne d'autre pour moi.

Alors, je fais quoi ?

Si je continuais comme ça, quelqu'un d'autre lui ferait tourner la tête un jour ou l'autre. Il l'aimerait et la chérirait. Il lui ferait l'amour tous les soirs. Il l'attendrait à l'autel en remerciant le ciel qu'elle m'ait quitté. Car il ne l'aurait jamais eue si je ne lui avais pas tourné le dos.

Je ne peux pas laisser ça arriver.

Il était une heure du matin, mais je me suis levé et je suis sorti de chez moi.

La nuit était froide. J'ai fourré les mains dans mes poches en remontant l'allée menant à la maison de Skye. Toutes les lumières étaient éteintes, alors j'ai présumé qu'elle dormait.

Je me suis approché de la porte, mais je n'ai pas frappé. Ça la ferait flipper. J'ai sorti mon téléphone et j'ai fixé l'écran un bon moment avant de me lancer. Elle a répondu après plusieurs sonneries.

– Allô ?

Elle semblait réveillée. Sa voix n'était pas rauque ou endormie.

– Salut...

Elle est restée silencieuse à l'autre bout de la ligne, comme si elle attendait de voir ce que je voulais avant de dire quoi que ce soit.

– Je suis devant ta porte...

Un silence assourdissant régnait dehors. Tout paraissait mort l'automne et l'hiver. L'été, la vie bourdonnait. Ou peut-être était-ce silencieux parce que j'étais seul... à tous points de vue.

– Donne-moi une minute, dit-elle avant de raccrocher.

J'ai remis mon portable dans ma poche et attendu.

Quelques instants plus tard, elle a ouvert. Elle avait les cheveux en bataille et portait une longue chemise de nuit. Son ventre rond étirait le tissu de sa chemise.

– Entre... il fait froid.

Je suis entré et elle a refermé la porte derrière moi. Il y avait une couverture sur le canapé et une boîte de mouchoirs sur la table basse, à côté de son portable. On aurait dit qu'elle s'était endormie devant la télé.

Elle m'a regardé en croisant les bras. Elle gardait ses distances, attendant que je parle. J'avais du mal à la lire. C'était comme si un mur de béton nous séparait.

– Salut...

J'avais déjà dit ça, mais les mots me manquaient.

– Tout va bien ? murmura-t-elle.

– Euh... pas vraiment.

Elle a coincé une mèche derrière son oreille.

– Qu'est-ce qui se passe ?

– Je suis... vraiment mal, commençai-je en inspirant profondément. Je déteste mon appartement. Je déteste te voir passer du temps avec Rhett. Je ne supporte pas de ne pas te parler tous les jours. En gros, ma vie est devenue insupportable.

Son regard s'est attendri tristement.

– Je t'en veux tellement pour ce que tu m'as fait, Skye... encore aujourd'hui.

Elle a posé une main sur son ventre.

– Mais je déteste ça aussi. Être loin de toi... ne pas faire partie de ta vie.

Elle m'écoutait sans m'interrompre.

– On dirait que t'as baissé les bras et tourné la page. Tu ne me regardes même plus. Tu ne me pourchasses plus. Tu m'as vraiment laissé partir...

– Je ne t'ai jamais laissé partir, Cayson. Tu as été très clair avec moi quand tu m'as dit que tu ne voulais plus de moi... je fais ce que tu m'as demandé, c'est tout.

– Mais je ne m'attendais pas à ce que tu le fasses vraiment...

– J'avais l'impression d'aggraver les choses. Je ne te reproche pas d'être aussi fâché. Crois-moi, je m'en veux à mort. J'aurais dû te croire dès le début. J'ai... fait une erreur que je regretterai toute ma vie.

– Je te manque ? demandai-je hésitant.

Je craignais qu'elle dise non.

Au lieu d'avoir l'air triste ou touchée, elle a paru fâchée.

– Cayson, je suis profondément malheureuse.

– J'avais pas remarqué...

– Parce que je ne voulais pas que tu me voies dans cet état. Je savais que tu te sentirais encore plus mal.

– Oh...

J'ai mis les mains dans mes poches, debout devant elle. Maintenant que j'étais là, j'ignorais quoi dire. Je souffrais, mais c'était encore pire lorsque j'étais loin d'elle.

– J'ai beaucoup réfléchi et... je ne veux pas que ça se passe comme ça.

Ses yeux bleus fouillaient les miens.

– Je ne veux pas que tu enlèves ton alliance, continuai-je. Ou que tu traînes avec des nouveaux mecs. Ou que tu sois distante avec moi. Je ne veux rien de tout ça...

– Alors qu'est-ce que tu veux, Cayson ? chuchota-t-elle.

Je le savais depuis que j'avais mis le cap sur sa maison. Skye était la clé de mon bonheur, malgré ce qu'elle m'a fait. J'étais condamné à aimer cette femme que je le veuille ou non.

– Je veux qu'on sauve notre mariage.

Ses yeux se sont remplis de larmes et elle s'est étreint la poitrine.

– Je ne peux pas oublier ce qui s'est passé... j'ai besoin de temps.

Mais je veux qu'on répare les dégâts, toi et moi. On pourrait faire une thérapie de couple ou autre, j'en sais rien. Mais je sais que je veux qu'on soit ensemble... mari et femme.

Les larmes ont roulé sur ses joues.

– Merci.

Son émotion me disait qu'elle m'aimait autant qu'elle le prétendait.

– Merci tellement...

La voir pleurer me brisait le cœur. Je me suis avancé et j'ai essuyé ses larmes des pouces. La toucher, la sentir près de moi me redonnait vie. Ces derniers temps, j'avais l'impression d'être mort.

– Ça va s'arranger, Skye. Donne-moi seulement du temps.

– Tout ce que tu voudras.

J'ai pris son visage entre mes mains.

– Je t'aime... je ne cesserai jamais de t'aimer.

Elle a posé les mains sur les miennes et pressé mes doigts.

– Je t'aime aussi.

J'ai baissé les bras et je lui ai enserré la taille. C'était si bon de l'étreindre, de sentir son ventre arrondi contre moi. Elle s'est accrochée à mon cou et elle m'a serré comme si elle ne voulait plus jamais me lâcher.

3

Roland

Je me suis reculé au fond du canapé en croisant les bras sur ma poitrine.

– Non, oublie. Je ne le ferai pas. Hors de question.

Heath s'est assis à côté de moi, visiblement contrarié.

– Ce n'est pas le moment de te braquer.

– Je ne me braque pas, protestai-je. Je ne vais pas le laisser me traiter comme une merde. Oublie.

– Il traverse une période difficile...

– Quand je traversais une période difficile, je ne me comportais pas comme un sale con.

Heath s'est frotté le menton, puis il a poussé un soupir.

– Roland, Conrad n'a pas toute sa tête en ce moment. Tu dois être là pour lui.

– Quand il m'aura présenté ses excuses.

– Roland, je suis sérieux.

– Tu es sérieux ? répétai-je incrédule. Ma sœur est en train de divorcer. Moi aussi je traverse une période difficile. Pourquoi il n'est pas là pour moi ?

– Ce n'est pas la même chose et tu le sais.

– Il agit comme si quelqu'un était mort. Je sais qu'il aimait Lexie et tout, mais il le prend trop mal.

Heath s'est frotté les paumes.

– Comment te sentirais-tu si tu me demandais de t'épouser et que je refusais ?

Je suis resté coi.

– On est ensemble depuis longtemps et tout va bien. Mais si je disais non quand même ? Qu'est-ce que tu ferais ?

Je n'avais pas d'argument à lui opposer.

– Il pensait que c'était la bonne, sa future femme, continua Heath. Tu m'étonnes qu'il le prend mal. C'est pour ça qu'on doit être présents pour lui.

– Il m'a claqué la porte au nez.

– Je sais... il a droit à un joker pour cette fois.

Je lui ai jeté un regard noir.

– C'est ton meilleur ami depuis toujours, dit Heath. Ça ne doit pas se terminer comme ça. Alors, retourne le voir et parle-lui.

– Je n'ai pas envie de voir sa tronche pour le moment...

J'ai croisé les bras sur ma poitrine.

– Quand tu lui as dit que tu étais gay, comment a-t-il réagi ?

J'ai détourné le regard.

– Il était derrière toi à deux cents pour cent. Pas une seule fois il ne t'a traité différemment ou n'a fait autre chose que te soutenir. C'est un véritable ami, Roland. Quand on a traversé une sale période, il te marquait à la culotte comme un foutu agent de la CIA pour te protéger. Il t'aime. Il n'est pas lui-même en ce moment et tu dois l'aider.

Pourquoi Heath a-t-il toujours raison ?

– Alors allons le voir, et passons un peu de temps avec lui.

J'ai posé les mains sur mes genoux.

– Très bien.

– Ça, c'est mon Roland, dit-il en souriant avant de m'embrasser. C'est charmant quand tu fais ta tête de mule… mais on s'en lasse vite.

J'AI FRAPPÉ À LA PORTE DE CONRAD. PAS DE RÉPONSE.

– Il n'est pas chez lui.

Heath n'a pas bougé.

– Insiste. Il ne t'a peut-être pas entendu.

J'ai soupiré, puis pressé sur la sonnette.

Nous avons entendu des bruits de pas à l'intérieur.

– Et merde…

Heath ne me lâchait pas du regard, affichant un air déterminé.

Conrad a ouvert la porte en pantalon de survêtement, sans t-shirt. Son torse était ciselé et dur, sillonné de muscles. C'était mon cousin, mais pas celui de Heath.

– Pourquoi t'es toujours à poil ? m'irritai-je.

– Pourquoi tu pleurniches toujours ? rétorqua-t-il.

– Bon… on part du mauvais pied, dit Heath en s'interposant entre nous. On peut entrer ?

– Ça dépend. Vous allez encore pleurnicher ?

– Parce que tu veux crever, connard ?

– Arrête de l'insulter, ordonna Heath en entrant, me tirant derrière lui.

Conrad a refermé la porte et croisé les bras sur sa poitrine.

– Qu'est-ce que vous voulez ?

– Roland veut te parler, dit Heath. Alors, allons nous asseoir.

– Je n'ai ni l'envie ni le temps d'entendre tes reproches, râla Conrad. Ce n'est pas ma faute si t'es jaloux de ma façon de vivre.

– Jaloux ? répétai-je avec incrédulité.

Heath m'a jeté un regard noir.

– Qu'est-ce qu'on a dit ?

Je me suis mordu la joue et j'ai soupiré.

Conrad s'est assis sur l'autre canapé, semblable à une dalle de béton.

– Tu veux me dire quoi ?

Difficile de m'excuser alors que je n'en avais pas envie.

– Je m'excuse d'avoir débarqué ici... et dit des choses méchantes.

Conrad a opiné comme s'il appréciait.

– Eh bien, merci.

Il ne va pas s'excuser auprès de moi ?

Heath a lu dans mes pensées et ne m'a pas lâché des yeux.

J'ai continué.

– Je m'inquiète pour toi. T'es mon meilleur ami et je ne veux que ton bien. Je suis désolé d'y être allé un peu fort.

Conrad s'est détendu.

– C'est bon. Mon père a fait la même chose. T'es pas le seul.

– J'ai l'impression que tu perds les pédales, ajoutai-je. Tu devrais parler à quelqu'un.

– De quoi ? Je ne suis pas malheureux.

– Eh bien... je pense qu'on devrait parler de Lexie. Tu n'as pas parlé d'elle une seule fois.

Conrad n'a pas eu la moindre réaction.

– Il n'y a rien à dire. C'est fini entre nous et je ne pense jamais à elle.

– Je sais que ce n'est pas vrai...

– Mais c'est la pure vérité. Je ne sais pas pourquoi personne ne me croit.

Il était dans le déni total.

– Quand elle t'a dit non, ça a dû te blesser profondément.

– Non... ça m'a plutôt libéré.

Impossible de communiquer avec ce mec.

– Conrad, tu te livres à tous les excès sexuels en ce moment, et je ne crois pas que ça t'aide. Je pense que ça te fait du mal.

– Excès ? s'esclaffa-t-il. J'aime le sexe, c'est tout.

– Alors pourquoi tu ne te contentes pas d'une seule relation ?

– Parce qu'on s'en lasse. Je préfère avoir des partenaires différentes. Ça rend les choses plus intéressantes.

Il a posé les pieds sur la table basse.

– Je pense que tu essaies juste de refouler ce qui t'est arrivé.

– T'es mon psy, maintenant ?

– Écoute, je...

– Conrad ? s'enquit une voix féminine dans le couloir.

– Ouais, bébé ? répondit Conrad sans la regarder.

– Je peux commander du chinois ?

– Commande ce que tu veux, dit-il sans me quitter des yeux. Vous voulez quelque chose, les gars ?

– Non...

Je ne voulais pas manger avec une de ses pétasses.

– Tu as de la visite ?

Une jolie brune est apparue dans le salon, vêtue seulement d'un t-shirt de Conrad. Elle n'était pas du tout gênée.

– Ravie de vous rencontrer. Je m'appelle Georgia.

Elle a enroulé les bras autour des épaules de Conrad et lui a bécoté le cou.

Je savais exactement qui elle était : Georgia Price de *Maximal*.

– Roland. Enchanté. Voici mon copain, Heath.

– Salut, dit Georgia en agitant la main avant de se retourner vers Conrad. Je vais commander du chinois, puis prendre une douche.

– Parfait. Bon programme, dit Conrad.

Il lui a claqué les fesses tandis qu'elle s'éloignait.

Elle a gloussé.

Après qu'elle soit retournée dans la chambre, je m'en suis pris à Conrad.

– Mec, elle est mariée.

– Et alors ? J'en ai rien à foutre.

– Vous m'avez mis l'enfer quand j'ai couché avec une femme mariée, protestai-je.

Il a haussé les épaules.

– Ben, maintenant, je comprends pourquoi tu l'as fait. C'est plutôt marrant.

Ce n'était pas le Conrad que je connaissais. C'était une personne complètement différente. Il ne me parlait même pas de la même façon. Il avait été tellement bousillé qu'il était revenu dix ans en arrière. C'est comme si Beatrice et Lexie n'avaient jamais existé. Plus rien n'avait de sens ni de valeur dans sa vie. Il n'était plus qu'une coquille vide.

4

BEATRICE

Jason était gentil, séduisant et sophistiqué. Et il embrassait vraiment bien. Il n'avait rien de Jared, l'homme dont j'étais bêtement tombée amoureuse, mais c'était un bon parti. Jared finirait bien par me sortir de l'esprit et il n'y resterait plus que Jason.

Je suis arrivée au bar à vin et j'ai commencé à préparer la soirée. Nous étions seulement ouverts le soir, aussi je dormais pendant la journée. Mais ça signifiait que je travaillais jusqu'à tard dans la nuit, alors que je pourrais rester chez moi ou sortir m'amuser.

Jared m'a pratiquement sauté dessus par-derrière.

– Comment ça s'est passé ?

J'ai sursauté, posant instinctivement les mains sur mon cœur.

– Putain, tu m'as fait peur.

Il a répété sa question comme si de rien n'était.

– Comment ça s'est passé ?

– Comment quoi s'est passé ?

– Le rencard.

– Oh…

Je présumais qu'il ne voudrait pas en entendre parler. Il n'était pas vraiment du genre romantique.

— Super bien. Jason est gentil et charmant. Il me plaît.

— Il te plaît ? répéta Jared l'air dégoûté.

— Ouais... il est mignon et brillant.

— T'étais en pantalon ?

— Quoi ? sourcillai-je.

— Je t'ai dit de porter un pantalon. Tu l'as fait ?

— Non... j'étais en robe.

— Merde, maugréa-t-il tout bas.

— Jared ?

— Hmm ?

— Pourquoi t'es relou en ce moment ?

— Je ne lui fais pas confiance, cracha-t-il. Tu ne devrais plus sortir avec lui.

— Euh... tu ne le connais même pas.

— Je n'ai pas besoin de le connaître, répliqua-t-il. Je lis bien les gens. Et ce type est chelou. Ça se voit.

Même mon propre frère n'était pas aussi protecteur.

— Ouais, bon, j'ai du travail...

Je me suis éloignée avant qu'il puisse continuer ses conneries.

Dès que les portes ont été ouvertes, la foule s'est déversée à l'intérieur. Nous étions débordés en quelques minutes. J'ai fait le service aux tables tandis que Jared tenait la caisse. Beaucoup de nos clients étaient des amateurs de vin et savaient exactement ce qu'ils voulaient. D'autres voulaient en savoir plus sur les différents types de vins et cépages. Mais quelle que soit leur approche, j'aimais les servir.

Quelques heures après l'ouverture, j'ai remarqué un visage familier.

– Tu m'espionnes ?

Jason a souri.

– Ça dépend. Tu trouves ça flippant ou romantique ?

– Un peu des deux.

– Alors ouais, je t'espionne, dit-il avant de me présenter son ami. Voici Taylor. Je lui ai parlé de toi, et il voulait te voir de ses propres yeux.

– Il ne mentait pas, dit Taylor. Tu es ravissante.

– Bien, merci. Mais j'espère que vous êtes aussi là pour la cuisine.

– Et le vin, dit Jason en levant son verre. Tu devrais te joindre à nous.

– J'ai du travail, soupirai-je. C'est le désavantage d'avoir sa propre affaire… on bosse tout le temps.

– Et après le boulot ? On pourrait aller manger une crème glacée.

– J'aime la crème glacée.

– Alors, c'est un deuxième rencard ?

– Est-ce que c'est un rencard si on est trois ? demandai-je en lorgnant Taylor.

– T'inquiète, il sera déjà parti. Je doute qu'il ait envie de tenir la chandelle.

– Pas faux, dit-il. Mais je te piquerais bien ta cavalière.

– Tu peux toujours rêver, railla Jason avec une pointe de menace dans la voix.

– Eh bien, je…

– Ça suffit, intervint Jared déboulant de nulle part, la fumée lui sortant par les oreilles. Vous foutez le camp, tous les deux.

– Ouh là, quoi ? dis-je en pivotant vers lui. Qu'est-ce qui te prend ?

– Ce type te suit partout comme un gros chelou, grogna-t-il. Je veux qu'il sorte de mon restaurant.

– Jared, il ne m'embête pas, dis-je en posant les mains sur sa poitrine pour le repousser légèrement. Il me plaît. Je te l'ai dit.

– C'est un tueur en série.

– C'est si difficile à croire qu'un bel homme s'intéresse à moi ? dis-je assez bas pour éviter que Jason m'entende.

– Beatrice, j'ai un mauvais pressentiment sur lui.

– Ben, pas moi. Alors laisse-le tranquille.

Jared a serré la mâchoire, contrarié.

– Sérieux, tu me fais honte, ajoutai-je.

– J'essaie seulement de te protéger.

– Eh ben, je peux me débrouiller sans toi, Jared.

Je suis partie en trombe, ne supportant plus sa paranoïa. Il n'avait jamais été aussi protecteur avec moi, et là, ça me rebutait carrément. J'avais déjà un grand frère sur le dos, je n'avais pas besoin d'un autre chaperon.

À LA FIN DE LA SOIRÉE, JASON M'A REJOINTE AU BAR.

– Alors, cette crème glacée ?

Jared comptait l'argent dans la caisse, mais je le voyais nous guetter du coin de l'œil.

– Bien... si ton ami te le permet, ajouta Jason en lançant un regard à Jared.

– Je suis désolée... il n'est jamais comme ça.

– Ça va. Je crois que je sais ce qui le turlupine.

Il affirmait que Jared en pinçait pour moi, mais il avait tort.

– J'adorerais manger une crème glacée.

– Super. T'es prête ?

– Oui.

J'ai ôté mon tablier, puis je me suis tournée vers Jared pour lui signaler que je partais.

Mais il avait disparu.

Je rentrais à pied avec un cabas de courses dans les mains quand j'ai entendu une voix familière. Je la reconnaîtrais entre mille, l'ayant entendue pendant des années : le distinct baryton de Conrad Preston.

Debout parmi un cercle de gens devant une boîte de nuit, il riait en tapant des mains. Il portait une veste sombre et un jean étroit, et une montre de luxe était à son poignet. Il semblait différent, mais je n'arrivais pas à mettre le doigt sur ce qui avait changé. Lexie n'était pas là. Il était entouré de femmes qui louchaient sur lui.

– Conrad ?

Il s'est tourné vers moi en cessant de rire et il m'a observée comme s'il ne me remettait pas. Puis une lueur lui a traversé le regard.

– Eh ben… nom d'un chien ! Excusez-moi.

Il s'est écarté du cercle et s'est approché de moi, tout sourire.

– Salut, ma jolie, dit-il en m'enserrant la taille d'un bras et se penchant pour m'embrasser.

J'ai reculé en détournant les lèvres.

– Qu'est-ce que tu fiches ?

– Oh, allez. Ne sois pas comme ça, bébé. Je sais que t'as envie de moi.

Il s'est avancé de nouveau.

J'ai interposé mon sac entre nous.

– T'es bourré ?

– Bourré ? s'esclaffa-t-il. J'ai la patate. T'habites dans le coin, non ? Ça te dit de rattraper le temps perdu ? suggéra-t-il en remuant les sourcils.

Depuis quand Conrad est aussi... vicelard ?

– Non merci...

– Allez, je t'ai baisée seulement quelques fois avant que tu files.

Je ne pouvais pas le gifler, car j'avais les mains pleines, aussi je lui ai donné un coup de genou dans les couilles.

– Va te faire foutre.

Il a paré le coup et éclaté de rire.

– Quoi ? C'est vrai. Puis tu m'as écrabouillé le cœur comme si je n'étais rien à tes yeux. Je m'en souviens. Pas toi ?

– Où est Lexie ?

Elle pourrait peut-être le faire dessaouler.

– Lexie ? Y a personne qui s'appelle comme ça ici.

– Qu'est-ce qui s'est passé ?

– Je suis passé à autre chose — à mieux, dit-il avec un clin d'œil.

– Vous avez rompu ?

Aux dernières nouvelles, il était raide dingue d'elle.

– Ouais. C'est du passé. Et maintenant, je suis libre. Alors... on baise ?

– Non, je ne suis pas comme ça.

– Allez, on a déjà couché ensemble. Tu sais que tu prendras ton pied, dit-il en s'approchant trop près de mon visage.

Conrad était le seul homme avec qui j'avais couché, et maintenant que j'avais connu le sexe, ça me manquait. C'était l'une des sensations les plus incroyables au monde. Mais je n'allais pas le refaire avec n'importe qui, et surtout pas avec Conrad dans son état actuel.

– Tu peux dormir sur mon canapé ce soir, offris-je.

– Dormir ? La soirée ne fait que commencer. Allez, j'adore ta petite chatte.

Je lui ai donné un autre coup de genou.

Il l'a bloqué aussi.

– Tu vas devoir faire mieux que ça.

– Qu'est-ce qui t'est arrivé, bon sang ? m'indignai-je. Je ne te reconnais plus.

Pendant un instant fugace, son regard s'est empli de tristesse. J'avais touché une corde sensible cachée sous cette façade lubrique et arrogante.

– Ce Conrad-là est mort, Beatrice. T'as tué une partie de lui, et Lexie en a tué une autre. Ce que tu vois là, c'est tout ce qu'il me reste. Je suis comme n'importe quel autre mec. Et c'est exactement ce que tu voulais.

J'ignorais de quoi il parlait, mais j'en déduisais que Lexie l'avait quitté.

– Conrad, je sais que tu souffres en ce moment, mais ce n'est pas en agissant comme ça que tu iras mieux.

– Si. J'étais heureux avant que tu déboules dans ma vie et me convainques de m'engager. Et j'étais heureux avant Lexie. Les relations sont stupides, et j'ai fait une croix dessus. Voici le Conrad nouveau et amélioré. Je suis heureux pour de vrai.

– T'as l'air pitoyable.

– Alors pourquoi je souris ? riposta-t-il en pointant ses lèvres.

– Parce que tu es dans le déni. Conrad, allons chez moi discuter. Raconte-moi tout.

Il avait visiblement besoin d'une épaule sur laquelle pleurer.

– Si on va chez toi, c'est pour baiser.

Le Conrad que j'aimais était parti, ou bien il était enfoui sous les débris. Il ne m'aurait jamais parlé comme ça avant. On aurait dit qu'il ne savait plus qu'insulter les gens.

– Pas de sexe. On ne fait que discuter.

– Alors oublie, dit-il en haussant les épaules.

Je me faisais du souci pour lui. À l'évidence, il était tombé très bas, et depuis un bon moment.

– C'est non négociable. Viens chez moi et parlons.

– Non.

– Je te laisse m'embrasser, alors.

C'était plutôt innocent.

Il a penché la tête d'un côté, intrigué.

– Hmm...

J'ai attendu sa réponse.

– Soixante-neuf.

– Non. On s'embrasse et c'est tout.

– Cravate de notaire.

– Non. Ce n'est pas une négociation.

– J'ai dit du sexe et tu m'as offert un baiser. Alors oui, c'est une négociation.

– Eh bien, je suis seulement prête à t'offrir un baiser.

Il a plissé les yeux en réfléchissant.

– Très bien, finit-il par dire.

– Alors, allons-y.

– Tu sais que je renonce à une poulette pour toi ?

– Waouh, quel honneur... ironisai-je.

QUAND NOUS SOMMES ENTRÉS DANS MON APPARTEMENT, J'AI POSÉ LES courses sur le comptoir.

– Alors, commençons par le début...

Conrad a écrasé la bouche sur la mienne et m'a embrassée agressivement. Il a glissé une main dans mes cheveux tandis que l'autre me serrait contre lui.

Je l'ai repoussé.

– Oh là, attends un peu.

– T'as dit qu'on s'embrasserait.

– Mais parlons d'abord.

– Non.

Il a pressé les lèvres sur les miennes et m'a embrassée de nouveau.

Comme c'était le deal, je l'ai laissé faire. Je lui ai rendu son baiser pendant quelques minutes, sentant nos langues danser ensemble. Il était toujours aussi doué qu'avant, et ses mains me touchaient comme je l'aimais.

J'ai fini par reculer pour reprendre mon souffle.

– Bon, c'est fini.

Il a grogné.

– C'était genre, cinq minutes.

– Et c'est tout ce que je te donnerai.

Je me suis assise sur le canapé et j'ai tapoté la place à côté de moi.

Il a sauté par-dessus le dossier et atterri sur le coussin.

– Tu fréquentes quelqu'un ?

– Je ne t'aurais pas embrassé si c'était le cas.

Il a haussé les épaules.

– Qu'est-ce que ça peut foutre ?

Mince, il est vraiment tombé bas.

– Je suis allée à quelques rencards avec un type, mais rien de sérieux.

– T'as couché avec ?

– C'est personnel…

– Simple curiosité.

– Non.

– Et Jared ?

C'était une longue histoire que je n'avais pas envie d'aborder.

– On est seulement amis. Maintenant, raconte ce qui s'est passé avec Lexie.

– On a rompu. Je te l'ai déjà dit.

– Mais pourquoi ?

Il a haussé les épaules.

– J'en sais rien.

– Comment ça t'en sais rien ?

C'est quoi cette réponse ?

– Elle est partie. C'est tout.

Il évitait mon regard.

– Elle est partie… comme ça ? Elle t'a quitté et elle a disparu ?

– Je l'ai demandée en mariage et elle a refusé. C'est la dernière fois qu'on s'est parlé.

Ses mots ont résonné dans ma tête. Elle a refusé ? Il l'a demandée en mariage et elle a dit non ? Il a posé un genou à terre et lui a juré son amour éternel et… elle a craché dessus ? La douleur m'a balayée par vagues, ainsi que la rage. Je comprenais enfin ce qu'il vivait. Elle l'a brisé, dans tous les sens du terme. Il n'était qu'une ombre de lui-même.

– Je suis tellement désolée…

– Je ne veux pas de ta pitié. Je m'en suis remis.

– On ne se remet pas de ce genre de choses.

– Bah, moi si. Ça fait des mois et je n'y pense même plus. Je suis plus heureux que jamais.

J'avais mal pour lui. D'abord, je lui ai brisé le cœur. Puis Lexie l'avait fait à son tour, mais de façon encore plus cruelle. J'ai passé le bras dans le sien et j'ai appuyé la tête sur son épaule.

– Tu ne méritais pas ça.

Il est resté silencieux.

– Je suis vraiment désolée, dis-je en pressant sa main.

– Ne le dis pas à Jared, d'accord ?

– Pourquoi ?

– Je sais que Lexie et lui sont proches. Et je ne veux surtout pas qu'elle sache à quel point je suis pathétique. Tu peux me le promettre ?

Je l'ai serré de plus belle, tentant d'alléger le fardeau de sa souffrance.

– Bien sûr.

5

Jared

Beatrice était encore sortie avec lui.

Donc ce type lui plaisait vraiment ?

Il portait un blouson de cuir marron. Quel ringard.

Et il s'était pointé au bar à vin ?

Je ne l'aimais pas. Ce n'était pas un vrai homme. Qui rampe devant une femme comme ça ?

J'étais tellement mieux que lui.

Mais rien de tout ça n'avait d'importance, au fond. Je voulais Beatrice pour moi tout seul, mais je ne pourrai jamais l'avoir. Elle méritait quelqu'un de mieux que moi, quelqu'un qui pouvait garder sa queue dans son froc plus que deux secondes. J'étais condamné à répéter mes erreurs avec elle. Je la tromperais et lui briserais le cœur.

Je ne pouvais pas faire ça à quelqu'un que j'aime.

Mais renoncer à elle n'était pas facile pour autant. L'élue de mon cœur était hors de portée. J'avais enfin oublié mon ex et trouvé une femme exceptionnelle, mais je ne pouvais pas la toucher. Je n'arrivais même pas à avoir une aventure sans lendemain. Je me sentais trop vide. Mes lèvres ne désiraient personne d'autre qu'elle. Ma queue ne répondait à personne d'autre non plus, et même la plus grosse dose de Viagra du monde n'y changerait rien.

Je payais le prix de mes erreurs passées.

Et putain, je le payais cher.

Beatrice est arrivée au bar à vin avant l'ouverture. Ses épaules étaient voûtées et elle regardait par terre. Quelque chose semblait la tracasser.

Peut-être que ça n'avait pas marché avec Jason, finalement. Peut-être qu'il n'a pas voulu un autre rencard avec elle. Ou mieux encore, peut-être qu'elle n'a pas voulu un autre rencard avec lui. Peut-être qu'elle en pinçait toujours pour moi et qu'elle ne pourrait jamais partager ses sentiments.

Ça fait de moi un connard si je souhaite tout ça ?

J'ai essayé de la jouer cool.

– Quoi de neuf, B ?

– Rien, dit-elle sans me regarder.

Elle a pris son tablier et l'a attaché à sa taille, rigide comme un robot.

J'ai commencé à m'inquiéter.

– Ça n'a pas marché avec Jason ? demandai-je en essayant de contenir ma joie.

Elle est enfin redescendue sur Terre.

– Oh non, tout va bien.

Merde.

– Alors, qu'est-ce que t'as ?

Pendant un instant, elle a semblé vouloir répondre, mais elle a changé d'avis.

– Rien.

– T'es sûre ?

Elle me disait toujours tout.

– Ouais, c'est rien.

Elle a pris une bouteille de vin, puis elle s'est dirigée vers une table.

Je suis resté derrière le comptoir en me demandant ce qui clochait. Était-ce à cause de mon comportement de l'autre soir ? L'avais-je insultée ? Avais-je merdé ? Ce n'était pas le moment de poser la question, alors j'ai décidé d'attendre.

Après le dîner, il y a eu une accalmie. Beatrice est passée au bar pour stériliser quelques verres et les accrocher à sécher.

Je me suis approché d'elle nonchalamment.

– T'as pas bien dormi la nuit dernière ?

– Pas vraiment.

– Tu veux venir chez moi ce soir ?

– Pourquoi ?

Comment ça pourquoi ?

– On pourrait regarder un film ou autre. Ça t'aiderait à dormir.

– Non, ça va, répondit-elle en s'affairant toujours.

– Bon, tu me fais flipper, là. Qu'est-ce qui se passe ? B, tu peux m'en parler. Tu peux tout me dire.

– Ce n'est pas que je ne peux pas te le dire. C'est que... je ne peux pas te le dire.

J'ai arqué un sourcil.

– C'était censé être cohérent ?

Elle a soupiré comme si elle comprenait ma frustration.

– Fais-moi confiance, d'accord ? Oui, un truc m'ennuie, mais ça n'a rien à voir avec toi ni quelqu'un que tu connais.

– D'accord... mais ça ne m'explique pas pourquoi tu ne me dis rien.

– Il m'a demandé de ne rien dire.

– Qui ? Jason ?

– Non. Oublie.

Je savais qu'elle était sérieuse.

– Eh bien, je suis là si tu changes d'avis.

– Je sais, Jared.

À LA FIN DE LA SOIRÉE, NOUS AVONS FERMÉ LE BAR ET BEATRICE A verrouillé la porte.

Elle est revenue vers moi en soupirant d'épuisement.

– On n'a pas de répit, hein ?

– Jamais, pouffai-je en nettoyant le comptoir. Mais je ne m'en plains pas.

– Moi non plus. Mais on aurait peut-être dû louer un espace plus grand.

– Nan. Cet endroit a un côté pittoresque. Quand c'est plus gros, ça perd de son charme, tu sais ?

Elle a ôté son tablier et elle l'a accroché.

– J'imagine. Mais je pense qu'on devrait embaucher plus d'employés.

– Tout à fait d'accord, dis-je souriant.

Elle m'a rendu mon sourire.

J'ai senti mon cœur se réchauffer.

Des coups frappés à la porte ont interrompu notre moment. Quand j'ai tourné la tête, j'ai aperçu Jason par la fenêtre.

Cet enfoiré est comme un cafard impossible à tuer.

Beatrice a souri, le genre de sourire qui fait briller les yeux. Elle a contourné le bar et s'est dirigée vers la porte.

Ce salaud fout ma vie en l'air.

Elle est sortie pour lui parler. Ils souriaient tous les deux en discutant, comme s'ils n'avaient que des choses merveilleuses à se dire. Puis Jason a pris son visage en coupe et l'a embrassée.

Aïe.

J'ai mal.

Partout.

Je vais gerber.

Le baiser a duré au moins trente secondes avant que Jason recule.

Sans réfléchir, j'ai sauté par-dessus le bar et foncé vers la porte. Puis j'ai poussé l'épaule de Jason pour l'éloigner de Beatrice.

Il a reculé en titubant, me regardant comme s'il voulait me frapper.

– Qu'est-ce qui te prend, bordel ?

– Une araignée... sur ton épaule, dis-je en essuyant ma main sur sa manche. Je voulais juste l'écraser.

– Ben je crois que t'as réussi, grogna-t-il.

Beatrice a croisé les bras, morte de honte.

Jason me fixait comme s'il s'attendait à ce que je retourne à l'intérieur.

Je ne voulais pas les laisser seuls. Ils s'embrasseraient encore. Et je mourrais.

– Alors... New York te plaît ? demandai-je.

– Ouais, répondit-il en haussant les épaules. J'imagine.

J'ai hoché la tête.

– Tu fais quoi, déjà ?

Beatrice m'a foudroyé du regard.

– Jared. Retourne dans le bar que je puisse parler à Jason.

Je devais trouver un moyen de saboter leur rencard.

– Euh... Vous savez que les scientifiques ont développé la technologie sonar en étudiant les chauves-souris ? Apparemment, elles émettent des ultrasons pour s'orienter dans l'obscurité.

Jason a cillé.

On aurait dit que Beatrice voulait hurler.

– Jason, je t'appelle plus tard. J'ai besoin d'avoir une conversation avec Jared...

Au moins, j'ai réussi à le chasser.

– D'accord. À plus.

Il a mis les mains dans les poches en s'éloignant.

Beatrice était furax. De la vapeur lui sortait par les oreilles et ses yeux lançaient des couteaux. Elle semblait se demander si elle devrait plutôt me gifler ou me donner un coup de genou dans les couilles. Je ne l'avais jamais vue aussi fâchée. Elle me rappelait ma mère lorsqu'elle me surprenait à faire entrer des nanas dans ma chambre la nuit. Beatrice ne disait rien, mais son silence était d'autant plus terrifiant.

– C'est quoi ton problème, putain ? grogna-t-elle en tapant du pied comme une gamine. Jason me plaît vraiment, et tu fais exprès de saboter notre interaction chaque fois que je le vois. Tu ne le connais même pas, mais tu le prends pour un...

Soudain, je lui ai empoigné le visage et je l'ai embrassée. Une main s'est plantée dans ses cheveux tandis que l'autre épousait sa nuque. Mes lèvres bougeaient contre les siennes, comme mues par leur propre volonté. Je chérissais sa bouche comme le trésor le plus précieux. Je n'ai pas réfléchi avant de le faire. Je n'ai fait que suivre mon instinct.

Beatrice m'a rendu mon baiser presque immédiatement. Elle a d'abord hésité, ébranlée, mais elle m'a vite donné la même intensité que je lui donnais. Elle a enroulé les bras autour de mon cou et écrasé son corps contre le mien. En sentant ses nichons contre ma poitrine, je l'ai serrée de plus belle pour les sentir encore mieux.

Je l'embrassais comme je voulais le faire, sans penser à toute la merde que ça pourrait déclencher entre nous. Je la prenais, car j'avais besoin d'elle. La voir avec un autre mec, aussi génial soit-il, me tuait. Elle m'appartenait, même si je ne l'avais pas officiellement revendiquée. Je ne pouvais pas lui donner ce qu'elle méritait, mais ça ne m'empêchait pas de la désirer plus que tout. C'était ma meilleure amie au monde, la seule fille à qui je pensais en me branlant et celle que j'appelais à l'improviste pour parler de tout et de rien.

Quand les choses se sont corsées, réalisant sûrement que nous nous pelotions passionnément sur le trottoir, Beatrice a reculé. Ses lèvres étaient rouges et gonflées, et elle avait les cheveux en bataille. Elle a repris son souffle.

– Attends, là... quoi ?

Le baiser n'a pas répondu à ses questions ?

– Je ne comprends pas, dit-elle en secouant la tête. Je t'ai embrassé et...

– Je suis un sale menteur.

Je ne voulais pas parler. Je voulais l'embrasser de nouveau — partout.

– Bien sûr que je ressens la même chose pour toi. Tu crois que je passerais le plus clair de mon temps avec toi si je ne...

Je ne pouvais pas finir cette phrase. Lui donner trop d'informations trop vite risquait de la faire fuir.

Au lieu de se réjouir, elle a semblé perplexe.

– Alors pourquoi tu ne me l'as pas dit ? Pourquoi tu m'as blessée ?

– Je voulais te blesser à ce moment-là pour éviter de le faire plus tard.

Elle a coincé une mèche de cheveux derrière son oreille, manie qu'elle avait lorsqu'elle était nerveuse.

– Je ne peux pas être avec toi... même si je ne veux que ça.

– Pourquoi pas ? chuchota-t-elle.

– Tu ne devines pas ?

– Non...

– Je suis infidèle. Je suis un menteur. J'ai détruit Lexie et je lui ai brisé le cœur. Qu'est-ce qui te fait croire que je ne te ferai pas la même chose ? Je tiens tellement à toi, Beatrice. La dernière chose que je veux, c'est te faire du mal.

– Tu ne ferais jamais ça — ni à moi ni à personne.

– Ben, je l'ai déjà fait.

– Et tu es différent maintenant.

– Pour le moment... mais dans un an ? Et si je recommençais mes conneries ?

– Tu ne le feras pas.

– Comment tu peux dire ça ?

– Parce que je te connais, Jared. Arrête de te flageller pour une erreur que tu as commise il y a des années. Tout le monde mérite une deuxième chance. Je ne serais pas... je ne ressentirais pas ce que je ressens pour toi si je n'y croyais pas.

– Et si tu te trompes ?

– Je ne me trompe pas.

J'ai croisé les bras.

– J'en pince pour toi depuis... un an déjà. Je pense tout le temps à toi. T'es la plus belle femme que j'ai jamais vue. Et tu me pensais insensible à ton charme ?

– Je... je ne sais pas.

– Je suis fou de toi, dis-je en serrant les poings. Quand je t'ai vue avec Jason, j'ai pété un plomb. Je veux être le seul à pouvoir te toucher.

J'avais sans doute l'air d'un psychopathe en ce moment.

– Moi aussi j'en pince pour toi.

Je fixais ses lèvres, mais je me suis retenu de l'embrasser.

– Essayons, Jared.

J'ai reculé, car je ne me faisais pas confiance.

– Non. Je te ferai du mal. Je suis un salaud. On le sait tous les deux.

– À quand remonte ta dernière conquête ?

– Euh... je ne sais pas trop... avant de te rencontrer.

– Et tu n'as couché avec personne depuis ?

– Je viens de le dire, m'irritai-je.

– Pourquoi pas ?

– J'en sais rien, répondis-je. Je n'en avais pas envie, c'est tout.

– Et ça n'avait rien à voir avec moi ?

Elle me regardait comme si elle savait quelque chose que j'ignorais.

– J'imagine...

Beatrice était certainement la seule femme que je voulais dans mon lit. Quand je fantasmais, c'était toujours sur elle. À vrai dire, je ne pensais qu'à elle. Elle occupait entièrement mon cœur et mon esprit.

– Alors, tu n'as pas à t'inquiéter, Jared. Si tu peux m'être fidèle pendant un an alors qu'on ne sort même pas ensemble, alors tu peux le faire si on est en couple.

– Je ne sais pas...

– Moi si, dit-elle en s'approchant de moi, son parfum me montant aux narines. Essayons, Jared. Je ne veux que toi.

– Et Jason ?

Elle a haussé les épaules.

– Il est sympa, mais il n'est pas toi.

Ma poitrine s'est gonflée.

– Ah ouais ?

Elle a opiné.

– Beatrice, je sais ce que j'éprouve pour toi, mais ça ne veut pas dire que je me fais confiance. Je veux être avec toi, mais j'ai peur de te blesser.

– Une chose à la fois.

– Mais...

– Ferme-la, Jared.

J'ai obtempéré.

– Si on n'essaie pas, on ne fera que tourner autour du pot. Je sais que tu ne me ferais jamais de mal. Aie un peu confiance en toi, comme moi. Si je n'ai pas peur, alors tu n'as rien à craindre non plus.

Nous n'étions pas du même avis là-dessus.

Elle a appuyé la tête sur ma poitrine et a écouté mon cœur.

– Tu es un type bien, Jared. Je le sais.

J'ai machinalement enserré sa taille fine comme je l'avais fait des centaines de fois. Comment pouvais-je renoncer à mon seul désir ? Si je ne la prenais pas, je ne ferais que saboter toutes ses futures relations. Je savais que je devrais résister, mais j'en étais incapable. J'étais tombé trop bas.

Et je ne remonterais jamais à la surface.

6

Slade

– Papa !

Tout le monde s'est figé dans la boutique quand j'ai franchi le seuil. Même les clients m'ont dévisagé, pensant probablement que j'étais un clodo maboul déboulant de la rue.

Papa, debout derrière le comptoir, a sourcillé quand il m'a vu. Il était habitué à mon côté excentrique et déjanté, mais là, il a été pris par surprise.

J'ai écarté les bras et fait une petite danse.

– Je vais être père ! Je vais être un putain de père. P-È-R-E. Moi, chantonnai-je en pointant ma poitrine du doigt. Eh ouais, j'ai mis ma femme en cloque. Sans l'aide de personne, baby.

Les clients me fixaient sans comprendre.

La confusion de papa s'est dissipée et il a souri.

– T'es sérieux ?

– Ouaip. On est allés chez le doc il y a quelques jours. Trinity est enceinte jusqu'au cou. Alors, je suis un homme ou pas ? demandai-je en frappant le comptoir.

– Oui, t'es un homme, dit-il juste pour me faire plaisir, mais il souriait toujours.

– T'es fier de moi ?

– Je suis toujours fier de toi. Félicitations.

Il a sauté par-dessus le comptoir et m'a pris dans ses bras.

Je lui ai claqué le dos pour le remercier avant de m'écarter.

– On n'a même pas eu besoin d'éprouvette. Je l'ai foutue en cloque tout seul, me vantai-je en époussetant mon épaule. Nageurs lents, mon cul.

Papa a jeté un œil à la clientèle, puis il s'est retourné vers moi.

– On devrait peut-être parler de ça plus tard.

– Ouais, si tu veux. Je fais le tour des popotes pour le dire à tout le monde.

– Bon courage.

J'ai étreint mon père de nouveau, ce qui l'a pris au dépourvu.

– Merci pour... tu sais... m'avoir dissuadé de...

Il m'a serré et a posé une main derrière ma tête.

– Je suis là pour ça. Et tu feras pareil pour ton petit. Va répandre la nouvelle, dit-il en m'ébouriffant les cheveux.

Je l'ai salué avant de partir.

J'ai fait irruption dans le bureau de Ward. Il était assis derrière son bureau, un client en face de lui. Il était clair qu'ils étaient en rendez-vous d'affaires. Ward a levé les yeux vers moi et s'est immédiatement montré inquiet.

– Slade ? Tout va bien ?

– Je vais avoir un bébé ! criai-je en levant les bras en l'air. On l'a fait. Trinity et moi, on va avoir un bébé.

Ward ne savait manifestement pas comment réagir.

– Euh... c'est super. J'ai cru qu'il y avait un problème pour que tu viennes ici.

En morceaux

– Nan. Je voulais juste t'annoncer la nouvelle. J'ai mis ma femme en cloque, dis-je à l'intention de l'homme assis face à lui.

– Félicitations...

Cette conversation le mettait visiblement mal à l'aise.

– Bon, je vais le dire à Sean et Mike.

J'ai agité la main pour les saluer.

– Ben, félicitations, dit Ward. Je suis très heureux pour toi.

– Je suis formidable, je sais.

J'ai fait un clin d'œil, puis je me suis dirigé vers ma prochaine destination. J'ai remonté le couloir et je suis arrivé dans le secteur du bâtiment réservé à la direction, là où bossaient tous les célèbres Preston. Assistants et secrétaires se promenaient dans les couloirs, en faisant leur travail. Je suis entré dans le bureau de Sean, car c'était le premier.

– Yo, oncle Sean.

Il était au téléphone.

– Je peux te rappeler, John ? dit-il avant de raccrocher et se lever. Tout va bien, Slade ?

Il a mis les mains dans ses poches. Évidemment, il supposait qu'un truc n'allait pas.

– Oui. J'ai une super nouvelle.

– Je t'écoute.

– J'ai mis ma femme en cloque.

Sean est resté sans réaction un court moment. Puis son visage a changé et il m'a fait un sourire surpris.

– J'ai fait un bébé à ma femme. J'assure grave.

– C'est magnifique, Slade. Je ne savais pas que vous essayiez.

– Putain, on essayait comme des fous. Depuis que Skye est tombée enceinte, on n'a pas chômé.

Il a fait le tour du bureau et m'a serré dans ses bras d'un geste paternel.

– C'est super. Félicitations. C'est la meilleure nouvelle que j'ai entendue depuis longtemps. Je suis très heureux pour vous deux.

– Je suis emballé. Et Trinity est heureuse. J'aime la rendre heureuse...

Sean a souri.

– Je connais ça. Je me souviens des larmes de Scarlet quand elle a appris qu'elle attendait Skye... et elle a pleuré encore quand elle a su pour Roland. C'est un sentiment formidable, dit-il en me prenant par l'épaule. Quand on se marie, on vit pour l'autre. Et quand les enfants arrivent, on ne peut pas partager cet amour entre eux. Il faut l'amplifier pour qu'ils en aient tous la même quantité.

– Merci pour le conseil.

Il a haussé les épaules en signe de gratitude.

– Mike est excité ?

– Je ne lui ai pas encore dit. Il est le prochain sur ma liste.

– Tu me l'as dit en premier ? s'enquit-il surpris.

– Je fais le tour des bureaux. J'ai commencé par Ward, et maintenant je vais taper à la porte de Mike et de Cortland.

– Oh, je vois. Eh bien, Mike sera très heureux. Vu que Conrad n'est pas près d'avoir des enfants... ce sera une bonne nouvelle.

– C'est sympa de pouvoir lui dire que j'ai mis sa fille en cloque sans recevoir son poing dans la figure.

Sean a pouffé.

– Tu l'aimes, c'est le principal.

– Bon. Je vais lui dire.

Je l'ai salué et je suis sorti.

– Bonne chance.

J'ai marché jusqu'au bureau de Mike et je suis entré sans toquer. Il était en train de frapper une balle de golf sur le green miniature dans son bureau. Il ajustait son tir quand j'ai fait irruption.

– Hé, tu ne devineras jamais.

Mike a raté son tir et la balle a roulé hors du parcours. Il s'est tourné vers moi, très irrité.

– Tu ne pouvais pas attendre une seconde ?

– Si tu veux jouer au golf toute la journée, prends ta retraite.

– C'est un luxe que je n'ai pas pour le moment, dit-il en rangeant son club dans le sac. Qu'est-ce qu'il y a ?

Je me tenais bien droit, le visage balafré d'un grand sourire.

Mike a levé un sourcil.

– T'as avalé un clown ?

– Non. Trinity et moi on va avoir un bébé.

Son attitude moqueuse a disparu instantanément. Il s'est raidi de façon perceptible et a perdu sa voix, comme s'il avait trop à dire pour trouver ses mots.

– Un bébé ?

– Ouaip. On l'a appris l'autre jour.

– Trinity va avoir un bébé ? répéta-t-il comme s'il n'arrivait pas à le croire.

– Ouais. Dans neuf mois, il y aura un mini Slade qui fera des siennes. Ou une mini Trinity.

Il a inspiré à fond, avant de cligner des yeux plusieurs fois. Puis il a posé les doigts sur ses lèvres et baissé les yeux. Les secondes de silence se sont égrenées. Il semblait prendre un moment pour lui. Puis il a levé les yeux et m'a regardé d'un air ému.

– Je vais être grand-père.

– Ouaip. Félicitations.

Mike m'a pris dans ses bras et étreint. Il m'a tapé fort dans le dos et serré contre lui comme il le faisait avec Conrad.

– Je suis tellement heureux. J'ai hâte de le dire à Cassandra. Elle va chialer comme une madeleine.

– C'est censé être une bonne nouvelle...

– Les bonnes nouvelles la font toujours pleurer, dit-il en s'écartant, poussant un grand soupir. C'est formidable... vraiment formidable.

Il s'est raclé la gorge.

– Je suis super content. Je l'ai fait tout seul. On n'a pas eu besoin d'insémination artificielle.

– Eh bien, tant mieux.

– Et Trinity est si heureuse. Elle voulait un bébé depuis longtemps.

– Je le sais.

– Ben voilà... je vais être papa. J'ai déjà des conseils à te demander.

– Demande-moi n'importe quoi. Je serai ravi de pouvoir t'aider.

– Je vais lui donner un prénom cool, comme Tiger.

– Et si c'est une fille ? demanda Mike.

– Jaguar ? *Ce serait super cool.* Mais franchement, j'espère qu'on n'aura pas une fille. Ça a l'air trop galère...

Mike a pouffé.

– J'ai eu des maux d'estomac à cause de Trinity, dit-il en me regardant d'un air entendu.

L'interphone s'est enclenché.

– Monsieur, votre fille est là.

– Parfait, dit Mike. Qu'elle entre. Tu vois, dit-il en se tournant vers moi, même ma propre fille n'entre pas sans se faire annoncer.

– C'est une trouillarde, voilà pourquoi.

Trinity est apparue, rayonnante comme les illuminations de Noël.

– Bonjour, papa...

Elle a tressailli en me voyant, ne s'attendant visiblement pas à me trouver ici.

– Slade ?

– Il vient de m'annoncer la nouvelle. Félicitations, ma chérie, se réjouit Mike en la serrant dans ses bras. Je suis tellement heureux pour vous. Tu vas être une jolie maman.

– Merci... Tu lui as dit ? ajouta-t-elle en me lançant un regard accusateur.

J'aurais dû me taire ?

– Ouais. Je l'ai dit à tous ceux qui veulent bien m'écouter. Je l'ai dit à mon père, à Ward, à Sean...

Les yeux de Trinity ont lancé des éclairs.

– Et tu as décidé de le dire à mon père ?

– Et alors ?

Qu'est-ce que j'ai fait ?

Mike s'est éloigné, désireux de ne pas prendre part à la dispute.

– Je voulais lui dire moi-même, dit-elle d'une voix blessée. Et toi, tu débarques ici et tu déballes tout ?

– Désolé... je ne savais pas.

Sincèrement.

– On aurait au moins pu lui dire ensemble, protesta-t-elle.

– Je ne savais pas... j'étais tellement excité. Pardon, j'ai pas réfléchi.

J'ai merdé ? On allait enfin avoir un bébé, et j'ai encore foiré. J'ai gâché son effet d'annonce en ouvrant ma grande gueule.

– Bébé, je suis désolé...

Sa colère s'est évanouie quand elle a vu ma sincérité.

– C'est pas grave... je sais que tu voulais bien faire.

Quand elle a cessé de me fixer d'un œil noir, j'ai su que j'étais sauvé.

– Eh ben, on peut lui dire une deuxième fois, ensemble...

Mike est revenu vers nous, voyant que l'orage était passé.

– Tu n'imagines pas à quel point je suis heureux, s'exclama-t-il en matant son bidon comme s'il s'attendait à voir un ventre rond. Ta mère va sauter de joie quand je lui dirai.

Trinity s'est rapprochée de moi.

– On est fous de joie aussi. Ça fait longtemps qu'on essaie.

– Et le voilà enfin, dit Mike. Le fils de Skye et ton bébé ne seront pas trop éloignés loin de l'autre.

– Oui, bicha Trinity en se caressant le ventre. J'espère qu'on aura des jumeaux.

– Pas moi, dis-je. Ça serait beaucoup trop pour toi.

– Qu'est-ce que t'en sais ? Comme on aura quatre enfants, ça ira plus vite si on en a deux en même temps.

Ma tête a pivoté vers elle.

– Hein... quoi ?

– Quoi ? demanda-t-elle le visage impassible.

– Quatre enfants ?

Je ne suis pas du tout d'accord.

– Oui, dit-elle comme si nous venions de nous mettre d'accord sur le nombre.

– Doucement... je n'ai pas signé pour quatre gosses. C'est beaucoup trop.

– Je veux une grande famille.

– Eh bien, je veux pouvoir dormir et tout ça.

Elle est malade ? Quatre gosses ? C'est de la folie.

– On engagera une nounou quand ça deviendra compliqué.

– Je ne laisserai pas une inconnue élever mes enfants.

C'est hors de question.

Mike a levé la main.

– Je suis disponible. Cassandra et moi voulons la place.

Je l'ai regardé d'un air hésitant.

– Il n'est pas beaucoup mieux... nos enfants vont devenir des psychopathes.

Mike a souri comme s'il pensait que je blaguais.

Mais je suis sérieux.

– De toute façon... Bon, concentrons-nous plutôt sur le bébé, dit Trinity qui ne voulait manifestement pas avoir deux disputes en l'espace de cinq minutes.

– Tu crois que c'est un garçon ? demandai-je en posant ma main sur son ventre comme si ça allait m'apprendre quelque chose.

– J'en sais rien... mais j'espère que c'est une fille.

J'ai grimacé.

– Putain, j'espère que non.

– Pourquoi ? se désola Trinity. Qu'est-ce qui ne va pas avec une adorable petite fille ?

– Les garçons. Voilà ce qui ne va pas.

Elle a levé les yeux au ciel.

– Réfléchis, Trinity. Si elle te ressemble, on va au-devant des emmerdes.

– Tu fais un bond de dix-huit dans le futur. Concentre-toi sur le présent.

– Dix-huit ans ? T'étais super bien roulée quand t'avais quatorze ans. Désolé, je dis ça, je dis rien, ajoutai-je en jetant un coup d'œil à son père après avoir réalisé la teneur de mes propos.

– Arrête ton char, Slade. Tu aimerais ta fille si t'en avais une.

– Ouais... je l'aimerais un peu trop.

Ma vie serait un cauchemar. Si un type la regardait, je lui sortirais mon Krav Maga et je le déchirerais. Il n'aurait plus de dents ni de bras quand j'en aurais fini avec lui.

Trinity s'est tournée vers son père et a levé les yeux au ciel comme si je ne la voyais pas.

Mike a pouffé.

– Je comprends sa douleur. J'ai élevé une très belle fille et c'était très chiant.

– Je n'étais pas chiante, protesta Trinity.

– Pas toi en particulier, dit-il. J'en ai chié... et, mais finalement, ça en valait la peine. Tu es marié à un mec extra et vous allez avoir un bébé. Je peux enfin dormir tranquille.

– Alors, je n'aurai pas une vraie nuit de sommeil avant que toutes mes filles soient mariées ?

Quelle perspective effroyable.

Mike a répondu d'un haussement d'épaules.

– Génial... dis-je d'une voix pleine de sarcasme.

– Va le dire à ton frère, déclara Mike. Peut-être qu'une vraie joie le fera sortir de... l'enfer qu'il traverse.

Il a croisé les bras sur sa poitrine, et ses yeux ont exprimé la colère.

– Qu'est-ce qu'il a encore fait ? s'enquit Trinity.

– Tu veux dire *qui* s'est-il encore fait ? corrigeai-je.

– Vous connaissez Georgia Price ? demanda Mike.

Elle était mannequin dans *Maximal*, mais j'ai feint l'ignorance. Je matais ses photos avant que Trinity entre dans ma vie et me subjugue par sa beauté.

– La mannequin ? dit Trinity.

Je n'étais pas surpris qu'elle la connaisse. Elle était assez célèbre et les top-modèles n'avaient pas de secret pour Trinity.

– Ouaip, grogna Mike. La mannequin mariée.

– Tu déconnes, m'esclaffai-je. Conrad se la tape ?

– Régulièrement, soupira Mike en se frottant la tempe.

– Elle n'est pas mariée avec cet agent célèbre ? demanda Trinity.

– Si. Mais ton frère s'en fout... complètement.

Trinity a baissé les yeux.

– Ouah... il a vraiment touché le fond, hein ?

– Six pieds sous terre, confirma Mike.

– Je peux essayer de lui parler, proposai-je. Moi aussi, j'étais un tombeur.

– J'ai déjà essayé, soupira Mike. Roland a essayé... Sean aussi... on doit juste serrer les dents et espérer que ça passe.

– Et Lexie ? demandai-je. Quelqu'un a des nouvelles ?

Trinity explosa comme une bombe.

– Cette putain de salope n'a pas intérêt à montrer sa sale gueule par ici, sinon je lui arrache ses beaux cheveux blonds et je les lui enfonce dans le...

– Holà, bébé.

J'ai levé la main pour la faire taire.

La vapeur lui sortait par les oreilles et elle avait les joues rouges.

– Bref, elle ferait mieux de ne plus jamais l'emmerder. On ne fait pas un coup pareil pour revenir comme si de rien n'était.

Mike avait les yeux ronds comme s'il n'avait jamais entendu sa fille jurer comme une charretière.

– Je doute qu'elle revienne, dis-je. Ça fait des mois et on n'a pas entendu un seul mot d'elle.

Enfin, il y avait cette lettre qu'avait Roland... et que personne n'a lue. Je me demandais maintenant si nous devrions lui donner. Ou s'il était préférable de l'enterrer.

– T'as eu de ses nouvelles, Mike ?

– Non. J'espère ne pas tomber sur elle. Je ne saurais pas quoi lui dire.

Les yeux de Trinity s'enflammèrent de nouveau.

– Tu pourrais lui dire d'aller se...

– Bébé, tu vas être maman, l'interrompis-je avant qu'elle puisse prononcer un chapelet de gros mots.

Elle a pincé les lèvres.

– Allons le dire à Conrad.

Nous devions changer de sujet avant que Trinity ne décide de la traquer et de mettre à exécution toutes ses menaces.

– Bonne idée.

Mike a tapoté l'épaule de Trinity pour tenter de la calmer.

Nous sommes passés du bureau de Mike à celui de Conrad. Il avait ses pieds sur son bureau et tapotait sur son téléphone.

– T'es occupé ? demandai-je.

– Je joue au Scrabble avec Theo, dit-il sans lever les yeux de l'écran. Donnez-moi un mot de deux lettres avec un W.

Trinity a haussé les épaules.

– Wi...fi ?

– Wu, dis-je.

– C'est quoi wu ? demanda Conrad.

– Une langue chinoise.

Il a joué le mot.

– Cool, ça marche. T'es bien plus malin que t'en as l'air, Slade.

– Je sais. On me le dit tout le temps.

Il a posé son téléphone.

– Alors, quoi de neuf ? Qu'est-ce qui vous amène ici ? Un déjeuner ?

– Non, on a quelque chose à te dire.

J'ai passé un bras autour de Trinity et je l'ai tirée contre mon flanc.

J'allais la laisser l'annoncer à son frère vu que j'avais gâché la surprise avec son père.

Trinity n'était plus remontée contre Lexie. Elle se tortillait d'excitation.

– On va avoir un bébé ! glapit-elle.

Conrad a reposé ses pieds par terre et s'est levé.

– Sérieux ? Je vais être tonton ?

– Ouaip, dis-je le visage fendu d'un immense sourire.

Il a brandi un poing victorieux.

– C'est génial. Un truc de malade.

Il a fait le tour du bureau et pris Trinity dans ses bras.

– Félicitations, sœurette. Je suis heureux pour toi.

– Merci, dit-elle en posant la tête sur son épaule, s'abandonnant à l'étreinte.

Il lui a tapoté le dos.

– Je sais que tu essayais depuis un bout de temps. J'étais sûr que ce jour viendrait.

– Merci, murmura-t-elle encore. Tu vas être un oncle génial.

– Ouais, je sais, pouffa-t-il.

Il s'est écarté de Trinity et tourné vers moi. J'ai tendu la main pour serrer la sienne.

– On est très heureux tous les deux.

Il a maté ma main comme si c'était un serpent. Puis il m'a pris dans ses bras.

– Merci d'être l'homme que ma sœur mérite. Je doutais de toi avant, mais je me trompais carrément. Et je sais que tu seras un bon père.

Je ne m'attendais pas à des paroles aussi gentilles de la part de mon beau-frère. Sa sincérité m'a profondément touché.

– Merci, dis-je ému jusqu'aux larmes comme une gonzesse. Je fais toujours de mon mieux.

Il m'a tapé l'épaule avant de s'éloigner.

– Je dois me préparer sérieusement...

– Pour quoi ? demanda Trinity.

– Pour le pourrir avant même qu'il naisse. Ou elle.

– C'est une fille, lâcha Trinity.

– Comment tu peux le savoir ? s'étonna Conrad. T'es enceinte depuis genre un jour.

– Je le sais, c'est tout. Et j'adorerais avoir une petite fille.

J'ai regardé Conrad en secouant la tête.

– De quoi te filer des maux d'estomac, pouffa-t-il.

– Je suis jaloux que Cayson ait un garçon, dis-je. Ce sera tellement facile.

– On ne peut pas savoir, dit Trinity. Regarde-toi ; tu étais un cauchemar à élever.

– Pas faux, admis-je, incapable de démentir ce point.

La porte s'est ouverte et Skye est entrée.

– Papa vient de me dire que vous étiez là.

– On vient juste d'annoncer la nouvelle à Conrad, expliquai-je.

Skye l'a pris dans ses bras.

– Oh. Félicitation, Conrad. Tu seras un super oncle.

– Tu l'as su avant moi ? s'étonna-t-il.

Elle a pris un air gêné, puis a menti au pied levé pour ne pas nous mettre dans la mouise.

– Eh bien... j'étais là quand Trinity a fait le test de grossesse.

Trinity et moi lui avons souri avec gratitude.

– Oh, d'accord, se calma immédiatement Conrad. C'est assez génial. J'adore les enfants.

– Et tu seras un super tonton pour le mien aussi, dit Skye en posant la main sur son ventre, qui était devenu énorme.

– Maintenant, on a trois bébés dans la famille, dit Conrad. C'est un truc de fou.

Skye s'est tournée vers moi.

– Je peux te parler une seconde quand tu auras fini ?

J'ai supposé que ça avait un rapport avec Cayson, qui commençait à être vraiment casse-couilles.

– Ouais, pas de problème. On a fini.

– Sûr ? Je ne veux pas vous interrompre…

– Non, c'est bon, confirma Trinity.

Skye a souri comme si elle ne pouvait plus garder son secret.

– Cayson est venu l'autre soir…

– T'as couché avec lui ?

Ça arrangerait tout.

Elle a continué.

– Non, on a…

– Il t'a reprise ? s'enquit Trinity.

Skye s'est tournée vers elle.

– En fait, on…

– Il est revenu au bercail ? intervint Conrad.

Skye a tapé du pied.

– Laissez-moi parler.

– Désolé… dis-je en zippant mes lèvres.

– Il est venu à, genre, une heure du mat et on a parlé pendant un moment. En gros, il a dit qu'il m'en voulait encore, mais qu'il ne peut pas s'empêcher de m'aimer et qu'il ne veut pas qu'on divorce… et qu'il se méfie de Rhett.

– Ouais ! m'exclamai-je en me frappant la poitrine. Oui putain ! Je savais que ça marcherait. Alléluia.

Trinity a applaudi.

– Alors vous allez arranger vos histoires ?

– Oui.

Skye souriait, et c'était un vrai sourire. Ces derniers mois, tous ses sourires étaient forcés et pleins de tristesse.

– Je te suis tellement reconnaissante, dit-elle en me prenant dans ses bras. Je te dois tout.

Je n'aimais pas les câlins d'autres personnes que ma femme. Ça me mettait mal à l'aise. Mais je l'ai laissée faire parce qu'elle était ma cousine et avait besoin d'affection. Je lui ai tapoté le dos.

– Je t'ai dit que tout s'arrangerait. Il aurait fini par revenir, mais ça aurait pris plus de temps.

– Et chaque seconde m'aurait semblé interminable, soupira-t-elle en me lâchant enfin, les yeux larmoyants.

– C'est bien, dit Conrad. Ça ne tournait pas rond sans vous deux ensemble... c'était vraiment bizarre.

– Alors, quelle est la suite ? demanda Trinity. Qu'est-ce que tu vas faire ?

– Je ne sais pas. Je ne veux pas lui mettre la pression, vous voyez ?

– Bonne idée, dis-je.

– Et avec ton père ? demanda Trinity. Ils sont réconciliés ?

Le visage de Skye s'est assombri.

– Je ne suis pas sûre que Cayson lui pardonnera un jour. Je vais y travailler, mais on doit d'abord reconstruire notre couple.

J'ai approuvé.

– Ouais. Attends vraiment que vous soyez bien ensemble pour t'y atteler. Il pardonnera à Sean, mais certainement pas du jour au lendemain.

Conrad secoua la tête.

– Je ne sais pas... J'aime oncle Sean, mais ce qu'il a fait était dégueulasse.

– On fait tous des erreurs, déclara immédiatement Skye. Si on les retenait à vie contre nous, on n'aurait plus personne autour de soi.

Nous avons tous échangé des regards, car nous savions qu'elle avait raison. J'étais coupable d'un paquet de conneries, et Trinity aussi. Conrad était en train de faire des grosses erreurs. Le pardon était le seul moyen de trouver un jour la paix.

7

SKYE

J'ai vraiment foutu en l'air ma relation avec Cayson.

Si seulement je m'étais calmée deux minutes et l'avais écouté, rien de tout ça ne serait arrivé. Il a toujours été irréprochable, même dans les moments difficiles il y a quelques années.

Pourquoi a-t-il fallu que je gâche tout ?

Je l'aimais plus que tout au monde, même si je ne l'ai pas prouvé récemment. Je remerciais le ciel qu'il m'aime assez pour me donner une autre chance. C'était ce qui me sauvait de la destruction totale. Et si nous arrivions à sauver notre mariage, j'allais m'assurer de ne plus jamais merder.

Je l'ai vraiment blessé, et je ne recommencerai pas.

Je n'ai pas contacté Cayson, car Slade jugeait bon de lui donner de l'espace. Je devais attendre qu'il soit prêt à venir vers moi, et je ne voulais surtout pas l'accabler. Je passais mes après-midis seule à la maison à lire ou regarder la télé. Mon ventre ne faisait que prendre de l'ampleur, et c'était de plus en plus inconfortable.

Soudain, mon portable a vibré et le nom de Cayson est apparu sur l'écran.

Mon pouls s'est accéléré et je me suis empressée de répondre.

– Allô ?

– Salut...

Sa voix était calme et hésitante, comme s'il ignorait quoi dire ou faire.

J'ai pris les rênes.

– Comment tu vas ?

– Ça va. Je suis chez moi.

– Moi aussi.

Parce que je ne peux aller nulle part ces temps-ci.

– T'as mangé ?

Oh mon Dieu, il va me demander de dîner avec lui ?

J'ai essayé de contenir mon excitation.

– Non.

– Ça te dirait de dîner avec moi ?

– Avec plaisir.

Je l'ai dit avec un peu trop d'enthousiasme malgré moi.

– T'es prête ?

– Ouais, je peux te rejoindre en ville.

– Non, je viens te chercher.

– D'accord.

Je n'allais pas protester.

– À bientôt.

Je portais une robe noire moulante qui rehaussait mon bidon. À ce stade-ci, ma grossesse était impossible à dissimuler, et je n'arrivais pas à me sentir belle, quoi que je porte. J'étais seulement enceinte, mais je me sentais comme une baleine.

Quand j'ai ouvert la porte, Cayson m'a regardée des pieds à la tête.

– Tu es ravissante.

– Merci.

Il portait un jean sombre avec un t-shirt gris sous une veste qui lui élargissait les épaules.

– Tu es beau aussi.

Il a lorgné mon ventre.

– Waouh, ça pousse…

– Je sais, dis-je en posant automatiquement la main dessus.

Il a posé la main sur la mienne en me regardant dans les yeux.

J'ai senti un frisson me parcourir l'échine.

– J'ai tellement hâte qu'il soit là.

– Moi aussi…

Je me sentais déjà comme une mère, même si mon fils n'était pas encore là. Je voulais qu'il arrive dans ce monde pour pouvoir le prendre dans mes bras.

Il a reculé.

– Prête ?

– Toujours.

– Allons-y.

Nous avons marché côte à côte vers son pick-up, mais il ne m'a pas touchée. Son alliance était toujours à son doigt, et bien entendu, je portais toujours la mienne. Puis il m'a ouvert la portière et aidée à monter à bord avant de s'asseoir derrière le volant.

– De quoi t'as envie ?

– Tu me connais, Cayson. Je mange de tout.

Il a pouffé.

– Comme si je pouvais l'oublier.

Il a démarré et pris la route en silence. C'était tendu, comme je m'y attendais, mais au moins nous étions ensemble. Normalement, il me tenait par la main quand il conduisait. Mais pas maintenant.

Nous sommes arrivés en ville et il s'est garé le long du trottoir. C'était un pro du créneau, même avec son énorme pick-up. Perso, je n'ai jamais été douée pour ce genre de chose. Je n'avais pas ce talent.

Nous sommes entrés dans le restaurant, où on nous a conduits à notre table. Comme à son habitude, Cayson a tiré ma chaise et m'a aidée à m'asseoir. Puis il s'est assis en face de moi, beau comme un camion.

J'ai pris mon menu en espérant que mon cœur cesse de battre la chamade. Je n'arrivais pas à croire que nous étions ici, à dîner en tête à tête comme au bon vieux temps.

Cayson a survolé le menu et trouvé ce qu'il voulait immédiatement, la même chose que d'habitude. Le serveur nous a apporté deux verres d'eau, puis a pris notre commande. Une fois seuls, nous nous sommes contentés de nous fixer.

L'émotion s'est coincée dans ma gorge.

– Je suis vraiment désolée, Cayson...

Je savais que je ne devrais pas dire ça, mais j'étais sincère. Je lui ai fait mal et je le regretterai toujours.

– Je sais, dit-il en soutenant mon regard.

– Merci de me donner une autre chance. Je sais que c'est dur pour toi.

– Tu es la bonne, dit-il avant de pousser un long soupir. Tu le seras toujours.

J'avais tellement de chance. Cayson pouvait avoir n'importe quelle femme. Le fait qu'il me choisisse était la plus belle chose qui me soit arrivée.

– Et tu es l'homme de ma vie...

Il a opiné.

– Je sais. C'est pourquoi je suis prêt à te donner une autre chance. Mais Skye... c'est la dernière fois. Je suis sérieux, dit-il sans ciller.

– Je comprends.

Je ne méritais pas une deuxième chance après ce que j'ai fait il y a des années, et encore moins une troisième maintenant.

– Tu ne sauras jamais à quel point je regrette ce qui s'est passé. J'ai tellement honte de ne pas t'avoir écouté. Même si tu me pardonnes et qu'on tourne la page... je ne me le pardonnerai jamais.

Il a baissé les yeux comme si les mots étaient difficiles à entendre. Il a jeté un coup d'œil par la fenêtre avant de se tourner vers moi de nouveau.

– Si on passe au travers, je ne veux pas que tu t'en tiennes rigueur. Je sais que j'ai fait des erreurs, et tu ne me les as jamais reprochées.

Je n'ai pas pu m'empêcher de rire amèrement.

– Tu ne fais jamais d'erreurs, Cayson.

– Si. Après qu'on ait rompu la première fois, je n'arrivais pas à me décider. Je t'ai fait languir longtemps. Je sais que ça n'a pas été facile.

– Ce n'est rien comparé à ça.

Il a bu une gorgée d'eau en regardant par la fenêtre.

La conversation se tendait de façon palpable. Je devais changer le sujet.

– T'as passé une bonne journée au travail ?

– Ouais. Il y a un antibiotique qui perd de son efficacité contre des bactéries ultra résistantes. On cherche une façon de régler le problème. Malheureusement, les bactéries se fortifient, mais les antibiotiques restent les mêmes. La science n'évolue pas assez vite. Pour les enfants et les personnes âgées, c'est un sérieux problème.

Je ne le suivais pas toujours lorsqu'il me parlait de son travail, mais je faisais de mon mieux pour comprendre.

– Ça a l'air grave.

– Oui, potentiellement. Plus les médecins prescrivent des antibiotiques, plus les bactéries y résistent. C'est un dilemme. Comment les gens sont censés se rétablir sans antibiotiques ? Mais s'ils en prennent, les bactéries deviennent plus résistantes. C'est un réel problème...

– Heureusement que tu es là pour aider le monde.

Il a haussé les épaules.

– Je fais de mon mieux, mais la plupart du temps, c'est hors de mon contrôle.

– Je suis vraiment contente que tu aies décroché le poste. Il n'y a personne de mieux que toi pour ce job.

– Eh ben... merci.

Notre conversation était un peu forcée, mais j'espérais qu'elle ne le serait pas éternellement.

– Comment va le bébé ?

– Bien. Il donne des coups quand je suis au boulot... Je me demande pourquoi.

Cayson a souri.

– On dirait qu'il va être paresseux...

– Il tient ça de moi.

Il a pouffé.

– T'as des idées de prénoms ?

J'en envisageais un en particulier, mais j'ai préféré le garder pour moi.

– Pas vraiment. Toi ?

– J'aime bien Sawyer.

– Comme Tom Sawyer ?

– Ouais.

– C'est mignon...

– Ou Cornelius.

– De Shakespeare ?

Il a hoché la tête.

– Ils sont pas mal...

Mais rien qui ne me plaise vraiment.

– On a le temps d'y penser. Pas de stress. Et on peut toujours l'appeler Bébé si on veut.

J'ai ri.

– Je suppose.

Le serveur est arrivé avec nos assiettes et les a posées devant nous. Je n'avais pas faim, car Cayson me rendait nerveuse. Mais j'ai pris ma fourchette et je me suis forcée à manger quand même.

– Alors... comment va Rhett ? demanda-t-il sans me regarder.

– Ça fait un moment qu'on s'est parlé...

– Ah ouais ?

Son ton s'est perceptiblement égayé.

Rhett avait rempli son contrat et m'avait aidée à atteindre mon but, aussi nous n'avions plus besoin de ses services.

– Je lui ai dit que c'était mieux qu'on ne se voie plus.

Cayson m'a lancé un regard approbateur.

– À cause de moi ?

– Oui, murmurai-je.

– Merci.

– Tu n'as pas besoin de me remercier...

Je ne voulais plus le rendre jaloux. Ça n'était plus nécessaire.

– Tu lui as dit qu'on essayait de rabibocher notre mariage ?

– Ouais. Il était content pour moi.

– J'en doute, marmonna-t-il.

J'ai laissé la conversation s'éteindre, ne voulant plus parler de Rhett. Il n'avait jamais vraiment existé de toute façon. Ça a toujours été Cayson et moi, même s'il ne le réalisait pas.

– Cayson, qu'est-ce qui t'a incité à me donner une autre chance ?

Il s'est arrêté de manger pour réfléchir.

– Beaucoup de choses.

– Comme quoi...?

– Eh ben, d'abord parce que je ne voulais pas être sans toi. C'est trop pénible. Et je savais qu'un jour tu sortirais avec Rhett, ou quelqu'un comme lui. Je me voyais devenir un simple souvenir et être malheureux jusqu'à la fin de mes jours. Je ne voulais pas que ça arrive.

Mon regard s'est attendri.

– Et mon père m'a dit quelque chose sur ma mère. À ce que je comprends, ils ont traversé un sale moment quand ils avaient notre âge. Elle a fait un truc vraiment nul et il l'a quittée. Mais il était tellement malheureux sans elle qu'il lui a donné une autre chance... et il ne l'a jamais regretté.

– Qu'est-ce qu'elle a fait ? demandai-je tout bas.

– Je ne sais pas. Il ne me l'a pas dit. Mais ses mots m'ont fait réfléchir...

J'étais heureuse que Cortland lui ait parlé. Il avait une dent contre mon père, mais de toute évidence, il voulait que Cayson et moi soyons ensemble.

– Et aussi pour notre fils ?

– Non.

Il a repris sa fourchette.

– Tu ne voulais pas qu'on reste ensemble pour lui ?

– Qu'on soit ensemble ou pas, il sera entouré d'amour. Ça n'a pas influencé ma décision.

Alors il revenait avec moi par amour, pas par devoir. Ça m'a réchauffé le cœur. J'ignorais quoi dire, aussi j'ai regardé mon assiette.

– Skye ?

J'ai relevé la tête.

– Hum ?

Il a sorti une carte de visite de son portefeuille et l'a glissée vers moi.

– J'ai pris rendez-vous avec un conseiller conjugal. Je pense que ça nous ferait du bien.

Je ne croyais pas que nous avions besoin d'aide de l'extérieur. Seulement du temps pour guérir. L'amour réparerait les dégâts. Mais si c'est ce que Cayson voulait, j'acceptais sans hésiter.

J'ai pris la carte et je l'ai rangée dans mon sac à main.

– Très bien. Je serai là.

– Merci.

D'après son expression, il s'attendait à ce que je résiste. Mais en voyant mon approbation, il s'est relaxé.

– Tout ce que tu voudras, Cayson. Je suis prête à tout pour que ça marche... absolument tout.

Il m'a regardée, ses yeux s'adoucissant. Puis il s'est remis à manger.

– Je sais, Skye.

Il m'a reconduite jusqu'à ma porte, les mains dans les poches.

– Merci d'avoir dîné avec moi.

– Merci de m'avoir invitée.

De nous deux, c'était bien moi la plus reconnaissante. J'ai ouvert avec ma clé, puis je suis entrée en présumant qu'il me suivrait, mais non.

Il est resté devant la porte, debout sur le paillasson.

– Notre rendez-vous est demain après-midi. Tu seras là ?

– Oui, bien sûr.

Il s'est contenté de hocher la tête.

– Tu veux entrer ? On pourrait regarder un film...

Je ne voulais pas qu'il s'en aille. Je mourais d'envie qu'il reste et ne me quitte plus jamais.

– Je dois rentrer...

Sa distance m'a serré le cœur, mais je ne pouvais pas lui en vouloir.

– À demain, alors.

Il m'a regardée longuement avant de s'avancer et m'enlacer. Son menton s'est posé sur ma tête et il m'a serrée contre lui.

J'ai soupiré tellement son contact était divin. Il me manquait désespérément, et je réalisais à quel point je l'avais tenu pour acquis. J'ai fermé les yeux et enserré sa taille.

Ses lèvres ont trouvé mon front, où elles ont posé un tendre baiser.

C'est trop bon.

– On se voit demain, chuchota-t-il.

– D'accord.

C'est encore plus difficile de le laisser partir maintenant.

Il a reculé, puis il est sorti en remettant les mains dans les poches.

Je l'ai regardé marcher jusqu'à son pick-up, sachant que mon cœur était dans sa poche arrière.

Papa est entré dans mon bureau en fin de journée.

– Salut, ma puce. Tu as fini tous les rapports ?

– Ouaip. Comme d'habitude.

J'étais toujours assidue dans mon travail, même au plus bas de ma déprime. Aujourd'hui, je me sentais bien pour la première fois depuis une éternité. Je pouvais enfin respirer normalement. Il y avait des mois que ma poitrine était serrée.

Papa s'est assis en m'étudiant de son regard intelligent.

– Tu as l'air mieux... y a une raison en particulier ?

J'ai souri. C'était si bon de sourire.

– Cayson et moi on va tout faire pour sauver notre mariage.

Il a fermé les yeux comme s'il défaillait, couvrant son visage avec ses paumes et poussant un long soupir. Après un moment, il a baissé les bras.

– T'as pas idée comme je suis heureux... souffla-t-il.

– Et moi donc. On a dîné ensemble hier soir, et on voit un conseiller conjugal aujourd'hui.

– Un conseiller conjugal... c'est bien. C'est très bien.

– Je pense que ça va aller. Enfin, ça ne s'arrangera pas du jour au lendemain... mais on s'aime encore tellement.

– Le cœur a ses raisons que la raison ignore, chuchota-t-il. Je suis content que Cayson soit un être aussi remarquable.

Il a détourné la tête, comme s'il essayait de retrouver sa contenance. Ses yeux trahissaient son émotion malgré son effort de la cacher.

– Papa, il finira par te pardonner.

– J'en sais rien...

– Il le fera. Donne-lui du temps.

– Je l'ai lâché au pire moment. Je ne mérite pas son pardon.

– Il sait que tu l'aimes.

Papa a fixé le sol en silence.

Je savais que Cayson lui pardonnerait un jour. Mais ça allait assurément lui prendre plusieurs mois, sinon plus.

La porte de mon bureau s'est ouverte et Cayson est entré. Il ne souriait pas, mais il ne semblait pas fâché non plus. Il portait son costume, car il sortait du boulot.

– Salut.

Son ton était plus léger que d'habitude. Il semblait de belle humeur.

Je n'ai pas pu m'empêcher de sourire.

– Salut.

Puis il a remarqué mon père, et le peu de joie qu'il affichait a disparu aussitôt. Il l'a toisé froidement avant de détourner le regard.

– On doit partir maintenant si on veut arriver à l'heure.

– Ouais, t'as raison.

J'ai jeté un coup d'œil à papa avant de me lever et prendre mon sac à main.

Il s'est levé et tourné vers Cayson.

– Content de te voir.

Cayson ne l'a pas regardé.

– C'est ça, M. Preston.

Mince, c'est pire que je croyais.

– Skye m'a dit que vous alliez voir un conseiller conjugal. C'est une très bonne idée.

Cayson a fourré les mains dans les poches, l'ignorant toujours. On aurait dit qu'il essayait de lui manquer de respect le plus possible, et ça ne lui ressemblait pas. Il restait habituellement poli, quel que soit son courroux.

– Tu m'as demandé de ne pas t'adresser la parole et ne même pas te regarder si jamais on se retrouvait dans la même pièce. Alors c'est ce que je fais.

Papa a bronché comme si on l'avait frappé au visage. Il n'y avait pas de colère dans ses yeux, seulement une tristesse profonde.

– Je regrette ce que j'ai dit, Cayson. J'étais fâché et je ne...

– Allons-y, Skye.

Il est sorti sans regarder derrière lui.

Papa a fermé la bouche, puis a pris une grande inspiration.

Je détestais voir le regret et la douleur sur son visage. Avant de partir, je l'ai serré dans mes bras, car je savais qu'il en avait besoin.

– T'inquiète. Ça ne sera pas toujours comme ça.

Il m'a rendu mon étreinte, mais pas aussi chaleureusement que d'habitude.

– J'ai l'impression d'avoir perdu mon fils...

– Il reviendra. Il a seulement besoin de temps.

Papa a reculé et hoché la tête.

– Allez, va.

J'aurais aimé pouvoir arranger la situation, mais je savais que je n'y pouvais rien — du moins pour l'instant.

– Ça s'arrangera. Promis.

Cayson et moi étions assis côte à côte sur le canapé. Il avait les mains posées sur ses cuisses et ne me touchait pas. Il semblait un peu tendu devant le Dr Young, qui nous étudiait comme des échantillons au microscope.

J'ai lorgné sa main avant de la prendre. Je détestais son manque d'affection. C'était trop inhabituel.

Il a regardé nos mains jointes, mais il s'est laissé faire.

Dr Young a pris quelques notes.

– Je comprends pourquoi vous êtes ici, et je crois que c'est une bonne chose. La plupart des couples qui sollicitent de l'aide professionnelle sauvent leur relation.

– On veut vraiment passer notre vie ensemble... en tout cas, moi oui.

J'ai passé le pouce sur les phalanges de Cayson.

Dr Young me scrutait attentivement.

– Cayson m'a déjà parlé de vos problèmes en privé. Comment avez-vous réagi à ses sentiments ?

Je n'étais pas surprise qu'il lui ait tout raconté sans moi.

– Je ne ressens que du regret.

Dr Young m'étudiait toujours, silencieux.

– J'aurais dû lui faire confiance dès le début, continuai-je. J'ai trouvé la lettre et j'en ai fait une fixation telle que je n'ai pas écouté un seul mot de ce qu'il m'a dit. Quand il essayait de m'expliquer pourquoi il ne m'en avait pas parlé, je le prenais comme un signe de sa culpabilité. J'aurais dû le croire malgré les apparences... je suis profondément désolée et je le serai toujours.

Dr Young a posé les doigts sur ses lèvres.

– Vous semblez très sincère, Mme Thompson.

– Je le suis... du fond du cœur.

Il s'est tourné vers Cayson.

– Lui pardonnez-vous ses erreurs ? Parce que vous ne pourrez pas passer à autre chose à moins de lui avoir pardonné. Dès que vous le ferez, et de façon sincère, tout changera.

Cayson a bougé la main dans la mienne sans la retirer.

– Non... pas encore.

Sa réponse m'a serré le cœur.

– C'est normal, l'assura Dr Young. Ces choses-là prennent du temps. Cayson, voulez-vous sauver votre mariage ?

– Oui, chuchota-t-il. J'aime ma femme... malgré ce qu'elle m'a fait.

J'ai pressé sa main.

– C'est très bon signe. Je crois que vous devriez passer du temps ensemble... sortir dîner, discuter... et avec le temps, vous arriverez à tourner la page. Je le crois sincèrement.

– Moi aussi, dis-je tout bas.

Il s'est tourné vers moi.

– Il est essentiel que vous soyez patiente. Ça peut seulement arriver lorsque Cayson sera prêt. Une chose à la fois, et n'ayez pas d'attentes.

– Je comprends, répondis-je.

Dr Young a gribouillé quelques notes de plus.

– Je suis optimiste pour votre mariage.

Cayson a regardé par la fenêtre, l'air ennuyé par la conversation.

– Revoyons-nous la semaine prochaine, dit Dr Young en fermant son calepin. Skye, travaillez à regagner la confiance de Cayson. Il en a besoin pour aller de l'avant dans la relation.

Je n'avais aucune idée de comment faire ça.

– Je comprends.

Cayson m'a reconduite à ma voiture dans le parking de Pixel. Il n'avait pas dit un mot depuis la séance, aussi j'ignorais ce qu'il en avait pensé. Il gardait les mains dans les poches comme d'habitude.

Quand nous sommes arrivés à ma voiture, il l'a fixée un instant.

– Je crois que tu ne devrais plus conduire.

– Pardon ?

Qu'est-ce qu'il raconte ?

– Ton ventre grossit, et il se rapproche dangereusement du volant. Je ne veux pas que tu aies un accident.

– Oh... je suis toujours prudente.

– Et il neigera bientôt et ta caisse n'est pas faite pour ça, continua-t-il comme s'il ne m'avait pas entendue. À partir de maintenant, je t'emmène au boulot et je te reconduis à la maison tous les jours.

– Quoi ? m'étonnai-je.

– Je suis plus à l'aise à l'idée qu'on prenne mon pick-up. J'ai une transmission intégrale, donc plus de facilité à manœuvrer sur des rues verglacées. Et dans le siège passager, ton ventre n'est pas écrasé contre le volant.

Je trouvais ça absolument inutile, mais je ne savais pas comment lui dire vu l'état des choses. Je ne pouvais pas me permettre de le prendre à rebrousse-poil.

– Mais ça te ferait faire un détour dingue, Cayson. Pourquoi on n'échange pas nos véhicules pour le moment ?

C'était un compromis raisonnable.

– Ton ventre serait quand même proche du volant.

– Je peux monter avec mon père, alors.

– Non, dit-il sèchement sans plus d'explications. Je te prends tous les matins.

N'importe quelle excuse pour le voir était bonne, mais là, il exagérait.

– Tu vas conduire une heure aller-retour pour venir me chercher chaque matin ? Et une autre pour me déposer chaque soir ?

Étais-je la seule à trouver l'idée complètement déraisonnable ?

– C'est seulement pour quelques semaines. Tu seras en congé de maternité bientôt de toute façon, alors on n'aura plus ce problème.

– Très bien, cédai-je. Mais je te prépare le petit-déj tous les matins.

Il a souri.

– Avec plaisir. Il y a un bail que j'ai mangé un plat fait maison...

Ses mots m'ont attristée, mais j'ai essayé de chasser la pensée.

– Tu peux venir ce soir, je te préparerai un rôti.

C'était son plat favori, alors je savais qu'il serait tenté.

Il a considéré mon offre en silence.

– Juste pour dîner... Je ne m'attends pas à ce que tu restes après.

Je ne voulais lui mettre aucune pression. Bien que je rêvais de son contact, je savais que je ne pouvais pas forcer les choses. C'est lui qui menait la barque.

– Eh ben... ce serait sympa, ouais.

J'ai essayé de contenir mon excitation.

– Super. On se rejoint là-bas.

– D'ac.

J'AI MIS LA TABLE ET NOUS AVONS DÎNÉ EN TÊTE À TÊTE.

Il mangeait avec ses bonnes manières habituelles. Il les gardait même lorsque nous étions seuls. Il a balayé la salle à manger et la cuisine des yeux.

– Tout est comme avant.

– Je n'ai rien changé.

J'étais trop déprimée pour passer l'aspirateur, encore moins pour refaire la déco.

Il a zyeuté le cadre au mur. C'était une photo de notre mariage.

– Tu es si belle. Je m'en souviens comme si c'était hier.

J'ai senti la chaleur me monter aux joues.

– Merci...

– Pas surprenant que je t'aie mise en cloque, dit-il en riant dans sa barbe.

Il était de plus en plus souriant, ce qui était bon signe. Il n'avait pas été aussi décontracté depuis des lustres.

– Ouais, et je suis contente que ce soit arrivé. J'ai été vraiment déçue quand on a eu une fausse alerte... même si on n'essayait pas de faire un enfant.

– Moi aussi. Et je pense qu'on devrait en avoir un autre tout de suite après.

Il a continué de manger comme s'il ne venait pas de dire un truc majeur.

Les larmes me sont soudain montées aux yeux. Ses mots étaient tout pour moi. Il croyait que nous allions sauver notre mariage et nous retrouver. Ne voulant pas pleurer, j'ai cligné des yeux pour dissiper l'humidité.

Cayson a relevé la tête et remarqué mon expression.

– Skye... je suis désolé. Qu'est-ce que j'ai dit ?

– Non... c'est des larmes de joie.

Il semblait toujours perplexe.

– T'as dit qu'on devrait avoir un autre enfant tout de suite après.

Puis il a compris.

– Oh... je n'avais pas réalisé.

– Non, je suis heureuse que tu aies confiance en nous, c'est tout. Je veux qu'on retrouve notre relation d'avant, tellement que ça fait mal.

Ses yeux se sont embués légèrement. C'était presque imperceptible. J'étais la seule à le voir, car je le connaissais bien.

– Bien sûr que oui, Skye. Rien ne peut ébranler l'amour que j'ai pour toi, quoi qu'il arrive entre nous. Parfois j'aimerais que ça ne soit pas le cas, mais peu importe. Mon cœur t'a appartenu dès qu'il a commencé à battre. Je n'ai pas eu le choix.

Ma main a trouvé la sienne sur la table.

Nos doigts se sont entrelacés.

Nous nous sommes fixés sans mot dire alors que le temps semblait s'arrêter. Le silence résonnait autour de nous, mais ne nous dérangeait pas. Le seul fait d'être dans la même pièce suffisait à guérir nos cœurs meurtris. Nous étions de nouveau ensemble — pour toujours.

8

Sean

Cortland m'a foudroyé du regard dès que j'ai franchi la porte.

– Si ça doit créer des problèmes, j'irai travailler ailleurs. Tant pis si je perds ma retraite. Je trouverai une solution.

– Je veux juste te parler...

– Je ne veux pas te parler, mais te démolir.

– Alors, frappe, dis-je en m'asseyant face à son bureau. Réduis-moi en charpie si tu te sens mieux après. Je ferai n'importe quoi pour qu'on se réconcilie. N'importe quoi.

– Je préfère te réduire en charpie et continuer de t'ignorer.

– Eh bien... c'est un premier pas, non ?

Cortland n'a pas semblé amusé.

– Ce n'est pas drôle, Sean.

– Je n'ai jamais dit que ça l'était.

– Sors de mon bureau.

Techniquement, c'était *mon* bureau. Tous les bureaux de l'immeuble m'appartenaient. Mais faire le malin ne mènerait nulle part.

– Skye et Cayson essaient de sauver leur mariage.

Sa colère s'est évanouie.

– Quoi ?

– Ils voient un conseiller conjugal et travaillent sur leur relation.

– C'est bien... dit-il, ses yeux trahissant la profondeur son émotion. On dirait que mon fils m'écoute, après tout.

– Je suis content qu'ils se réconcilient. Et s'ils peuvent le faire, nous aussi.

Cortland a lâché un rire sarcastique.

– C'est une pente savonneuse, Sean.

J'avais envie de crier. Je détestais évoquer le passé, mais j'étais désespéré.

– Tu as couché avec ma femme et tu me l'as caché. Si je peux te le pardonner, alors tu devrais pouvoir me pardonner pour ça.

– Sean, c'était il y a plus de vingt ans et vous n'étiez pas ensemble à l'époque.

– Elle était à moi.

– Je ne te connaissais même pas.

– Peu importe, aboyai-je. On est devenus des grands potes et tu ne me l'as jamais dit. As-tu la moindre idée de la difficulté que j'ai eue à laisser passer ça et à t'accepter comme un véritable ami ? Cortland, ça a été sacrément difficile. Alors, arrête ton char.

– Ce n'est pas la même chose et tu le sais, dit-il sombrement. Là, il s'agit de mon fils, mon enfant. Les règles sont totalement différentes.

– Je me suis excusé. Et je veux bien m'excuser encore.

Il a secoué la tête comme si ça ne changeait rien.

– C'est mon fils qui mérite tes excuses.

– Je me suis excusé auprès de lui, dix fois.

– Je suis navré, Sean, dit-il sans paraître le moins du monde désolé.

Je me range du côté de mon fils sur ce coup-là. Quand il te pardonnera, s'il le fait un jour, alors je te pardonnerai. Mais pas avant.

Il me portait le coup de grâce.

– Tu sais que j'aime Cayson.

– T'as une drôle de façon de le montrer, ricana-t-il.

J'ai soupiré d'irritation.

– Je suis désolé. Je ne suis plus moi-même quand il s'agit de mes enfants. J'ai du mal à être objectif.

– Et je vois rouge quand il s'agit des miens, dit-il comme s'il avait envie de me tuer. J'ai élevé mon fils pour en faire un jeune homme remarquable. C'est toi qui devrais être reconnaissant qu'il ait choisi Skye, et non l'inverse. J'aime Skye de tout mon cœur et je pense que c'est une fille merveilleuse, mais Cayson a toujours été honnête, admirable et irréprochable avec elle. J'aimerais que la réciproque soit vraie.

J'ai tenté de ne pas envenimer les choses.

– Skye était complètement paumée… je t'assure qu'elle le respecte.

– Eh bien, quand mon fils sera heureux, je commencerai à y croire. Sors maintenant, Sean.

– Cortland, on est amis depuis…

– Plus de vingt ans, je sais. Et malgré ça, tu as blessé Cayson, dit-il en me pointant d'un doigt accusateur. Et c'est inacceptable. Tu devrais avoir honte de toi, Sean Preston.

– J'ai honte, soufflai-je, la gorge serrée. Vraiment. Quelque part… je pense que perdre Cayson est pire que te perdre toi.

Pour la première fois, l'animosité de Cortland a disparu. Il m'a regardé d'un air sombre comme s'il croyait pour une fois à ma sincérité.

Je me suis frotté la tempe en soupirant.

– Je tiens réellement à Cayson et je le respecte. Je l'ai toujours aimé comme un fils depuis qu'il sait parler. C'est juste que… quand le problème a surgi entre lui et ma fille, j'ai choisi ma fille. Je me rends compte que je n'aurais pas dû et je ne me cherche pas d'excuses. Je sais que j'ai merdé, mais… j'aimerais qu'il comprenne à quel point je m'en veux. Je veux qu'il revienne dans ma vie. Je veux retrouver la relation filiale que nous avions. Le perdre est une punition suffisante.

Cortland tripotait un stylo.

– Je te crois, Sean.

Je l'ai regardé, sentant l'espoir me gonfler la poitrine.

– Alors tu me pardonnes ?

Il a secoué la tête.

– Ce que j'ai dit tient toujours. Quand Cayson te pardonnera, je te pardonnerai. Je soutiens mon fils sur ce coup — corps et âme.

9

CAYSON

Slade est entré chez moi sans frapper.

– Salut, mon frère d'une autre mère, s'exclama-t-il en prenant une bière dans le frigo avant de s'affaler dans le canapé. Je vais être père. Tu peux le croire ?

J'ai souri.

– Un bon père.

J'étais content qu'il soit excité au sujet du bébé et non terrifié. Je connaissais mieux que personne les peurs intimes de Slade. Elles pourraient réapparaître plus tard quand la grossesse de Trinity commencerait à se voir.

Il a joint les mains en prière.

– S'il te plaît, mon Dieu, ne me donne pas une fille.

J'ai éclaté de rire.

– Quel est le problème avec une fille ?

– Les garçons.

Il a descendu la moitié de sa bière.

– T'inquiète, tu chasseras la mauvaise graine. Tu reconnaîtrais tes semblables à des kilomètres à la ronde.

– Ta gueule.

Il a souri avant d'avaler une autre gorgée.

– Avoir une fille n'est pas aussi terrible que tu le penses. Silke n'a pas eu de problèmes en grandissant.

– Elle a fini avec un dealer qui a fait de la taule...

– Si on fait abstraction de ça, Arsen est un mec super. Il prend soin d'elle.

– Tu l'as vu dernièrement ? demanda Slade.

– Non. Je me disais qu'il avait besoin d'espace. Et toi ?

– Je l'ai laissé tranquille aussi. Mais ça a assez duré parce que j'ai trop envie de lui annoncer qu'il va être tonton, bordel.

– Passe le voir au garage.

– Je le ferai peut-être.

– Et Clémentine était un amour en grandissant.

Du moins quand elle ne me piquait pas mes affaires et ne m'enfermait pas dans la salle de bain avant de partir à l'école.

– La fille qui s'est fait engrosser par un Angliche ? Et qui élève maintenant un enfant hors mariage ? dit Slade en levant un sourcil. Si c'était ma fille, je flipperais.

– Eh bien, Ward est un mec bien et il l'aime, alors tout va bien.

– Peu importe, dit Slade. Je vais être un de ces pères qui terrifient tous les mecs boutonneux qui sonnent à sa porte.

– Alors, j'espère sincèrement que tu auras un garçon, m'esclaffai-je.

– Et ils pourront être les meilleurs potes du monde comme nous, ajouta Slade. C'est parfait. Nos pères sont amis, on est amis, et la troisième génération sera pareil. Une super sauce, vraiment.

Qu'est-ce qu'il vient de dire ?

– Super sauce ?

J'ai haussé les épaules.

– Un truc que j'ai inventé.

– Drôle d'humour...

– Dis-moi, commença-t-il en s'empêchant de sourire. J'ai entendu dire que tu donnes une deuxième chance à ton mariage ?

– Qui te l'a dit ?

– Personne, dit-il en buvant. Un bruit qui court.

– C'est Skye ?

– Elle a pu l'évoquer.

– Oui, on y travaille.

Slade a continué de réprimer son sourire.

– Cool...

J'ai levé les yeux au ciel.

– Alors, l'histoire avec ce Rhett t'a vraiment fait chier, hein ?

Ça lui faisait visiblement plaisir, à en juger par sa façon de ne pas tenir en place et de gigoter.

– Disons que je ne l'aime pas beaucoup.

– Un sacré beau mec.

J'ai arqué un sourcil.

– Je dis juste que... j'ai fait gaffe qu'il n'approche pas Trinity.

– Ce n'était pas tellement sa personne, mais le fait qu'il s'intéresse un peu trop à Skye. Je savais qu'elle ne sortirait pas avec lui, pas si tôt. Mais je savais aussi qu'il n'abandonnerait pas avant qu'elle finisse par accepter... et ça m'a fait peur.

Slade a acquiescé de la tête.

– Puis mon père m'a confié que ma mère et lui avaient eu des problèmes quand ils étaient plus jeunes. En gros, il m'a dit de faire en sorte que ça marche avec Skye.

– Un homme avisé.

– On va chez un conseiller conjugal et on dîne ensemble plusieurs fois par semaine...

– Vous couchez ensemble ?

– C'est une question très indiscrète...

– On se dit tout, déclara-t-il. J'ai sodomisé Trinity hier soir.

J'ai grimacé.

– Je n'ai rien demandé, Slade.

– Tu couches avec elle ou pas ?

– Non.

– Pourquoi, bordel ? Vous êtes mariés.

– C'est trop tôt, non ?

– Trop tôt ? Pour faire l'amour à une femme avec qui tu es depuis des années...?

– C'est compliqué. Je lui en veux encore. Je ne peux pas lui faire l'amour comme s'il ne s'était rien passé.

– Mais ça ira mieux entre vous quand vous baiserez. Mec, les quatre piliers du mariage sont l'amitié, la confiance, le sexe et l'amour.

– Les quatre piliers du mariage ?

Où a-t-il entendu ça ?

– C'est dans le bouquin que je lis... on s'en fout, dit-il en balayant le sujet de la main. Bref, le sexe est important pour l'intimité. Je te promets, ça ne peut qu'aider.

– Le sexe ne fait pas tout, Slade. Je veux aller... mieux avant qu'on couche ensemble.

Il a levé les yeux au ciel.

– Je crois que tu ne comprendras jamais à quel point elle m'a démoli. J'étais un mort-vivant ces deux derniers mois. La vie m'était insupportable... tout ça pour une raison ridicule. Je suis peut-être insensible, mais je ne peux pas tout oublier du jour au lendemain.

Ça m'a fait mal que Slade ne comprenne pas, mon ami le plus cher.

Il a réalisé son erreur.

– Ce n'est pas ce que je voulais dire. Je veux simplement que tu sois amoureux comme un couillon et heureux avec Skye. Ce Cayson me manque. Je ne souhaite que ton bonheur. Je comprends qu'elle t'a démoli et que tu ne vis pas exactement dans le monde des Bisounours en ce moment...

– Ben... merci.

– Alors, comment ça passe entre vous maintenant ?

– Mieux. On retrouve nos marques. Elle redevient mon amie, la personne à qui je confiais tout. Elle me fait rire parfois. Elle semble sincèrement désolée.

– Elle *est* sincèrement désolée, corrigea Slade en décollant l'étiquette de sa bière. Et Sean ?

Je hais ce fils de pute arrogant.

– Qu'il aille se faire foutre.

Les yeux de Slade se sont arrondis.

– Putain... tu le détestes vraiment.

– Je n'aime pas utiliser ce mot. Mais c'est sûr que je ne le porte pas dans mon cœur. Je l'ai vu l'autre jour et j'ai failli lui foutre mon poing dans la gueule.

– Euh... t'as conscience que Sean est le père de Skye ? Et que c'est un gros conflit d'intérêts ?

– J'en ai rien à cirer. Je ne demande pas à Skye de ne plus voir son père. Mais elle ferait mieux de ne pas s'attendre à ce que je sois proche de lui... ou même que je tolère sa présence.

Slade a changé de sujet. Une sage décision.

– Quand est-ce que tu retournes vivre à la maison ?

– Je ne sais pas. Je n'y ai pas réfléchi.

– Tu comptes le faire un jour ?

Je voulais y aller doucement.

– Oui... mais pas tout de suite. Je veux m'assurer qu'elle me fait vraiment confiance cette fois. Et elle doit regagner ma confiance.

– Comment est-elle censée le faire ?

– Aucune idée. Mais ce n'est pas mon problème.

– Mouais, dit Slade en finissant sa bière. Ils devraient faire des bouteilles plus grandes.

– Je crois que le volume est réglementé par la FDA.

– Ben, ils devraient changer les règlements.

Slade était parfois abscons.

– Tu vois toujours Rhett ? demandai-je.

Il a fixé la bouteille.

– Euh... Skye lui a dit qu'ils ne devaient plus se voir, alors je l'ai un peu perdu de vue. Il sait que Skye traîne souvent avec moi, alors il m'évite.

J'étais content que Rhett lâche l'affaire. Skye était à moi... quels que soient nos problèmes.

– Tant mieux. J'aurais dû lui démonter la tronche s'il n'avait pas lâché.

– Je pense qu'il a pigé, Cayson. Skye est ta propriété, dit-il en levant les mains en signe de reddition. Alors, on devrait faire un tour au laser tag...

Un coup à la porte l'a interrompu au milieu de sa phrase. Il a souri jusqu'aux oreilles.

– C'est Skye ?

– Je ne pense pas. Elle appellerait avant de passer.

Je suis allé à la porte et j'ai regardé par le judas. Ma mâchoire s'est crispée en voyant Sean sur le seuil.

– Qui c'est ? s'enquit Slade.

– Ce connard arrogant dont on parlait tout à l'heure.

Slade a posé sa bière et s'est levé.

– Sean ? Je dois jouer les médiateurs ?

– Non, je ne pense pas.

J'ai ouvert la porte et je lui ai lancé un regard noir, lui faisant bien comprendre qu'il n'y avait rien qu'il puisse faire ou dire pour que je lui pardonne. Sean était le plus grand manipulateur du monde, mais son numéro ne marcherait pas sur moi.

– Qu'est-ce que tu veux ? aboyai-je.

Il portait un costume comme s'il sortait du bureau. Il m'a regardé d'un air résigné.

– Je t'ai posé une question.

Je refusais de lui témoigner le moindre respect alors qu'il avait une si piètre opinion de moi. J'avais encore des cicatrices sur tout le corps, en particulier sur les parois de mon cœur.

– Je suis venu te remercier.

Me remercier ? Pour quoi ?

– Arrête de parler par énigmes et explique-toi.

Slade est arrivé à côté de moi, mal à l'aise.

– Salut, oncle Sean…

Il l'a salué timidement de la main.

Sean lui a fait un signe de tête, sans me quitter des yeux.

– Merci d'avoir donné une autre chance à Skye. Elle t'aime vraiment et votre mariage vaut la peine de se battre pour lui. Je sais que tu ne l'as pas beaucoup vue quand les choses allaient vraiment mal… mais je ne l'ai jamais vue aussi déprimée. Tu es un homme bien, Cayson. Merci de lui avoir pardonné.

Pendant une seconde, j'ai cru à sa sincérité. Mais ensuite, j'ai réalisé qu'il me bobardait probablement pour que je baisse ma garde. La dernière fois que ça s'est produit, il m'a poignardé en plein cœur et m'a regardé me vider de mon sang.

– Je l'aime. Je l'ai toujours aimée et je l'aimerai toujours. Mais je comprends que ça te surprenne vu que je ne suis qu'un salopard infidèle à tes yeux.

Sean a fermé les yeux comme si mes mots le blessaient.

Slade s'est avancé vers moi.

– Cayson... allez.

Je me suis énervé contre lui.

– Reste en dehors de ça, à moins que tu ne veuilles te retrouver de l'autre côté de la porte aussi.

Slade s'est tu et a reculé.

– Je suis désolé, Cayson. Je le pense sincèrement. J'espère que tu me croiras... un jour, dit Sean.

Une réponse glaciale m'a traversé l'esprit et je ne me suis pas retenu de la dire.

– Tu sais maintenant ce que ça fait d'être mis en doute. Tu sais maintenant ce qu'on ressent quand on met son cœur et son intégrité à nu et que l'autre te regarde sans croire un seul mot de ce tu dis. Tu sais maintenant ce qu'on ressent quand on est méprisé par quelqu'un qui a juré de vous aimer inconditionnellement.

Sean a soutenu mon regard et n'a pas réagi.

– Qu'est-ce que ça fait, Sean ?

Il n'a rien dit.

– Réponds-moi.

Il a dégluti difficilement, les yeux embués d'émotion.

– Je ne...

Je lui ai claqué la porte au nez. J'ai élevé la voix pour qu'il m'entende à travers la porte.

– Maintenant tu sais ce qu'on ressent quand quelqu'un te laisse choir.

JESSICA M'A DONNÉ LA FEUILLE DE ROUTE.

– Vous avez plusieurs rendez-vous cette semaine, des messages en attente, et il y a eu une nouvelle arrivée dans le centre cette semaine. J'ai tout organisé et mis les informations dans ce dossier pour que vous les consultiez.

Je n'avais pas eu le temps de les examiner.

– Qui est le nouvel ambassadeur du NIH ?

– Laura Scottsdale. Le jury l'a choisie parce qu'elle a fait des recherches approfondies sur les applications théoriques ainsi que du travail sur le terrain. Elle est très expérimentée.

Je me suis figé.

– À quoi elle ressemble ?

Jessica a plissé les yeux.

– Pardon, M. Thompson ?

– Physiquement. Décrivez-la-moi.

Ce n'était probablement qu'une coïncidence, mais si c'était elle, j'allais péter un câble.

Jessica a réfléchi.

– Euh... brune... jolie... peau mate.

– Merde.

J'ai lancé le dossier et les papiers se sont éparpillés au sol.

Jessica a sursauté, car je ne lui avais jamais parlé comme ça.

– C'est un putain de cauchemar.

Je me suis agrippé le crâne et retenu de hurler.

Pourquoi ça m'arrive à moi, putain ?

C'était une mauvaise herbe dont on ne se débarrassait pas. Elle a détruit mon mariage et maintenant elle réapparaissait quand je m'y attendais le moins.

– Vous voulez un verre d'eau, M. Thompson ?

Jessica a reculé vers la porte comme si j'allais lui sauter à la gorge.

– Non.

Je suis entré en trombe dans mon bureau sans ramasser les papiers. Je me suis assis derrière mon bureau et frotté les tempes. Juste au moment où Skye et moi essayions de sauver notre couple, un nouveau serpent se glissait dans notre jardin.

10

Conrad

– Cette robe te fait un beau cul, dis-je à Georgia en lui caressant les fesses.

– Pourquoi tu penses que je l'ai achetée ? répliqua-t-elle espiègle.

Elle s'est retournée, puis elle a frotté son nez contre le mien avant de lorgner mes lèvres. Elle a empoigné ma cravate et m'a attirée vers elle.

Quand mes lèvres ont touché les siennes, je l'ai embrassée sensuellement, me délectant de leur douce chaleur. Son gloss avait un goût de cerise et je voulais goûter d'autres endroits sucrés de son corps.

– Alors, on se tire d'ici ?

Nous étions dans un bar à vin tamisé où jouait une musique d'ambiance jazz. Je n'aimais pas sortir sauf pour brancher, mais Georgia avait insisté pour prendre un verre ou deux avant de passer aux choses sérieuses.

– Très bien.

Elle m'a embrassé à la commissure des lèvres avant de reculer.

Je lui ai enserré la taille et l'ai entraînée vers la sortie. Mon appartement était à quelques rues seulement. J'avais dégoté l'un des meilleurs emplacements en ville. On pouvait tout faire à pied.

– Georgia Price ?

Elle s'est retournée en entendant son nom.

Des flashs photo ont fusé de tous côtés, m'aveuglant. Manifestement, elle avait l'habitude, car elle n'a même pas cillé. Ce n'était pas la première fois que les paparazzis nous coinçaient, et j'étais reconnaissant que ma famille et moi ne soyons pas d'aussi grandes célébrités.

– Georgia, par ici !

Ils nous suivaient vers la sortie.

– La vache, ils sont chiants, remarquai-je.

– On s'habitue.

Elle a continué de marcher à mes côtés, tête baissée.

Après quelques rues, nous avons fini par les semer.

– Désolé que t'aies à subir ça, dis-je.

Elle a haussé les épaules.

– C'est un inconvénient mineur de ma profession.

Nous sommes entrés dans l'immeuble, où nous avons pris l'ascenseur jusqu'à mon étage. Puis nous nous sommes dirigés vers ma porte. J'ai aperçu une silhouette familière appuyée contre le mur devant mon appart. Pourquoi les filles étaient-elles aussi crampon ?

– T'as oublié un truc, Amanda ? demandai-je en sortant mes clés de ma poche.

Avant de répondre, elle a lancé un regard noir à Georgia.

– T'en as pas marre de ce mannequin anorexique ?

Georgia étant fougueuse, elle a riposté aussitôt.

– T'as entendu parler de Weight Watchers ? Tu devrais essayer, grosse truie.

– Ouh là, dis-je en m'interposant entre elles. Inutile de vous battre pour moi, mesdames. Je peux vous combler toutes les deux.

Elles se toisaient toujours.

– Et un plan à trois ? suggérai-je. C'est un compromis raisonnable.

– Je suis partante, dit Georgia sans lâcher Amanda du regard.

Elle essayait évidemment de sembler plus délurée pour la faire fuir.

Amanda l'a prise au mot.

– Ouais, bonne idée.

Sérieux ? J'allais avoir un plan à trois parce qu'elles étaient jalouses ?

– Super. Allons-y, dis-je en déverrouillant, puis entrant dans l'appartement. Au pieu, mesdames.

J'AI ÉTÉ DANS LES VAPES TOUTE LA JOURNÉE.

J'avais du mal à garder les yeux ouverts parce que j'avais passé la nuit avec deux femmes. Georgia et Amanda avaient rivalisé l'une contre l'autre du début à la fin. Chacune était déterminée à prouver qu'elle était le meilleur coup. La plupart du temps, elles se démenaient pour me satisfaire et non l'inverse.

C'était trop bon.

Mais aujourd'hui, j'étais complètement claqué. J'avais un meeting ce matin et j'ai bâillé en plein milieu d'une présentation. J'ai eu l'air d'un con, mais personne n'a fait de commentaire parce que j'étais le boss. J'étais plus professionnel en temps normal, aussi papa a été indulgent.

Sauf que là, je piquais du nez dans mon bureau. Je voulais vraiment faire un somme, mais si quelqu'un me surprenait, comme papa ou oncle Sean, je n'aurais pas fini d'en entendre parler. J'ai décidé d'appuyer la tête sur mon dossier pour donner un petit répit à mes yeux.

Puis la porte s'est ouverte d'un coup.

– Conrad Michael Preston.

J'ai relevé la tête et vu papa devant mon bureau.

– J'ai fermé les yeux une seconde, d'accord ? J'ai la migraine.

Il a balancé un magazine sur mon bureau.

– Qu'est-ce qui te prend, bordel de merde ?

– Hein ?

J'ai regardé la couverture et aperçu Georgia en pleine page — à côté de moi. La manchette disait : « Tout sur le scandale Georgia Price ».

Papa bouillait de rage.

– Y a tout un article sur vous deux. On vous a vus dans des clubs, des bars... et il y a des photos ! fuma-t-il en écrasant son poing sur mon bureau. Je pourrais te tuer en ce moment.

– Quoi ? dis-je innocemment. Je ne savais pas qu'ils nous espionnaient.

– Pourquoi Georgia ? De toutes les belles filles de Manhattan, pourquoi elle ?

– T'as besoin de lunettes ou...?

– Ce n'est pas le moment de plaisanter, Conrad. C'est très sérieux.

J'ai repoussé le magazine vers lui.

– Qu'est-ce que ça peut foutre ? C'est elle l'infidèle — pas moi.

– Et tu ne crois pas que son mari le verra ?

– Je suis sûr qu'il est au courant de ses aventures.

– Ben maintenant, il sait avec qui elle couche, dit-il en approchant le visage à deux doigts du mien. Tu sais ce que font les maris jaloux, non ? Ils se vengent.

– Bah, s'il avait satisfait sa femme, ça ne serait pas arrivé. C'est là-dessus qu'il devrait se concentrer, pas sur moi.

– Tu crois vraiment que cette histoire va se tasser ? Ça va te hanter jusqu'à la fin de tes jours.

– Me hanter ?

– Tout le monde saura que t'es le type qui couche avec des femmes mariées.

– Hé, je ne discrimine pas, répliquai-je. Mariée ou pas, j'en ai rien à foutre.

Papa s'est agrippé le crâne comme pour s'empêcher de me trucider.

– Tu n'as plus le droit de la voir.

– Plus le droit ? pouffai-je. Tu me l'interdis ?

– Oui, je te l'interdis, petit malin.

– Tu ne peux pas me dire quoi faire. Je suis un homme...

– T'es un gamin ! Un putain de gamin ! rugit-il en serrant les poings alors que son visage s'empourprait. Tu ne m'as jamais autant déçu, Conrad Preston. Je sais qu'il t'est arrivé des merdes et que tu souffres, mais ce comportement est inacceptable. C'est vulgaire et pathétique. Je t'ai élevé mieux que ça. Tu t'es attiré un tas d'ennuis et tu ne le réalises même pas.

Il m'a lancé le magazine, puis il a tourné les talons.

– Ne t'attends pas à ce que je te sorte du pétrin, ajouta-t-il avant de sortir.

J'AI PASSÉ LE RESTE DE LA JOURNÉE À BOUILLONNER À PROPOS DES remontrances de mon père. Il n'avait jamais été aussi dur avec moi, mais il m'a dit beaucoup de choses blessantes aujourd'hui. J'ai fait comme si ça ne m'affectait pas du tout, mais ses mots m'ont profondément meurtri.

J'ai à peine quitté mon bureau et j'ai évité tout le monde. Personne n'a essayé de me parler non plus. Ils avaient sans doute entendu mon père m'engueuler comme du poisson pourri et ils m'évitaient.

En fin d'après-midi, je suis monté dans l'ascenseur, soulagé que cette journée infernale soit enfin terminée. Je pouvais rentrer chez moi profiter du silence de mon penthouse. Mais au moment où les portes allaient se refermer derrière moi, un bras s'est glissé dans la fente pour les retenir. Sean et papa sont montés dans l'ascenseur à leur tour.

À l'évidence, Sean était au courant, parce qu'il ne m'a pas salué. Papa et lui se sont postés de chaque côté de moi en silence, rigides comme des statues. La descente vers le vestibule a semblé durer une éternité. Seul le bourdonnement de l'ascenseur se faisait entendre, rendant la situation encore plus tendue.

Quand les portes se sont enfin ouvertes, je suis sorti le premier pour fuir les deux hommes les plus terrifiants de la planète. Heureusement, ils m'ont laissé faire. Ils ont marché derrière moi tandis que je me dirigeais vers le parking.

Une fois dehors, je me suis retrouvé face à face avec un homme de ma taille. Il avait la même carrure, et à en croire sa musculature, il allait à la salle de sport aussi souvent que moi. Quatre autres types me toisaient derrière lui.

– Conrad Preston ?

Ce n'était pas vraiment une question.

– Qui le demande ?

– Tobey. Le mari de Georgia.

Merde, les nouvelles vont vite.

Il m'a poussé sans crier gare.

– Tu te tapes ma femme ?

J'ai reculé en titubant et vu mon père et mon oncle derrière moi.

– Tu ne veux pas te frotter à moi, mec. J'ai des renforts.

– Non, tu n'en as pas, dit papa les mains dans les poches.

Je me suis tourné vers lui, alarmé.

Sean a croisé les bras et secoué la tête.

Ils me laissent en plan ?

– Drôles de potes, ricana Tobey. Maintenant, réponds à ma question.

– À ton avis ? rétorquai-je arrogant. Tu ne peux pas la satisfaire ; c'est normal qu'elle aille voir ailleurs.

Le mépris de Tobey s'est carrément transformé en rage vengeresse.

– Tu veux crever ?

– Pas vraiment. Parce que j'irais en enfer pour t'avoir tué, répliquai-je en le poussant à mon tour. Tu ne veux pas te frotter à moi. Ce ne serait pas équitable.

– J'en sais rien... dit Tobey en retroussant ses manches. Cinq contre un, ça me semble plutôt juste.

– Cinq contre trois, corrigeai-je.

– Nan, dit papa. Cinq contre un.

– C'est quoi ton problème ? m'énervai-je.

Papa a haussé les épaules.

– T'as fait ton choix. Subis les conséquences.

– Tu me laisses vraiment tomber, là ? demandai-je incrédule.

– Désolé, fiston. Tu as choisi d'ignorer mes conseils. Honnêtement, tu mérites une bonne raclée.

Tobey a souri.

– Il me plaît, ce type.

Puis il m'a foutu son poing dans la gueule.

Comme je ne m'y attendais pas, je n'ai pas paré le coup et il m'a écrasé le nez. Je savais boxer, aussi je me suis mis en position d'attaque et je lui ai rendu la pareille au décuple. C'était un adversaire facile, parce qu'il n'avait évidemment jamais appris à se battre. Mais je ne faisais pas le poids contre cinq types. Les quatre autres m'ont empoigné les membres et maintenu en place tandis que Tobey me frappait au visage et au ventre. Comme l'avait juré papa, Sean et lui ne sont pas intervenus. Bientôt, mon visage dégoulinait de sang et j'avais mal partout.

– Bon, ça suffit, dit papa en s'avançant, la main levée. Il a compris le message. Maintenant, fichez le camp.

– Il n'est pas encore mort, dit Tobey.

Papa est resté à mon côté tandis que Sean me flanquait de l'autre.

– Lâchez-le ou je vous bute. Il a eu sa dose. Croyez-moi, cinq contre deux, ça joue en faveur de mon frère et moi.

Tobey a semblé comprendre qu'ils étaient des adversaires redoutables, parce qu'il a fait signe à ses brutes de me lâcher.

– Ne t'approche plus de Georgia. Touche-la encore une fois et je reviendrai te voir quand papa n'est pas là.

Sur ce, ses potes et lui ont filé.

Je me suis affaissé sur le sol en toussant du sang. J'avais les yeux boursouflés et les lèvres en sang. Mes côtes me faisaient souffrir. Et j'avais une migraine atroce.

– Ça va, fiston ?

Papa s'est agenouillé pour m'examiner.

– Dégage, dis-je en le repoussant, puis me relevant. T'es resté planté là à me regarder prendre une dérouillée.

– Tu devais apprendre ta leçon, dit papa calmement.

– Je n'ai plus cinq ans, ripostai-je.

– Mais tu te comportes comme si c'était le cas, dit Sean en croisant les bras. Si un type ne faisait que regarder ma femme avec convoitise, il se retrouverait dans un fossé. Je n'ai aucune sympathie pour toi, Conrad. Tu savais qu'elle était mariée, mais tu as quand même choisi de coucher avec elle.

– Ça fait de moi une ordure ? demandai-je.

– Tu n'es certainement pas un type bien, dit papa. Que ça te serve de prise de conscience. Tu es sur la mauvaise pente, Conrad. L'ancien toi me manque, l'homme dont j'étais fier.

– Eh ben, il est mort, m'énervai-je. Vous pouvez remercier Lexie pour ça.

Personne ne pouvait comprendre le calvaire que j'avais vécu.

– Vous n'avez pas idée de ce que c'est que d'ouvrir votre cœur à quelqu'un et voir la personne le piétiner devant vous. Elle m'a bousillé... sans aucun remords. Je lui ai tendu une bague en lui déclarant mon amour, et elle m'a larguée.

J'avais baissé la garde quelques secondes et déjà le flot de larmes montait. Je n'ai pas pleuré une seule fois depuis que Lexie m'a quitté, et tout à coup c'est arrivé. J'ignore ce qui l'a déclenché exactement. Sans doute était-ce parce que je fuyais la vérité depuis tellement longtemps, et j'avais enfin touché le fond du puits. Les digues avaient cédé et tout se déversait d'un coup.

– Elle m'a jeté... et je l'aimais.

Je me suis couvert le visage et j'ai éclaté en sanglots au milieu du trottoir.

Papa m'a immédiatement pris dans ses bras.

– Conrad, ça va aller.

– Je l'aimais, papa. Je l'aimais vraiment. Je croyais que tout était parfait... mais je me trompais. Elle a dit non et elle est partie, comme ça. Elle ne m'a même pas dit pourquoi...

J'ai pleuré dans mes mains, me détestant encore plus de m'effondrer comme ça, en plein jour. Ça n'avait rien à voir avec mes blessures corporelles — seulement mon cœur brisé.

– Je couche avec une fille différente chaque soir, mais je me sens quand même seul au monde. Je leur demande de passer la nuit parce que je ne supporte pas que mon lit soit vide. Je prétends qu'elles sont Lexie... pour pouvoir dormir. J'espère que si je me tape assez de nanas, je l'oublierai... j'arrêterai de penser à elle. Mais rien ne marche. Papa... rien ne marche.

Il gardait les bras autour de moi, me serrant comme quand j'étais enfant.

– Je sais que tu souffres en ce moment... mais ça ira.

Sa voix était différente, douce pour la première fois depuis longtemps.

Quand j'ai relevé la tête, j'ai vu les larmes dans ses yeux. Son chagrin reflétait le mien.

– Rien ne chasse la douleur. Il faut seulement attendre qu'elle passe...

– Mais pourquoi elle m'a fait ça ? Qu'est-ce que j'ai fait de mal ?

– Je n'en sais rien, Conrad. Mais elle est passée à côté du mari parfait.

– Je veux que la douleur s'en aille. Comment je fais ?

– Tu ne peux pas la chasser, répéta-t-il en me serrant plus fort. Seulement la surmonter, en t'appuyant sur tes amis et ta famille. Pas en couchant avec des top-modèles et des femmes au hasard dans l'espoir que ça arrange tout.

Je me suis forcé à arrêter de pleurer parce que je me sentais trop pathétique. Les gens nous contournaient sur le trottoir. En New-Yorkais typiques, ils ne faisaient pas attention à nous.

– Je ne prends pas plaisir à te voir dans cet état, chuchota papa. Ça me brise le cœur.

– Je sais, papa...

– Mais je suis content que tu reconnaisses enfin tes émotions. C'est le premier pas vers le rétablissement. T'as assez différé ce moment.

– Parce que j'ai tellement mal...

Papa s'est levé et m'a aidé à me redresser.

– Je sais... c'est pénible. Mais je suis là. Et je vais t'aider à t'en sortir.

– Je me comporte en salaud depuis des mois... avec toi et tout le monde.

– Là est la beauté de la famille. Tu peux être un salaud autant que tu veux, dit-il en prenant mon visage et m'embrassant le front. On est encore là quand c'est fini.

QUAND JE ME SUIS RÉVEILLÉ DE MA SIESTE, TOUT LE MONDE ÉTAIT

dans le salon. Skye et Cayson, Slade et Trinity, Heath et Roland, et même Theo.

Je me suis endormi après que papa m'ait raccompagné à la maison, mais je ne m'attendais pas à ce que tout le monde soit là à mon réveil. Ça m'a pris par surprise, et j'ignorais quoi dire. Maman était là aussi. Et Scarlet, Ryan et Janice.

Ils me regardaient tous d'un air inquiet.

Je me suis raclé la gorge en m'avançant. Il y avait des boîtes de pizza et des packs de bière sur la table. Le match passait à la télé, mais le son était coupé. Je savais qu'ils étaient là pour me remonter le moral. Papa avait dû tous les appeler.

J'ai mis les mains dans mes poches.

– Je sais que j'ai été... un peu salaud ces derniers temps. J'ai été impoli envers vous tous à un moment ou un autre... et je suis désolé. Je... je ne suis plus moi-même ces temps-ci. Quand Lexie m'a quitté... j'ai craqué et je me suis perdu. Je m'en excuse.

J'ai cligné des yeux pour m'empêcher de pleurer.

– Surtout à Roland... qui a essayé de me soutenir, mais je l'ai repoussé.

Roland n'a pas réagi. Il s'est contenté de me fixer tristement. Puis il s'est levé et s'est approché de moi lentement. Arrivé devant moi, il m'a serré dans ses bras.

– C'est de l'histoire ancienne, Conrad.

Je lui ai rendu son étreinte en inspirant profondément.

– T'es toujours mon meilleur pote ?

– Toujours, vieux.

Quand il a reculé, j'ai remarqué un voile d'humidité sur ses yeux.

– En fait, on est toujours meilleurs potes, dit Theo en s'approchant, souriant, puis me serrant dans ses bras. Mais je ne me battrai pas pour toi aujourd'hui.

Il a reculé en riant.

– Merci, les mecs.

J'étais surpris qu'ils me pardonnent volontiers d'avoir été un enfoiré pendant aussi longtemps.

Trinity s'est avancée ensuite.

– Je t'aime, frérot.

Une mince pellicule de larmes lui couvrait les yeux comme si elle avait pleuré plus tôt aujourd'hui. Elle me disait rarement qu'elle m'aimait. En fait, c'est à peine si elle était gentille avec moi.

Je n'ai pas gâché le moment.

– Je t'aime aussi, sœurette.

Elle m'a étreint.

– Oh... s'attendrit maman en s'éventant les yeux. Ils sont si mignons.

En temps normal, j'aurais lancé une pique, mais je me suis retenu cette fois.

Les autres se sont approchés pour me serrer à leur tour et j'ai eu l'impression de faire partie intégrante du groupe à nouveau.

Slade est arrivé le dernier.

– Alors... t'as fini d'être une raclure ? T'es sûr ?

J'ai pouffé.

– Ouais, je crois bien.

– Super. L'ancien Conrad me manquait.

– Il nous a tous manqué, dit Cayson.

– Alors, t'es prêt à en parler ? demanda Skye.

Il n'y avait pas grand-chose à dire.

– Elle a dit non, dis-je en haussant les épaules. On était au restaurant, j'ai mis un genou à terre... puis elle s'est mise à pleurer et elle est partie. C'est tout.

– Salope... maugréa Trinity.

Je n'ai pas défendu Lexie, car elle ne le méritait pas.

– Elle avait un autre mec ? s'enquit Slade.

– J'en sais rien... mais sans doute. Je ne vois pas d'autre raison.

– Peut-être qu'elle n'était pas encore prête, avança Skye. Pour le mariage.

– Elle n'a pas essayé de me contacter, alors j'en doute.

Heath et Roland se sont regardés.

– Je ne le saurai jamais. Mais c'est peut-être mieux comme ça. Quelle que soit la raison, je ne veux pas le savoir. Ça ne ferait que remuer le couteau dans la plaie.

Heath et Roland se sont regardés de nouveau.

– Qu'est-ce qu'il y a ?

– Hein ? fit Roland.

– Pourquoi vous n'arrêtez pas de vous regarder comme ça ?

– Euh... pour rien.

Il a croisé les bras.

J'ai baissé les yeux de nouveau.

– J'imagine que je ne voulais pas affronter la réalité... alors j'ai essayé de me distraire.

– Tu n'as pas à t'expliquer, Conrad, dit Skye.

– On sait tous pourquoi tu t'es envoyé en l'air avec tout Manhattan, dit Slade. J'ai roulé ma bosse aussi.

Nous nous sommes tous tournés vers lui.

– Avant que Trinity devienne la femme de ma vie, bien sûr, grommela-t-il en nous fusillant du regard. Mais merci...

– On est là pour toi maintenant, dit Trinity. Et on peut te changer les idées.

– On pourrait se faire un laser tag, suggéra Slade. C'est toujours cool.

– Ou une partie de paintball, dit Cayson.

J'ai regardé autour de moi, mes amis, ma famille, la nourriture sur la table et le match à la télé.

– Vous savez quoi ? J'ai tout ce qu'il me faut ici. De la bonne compagnie et de la bonne bouffe.

Ils ont tous souri.

– Bon, qui veut faire un pari ? dit Slade en tapant des mains, puis se dirigeant vers le canapé.

– Cent balles sur les Steelers, dit Cayson en s'asseyant avec Skye.

– Deux cents, renchérit Slade. J'en ai besoin pour l'éducation de mon gosse.

Cayson a roulé les yeux.

Roland s'est assis à côté de Heath, appuyant le bras sur le dossier du canapé.

– Heureusement qu'on ne fait pas de pari. Ça pourrait dégénérer.

– On pourrait avoir une dispute, puis une baise de réconciliation, dit Heath.

Roland a opiné.

– Pas faux. D'accord, je suis partant.

J'ai pris une bière dans le frigo, puis je suis revenu au salon et j'ai regardé ma famille réunie qui prenait du bon temps. Nous redevenions le groupe fonctionnel qui avait besoin de chaque membre pour aller bien. Au lieu d'aller chercher du réconfort ailleurs, j'aurais dû me tourner vers eux dès le début. Ils étaient tout ce dont j'avais besoin — pour toujours.

11

Silke

Abby et moi jouions avec ses figurines sur le tapis devant la télévision. Ses cheveux bruns poussaient vite et j'allais devoir lui couper. Un serre-tête rose les empêchait de lui tomber dans le visage.

Elle jouait avec sa licorne.

– Silke ?

– Oui, mon cœur ?

Arsen et moi l'appelions plus souvent par des petits noms affectueux que par son prénom.

– Est-ce que papa est malade ?

Mon cœur s'est arrêté en entendant ses mots.

– Malade ?

– Oui... il n'est plus comme avant, dit-elle en brossant la queue du petit poney. Il a changé.

Mon ventre s'est noué et j'ai eu la nausée.

– Il a perdu quelqu'un qu'il aimait. Il a juste du mal à s'en remettre.

– Quand maman est partie, j'étais vraiment triste. Papa est triste ?

– Oui...

Arsen était une bombe à retardement et je ne savais pas quoi faire. Il était distant avec moi, et chaque fois qu'il rentrait à la maison, il empestait le whisky. Il était ivre en permanence, car il ne pouvait pas se supporter quand il était sobre. Je l'ai laissé continuer son petit jeu, pensant qu'il avait besoin de noyer son chagrin, mais cela durait depuis trop longtemps. Son comportement nuisait à sa relation avec moi, et surtout avec sa fille.

– Il va surmonter sa peine, Abby.

– Il est fâché contre moi ?

J'ai froncé les sourcils.

– Bien sûr que non. Parfois les adultes... ont besoin de solitude.

– Il n'est plus jamais à la maison.

– Ne t'inquiète pas, ma chérie. Papa va bien bientôt reprendre sa vie normale.

J'AI BORDÉ ABBY DANS SON LIT ET JE L'AI EMBRASSÉE SUR LE FRONT.

– Papa me lisait une histoire...

L'émotion m'a noué la gorge.

– Je peux t'en lire une. Qu'est-ce que tu en dis ?

– D'accord...

J'ai pris un livre sur les dinosaures et je l'ai lu de la première à la dernière page. Abby a serré son ours en peluche jusqu'à ce que ses paupières s'alourdissent. Elle s'est endormie avant la fin de l'histoire. J'ai quand même fini le livre, puis je l'ai regardée. Elle avait l'air si paisible, endormie dans le petit lit rose que son père lui avait acheté. Je m'inquiétais pour elle. Elle avait remarqué le comportement étrange d'Arsen et j'espérais que cela n'allait pas la marquer à vie. J'ai embrassé son front, puis j'ai quitté la chambre.

Une fois dans le couloir, j'ai entendu Arsen.

– Bordel de merde !

Un objet s'est fracassé en tombant sur le sol.

J'ai soupiré, car je savais que la nuit allait être horrible. J'ai marché jusqu'à l'entrée et vu les débris du vase sur le plancher. Arsen a essayé de les ramasser à mains nues, mais il a abandonné, les morceaux lui coupant les doigts. Il a enjambé les débris, sans même remarquer ma présence.

– Arsen.

Il s'est retourné, et il lui a fallu un moment pour comprendre qui j'étais.

– Salut, bébé. J'ai eu un léger accident...

Il a levé ses mains ensanglantées en riant.

J'avais envie de le gifler de toutes mes forces.

– Ton comportement a assez duré. Je ne le supporte plus.

– Le supporter ? demanda-t-il en arquant un sourcil, vacillant comme s'il avait du mal à tenir debout. À ma connaissance, ça ne te concerne pas.

– Exactement.

Je suis allée chercher la trousse de secours dans la cuisine et j'ai entrepris de désinfecter ses coupures.

– Je comprends que tu sois bouleversé, mais te comporter comme un salaud ne t'aidera pas à aller mieux.

– Je ne suis pas un salaud.

– Vraiment ? le provoquai-je. Tu n'es jamais à la maison, et quand tu es là, tu es ivre mort. Abby a besoin de son père, pas d'un loser de merde.

– Loser ? C'est un loser qui t'a acheté cette magnifique maison ? C'est un loser qui t'a donné tout ce que tu as toujours voulu ?

– Je me fous des choses matérielles et tu le sais. J'ai besoin de mon conjoint et Abby a besoin de son père. Je suis navrée de ce qui est arrivé à ta mère, mais ça ne te donne pas le droit de mal te comporter.

– Tu es navrée de ce qui est arrivé à ma mère ? répéta-t-il incrédule. Qu'elle soit morte ? Que j'aurais pu la sauver, mais que j'étais trop con pour lui donner une chance de s'en sortir ? Qu'elle n'ait jamais cessé de m'aimer et que j'ai gâché ma chance d'avoir une vraie relation avec la seule famille qui me reste ?

– Arsen, tu sais très bien que c'était plus compliqué que ça. Elle a fait des erreurs, et elle t'a abandonné. Ne l'oublie pas. Ne la mets pas sur un piédestal parce qu'elle est morte.

Arsen m'a regardée, le visage rouge. Et soudain, il a saisi la coupelle en cristal sur la table et l'a jetée violemment sur le carrelage, où elle s'est fracassée et a explosé en mille morceaux.

Je n'ai pas bronché.

– Ne reste pas plantée là comme si tu comprenais, alors que tu ne piges que dalle.

– Arsen, baisse d'un ton. Abby...

– Ta gueule, cracha-t-il en serrant les poings. T'as eu une petite vie parfaite avec une petite famille parfaite. T'avais une maison, un endroit qui t'a permis de rester saine. Je n'ai jamais eu ça. T'es une fille pourrie gâtée qui n'a jamais connu une dure journée de toute sa vie. Ma mère est morte, et j'aurais pu la sauver. Ou j'aurais pu passer du temps avec elle au lieu de l'insulter. Je le regretterai aussi longtemps que je vivrai. T'es trop conne pour le comprendre.

De la vapeur s'est mise à me sortir par les oreilles.

– Ressaisis. Toi.

Son visage est devenu encore plus rouge.

– Tu as une maison. Une famille. Je suis désolée que les choses ne se soient pas passées comme tu le voulais, mais être un sale connard ne changera pas le passé. Ça va changer l'avenir — ton avenir avec moi. Je suis navrée que tu en chies, sincèrement. Mais tu dois t'appuyer sur moi, pas me traiter comme une merde. Tu dois être un vrai père et t'occuper de ta fille. Ma gentillesse et ma patience diminuent de jour en jour. Ressaisis-toi ou...

– Ou quoi ? me défia-t-il.

– Ou je te quitte.

J'aimais Arsen de tout mon être, mais je n'allais pas supporter ses conneries. Il se comportait mal depuis des semaines et ne montrait aucune volonté de se reprendre en main. Je devais le remettre à sa place. On pouvait tous perdre les pédales à un moment donné, mais ça ne nous donnait pas le droit de blesser les gens qui nous aimaient.

– Tu vas me quitter ? siffla-t-il, le regard noir. Tu vas me quitter comme tous les autres ?

– Si tu continues à agir comme ça, oui, affirmai-je sans fléchir. Si tu ne veux pas que ça arrive, arrête de boire et rentre à la maison à une heure raisonnable. Tu dois me respecter et t'occuper de ta fille. Alors, reprends-toi, bon sang, et accepte ce qui s'est passé.

Sa voix est sortie comme un murmure, mais avec une froideur glaciale.

– Accepter ce qui s'est passé ?

– Oui.

– Tu sais quoi ? Tu devrais partir. Ça ne marchera pas entre nous.

Je savais qu'il ne pensait pas ce qu'il disait, alors je n'ai pas réagi.

– Prends tes affaires et barre-toi. Je n'ai pas besoin de toi de toute façon.

– Tu n'as pas besoin de moi ?

C'était idiot de le provoquer, mais j'étais déjà trop furieuse pour contrôler mes paroles.

– Non, je n'ai pas besoin de toi. Tu es une salope insensible qui se fout de moi ou de ce que je ressens.

Il ne m'a jamais insultée avant ni manqué de respect de façon aussi profonde. Il avait franchi le Rubicon, et je ne pourrais plus tenir ma langue. J'avais un sale caractère, hérité de ma mère. Si je ne partais pas tout de suite, une guerre terrible éclaterait. Abby entendrait tout, et elle se souviendrait certainement toute sa vie de cette nuit terrible. Elle se souviendrait de son père comme d'un être froid et cruel.

– Je vais me coucher. Dors sur le canapé.

– C'est tout ? demanda-t-il, manifestement irrité de ne pas me mettre hors de moi.

– J'ai mieux à faire que perdre mon temps avec toi.

– T'as intérêt à faire tes valises et te barrer demain matin.

Je lui ai tourné le dos et me suis dirigée vers le couloir.

– Je ne plaisante pas ! aboya-t-il.

J'ai continué de marcher jusqu'à la chambre que nous partagions avant. J'ai verrouillé la porte pour qu'il ne puisse pas me surprendre. Puis je me suis assise au bord du lit et j'ai fixé le mur, essayant de me concentrer pour déterminer sa couleur exacte. Était-il gris ? Était-il charbon ? Mais mon cerveau n'était pas assez doué pour me distraire de la douleur qui me transperçait le cœur.

J'ai pressé mes paumes sur mon visage et j'ai éclaté en sanglots.

JE SUIS ENTRÉE DANS LE SALON DE TATOUAGE ET J'AI REPÉRÉ MON père derrière le comptoir. Il a encaissé un client avant de lui rendre sa carte et son reçu.

– On continuera la semaine prochaine. Il faut plusieurs séances pour un tatouage aussi grand.

Quand l'homme s'est éloigné du comptoir, papa a posé les yeux sur moi.

– Salut, gamine. Qu'est-ce qui t'amène ?

Je me suis forcée à sourire, mais c'était pénible.

– J'ai du temps pour déjeuner aujourd'hui. Tu veux manger un burger ?

En fait, j'ai appelé pour dire que j'étais malade parce que j'étais trop bouleversée pour me rendre au musée. J'avais réussi à afficher un faux sourire et faire comme si tout allait bien... jusque-là.

Il a suffi de quelques secondes à mon père pour comprendre que quelque chose n'allait pas. Il était exceptionnellement doué pour lire les gens. C'était un don, et je ne savais pas de qui il le tenait.

Il a sauté par-dessus le comptoir.

– Bien sûr. Razor, je serai de retour dans une heure.

Razor a levé la tête de sa station et m'a saluée de la main.

– À ta guise, patron.

Papa m'a ouvert la porte et nous avons marché jusqu'au Mega Shake, à quelques rues de là. Ni lui ni moi n'avions mentionné le nom du restau. Nous savions tous les deux que c'était notre destination. Après avoir commandé, nous nous sommes assis dans un box au fond de la salle.

Je n'avais pas faim. J'ai juste picoré quelques frites que j'ai essayé d'avaler.

Papa mangeait avec son appétit habituel, mais il gardait les yeux sur moi, me surveillant comme le lait sur le feu.

– Je t'écoute quand tu es prête.

Comment sait-il ?

– Je ne sais pas par où commencer...

– Arsen ne va pas mieux ?

– Non... il a empiré. Ce n'est plus la même personne. Il rentre à la maison ivre mort au milieu de la nuit. Il brise des objets tellement il est énervé. Il n'est plus jamais présent pour Abby. Et il... m'a dit des choses très méchantes.

– Il te repousse ?

– Oui, et ça marche.

Papa s'est arrêté de manger.

– Je lui ai déjà parlé, mais je veux bien réessayer.

– Je pense qu'il est à un stade au-delà de la conversation civile. Il porte en lui tant de culpabilité et de douleur. Il a érigé un mur de béton tout autour de lui. Rien ne peut l'abattre. Il est brutal et méchant. J'ai menacé de le quitter et il m'a dit de faire mes valises et de partir.

– Tu l'as fait ?

– Non... je ne suis pas sûre qu'il se souvienne de notre dispute. Il a dormi sur le canapé et en général, il est déjà parti quand je me lève le matin.

Papa a posé le menton sur ses poings.

– Merde, ça craint.

– Même Abby se rend compte que ça ne va pas. Je continue de le couvrir dans l'espoir qu'il se ressaisisse, mais je ne pense pas qu'il le fera.

Papa a soupiré.

– Il est revenu trois ans en arrière. Tous ses progrès, tous ses efforts... se sont envolés.

– Je sais.

Il a poussé son plateau sur le côté.

– Je peux essayer de lui parler, mais parfois, seul le temps arrange les choses.

– Je ne peux pas le supporter plus longtemps.

Papa a étudié mon visage.

– Est-ce qu'il te fait souffrir ?

– À chaque seconde de la journée.

Je ne voulais pas pleurer, mais je luttais pour retenir mes larmes.

– Il ne le fait pas exprès, Silke. Il a juste perdu les pédales.

– Je sais, mais je ne peux pas le supporter plus longtemps. J'aimerais le réconforter et le soutenir, mais il ne me laisse pas l'approcher. Au lieu de m'utiliser comme une béquille, il se sert de moi comme d'un punching-ball. Je l'aime... tu sais combien je l'aime. Mais je refuse qu'il me traite comme ça.

Papa a opiné.

– Si tu ne vois pas d'amélioration et que tu es malheureuse, je pense que tu dois le quitter.

J'ai été surprise qu'il dise ça.

– Vraiment ?

– J'aime Arsen comme un fils. Je sais qu'il traverse une épreuve difficile. Je suis passé par là. Mais ce n'est pas une excuse pour agir mal. Tu es ma fille et tu mérites mieux. S'il est comme ça, tu dois le quitter. Sa seule obligation est de te rendre heureuse, rien de moins.

– Je l'aime vraiment, mais...

– Je sais, Silke, dit-il me regardant tendrement. Parle-lui quand il est sobre et dis-lui ce que tu ressens. S'il ne change pas, alors tu dois te barrer de là. S'il veut foutre sa vie en l'air, tu ne peux rien faire pour l'en empêcher.

– Mais Abby...

– C'est ma petite-fille. Je m'occuperai d'elle. S'il n'est pas en mesure d'assumer son rôle de père pour le moment, je serai très heureux qu'elle vienne vivre chez nous. Janice adore ce petit ange.

– Je l'adore aussi... je n'imagine pas qu'elle ne fasse plus partie de ma vie.

– Elle n'a pas à sortir de ta vie. Tu peux t'en occuper autant que tu veux.

– Elle a déjà perdu sa mère... je suis tout ce qui lui reste.

– Je sais. Mais avant de brûler les étapes, parle à Arsen. Donne-lui une chance de s'excuser. Dis-lui ce qui se passera s'il ne se ressaisit pas. Ne le menace pas parce que ça va le faire disjoncter. Parle-lui calmement pour qu'il comprenne que ton discours est raisonné. Que tu pèses chacun de tes mots.

J'ai soupiré, car je n'étais pas impatiente d'avoir cette discussion avec Arsen.

– Pourquoi doit-on en arriver là...? On était heureux.

Ma vie avec Arsen était si parfaite avant que ça parte en vrille.

Le regard de papa s'est attristé.

– Je sais, ma chérie. Arsen est toujours là, quelque part... mais hors d'atteinte pour le moment. Les êtres qui ont eu un passé traumatisant sont toujours... un peu à la ramasse. J'ai eu une enfance malheureuse et il m'a fallu du temps pour tourner la page et être heureux.

Mon père n'a jamais parlé de son passé, donc je l'ignorais.

– Que s'est-il passé ?

– Ça n'a plus d'importance, dit-il. C'est une vie antérieure à laquelle je ne pense jamais. Arsen et moi sommes très semblables. Je crois que c'est pour ça qu'on a un lien si fort. J'espère juste que ça sera suffisant pour qu'il s'en sorte.

Je l'espérais aussi.

Le seul moment où il était sobre, c'était à son travail. J'ai donc décidé de lui rendre visite. Je suis entrée dans la concession et me suis immédiatement dirigée vers son bureau sans passer par Stewart. Personne n'a moufté en me voyant, car ils savaient tous qui j'étais.

Arsen signait les chèques de paie quand je suis entrée. Il a levé les yeux vers moi, sans le voile habituel d'alcool dans son regard. Mais il n'était pas ravi de me voir.

– Quoi ?

Pardon ?

– Quoi ?

– Je suis au bureau. Tu sais que je suis occupé.

J'avais espéré que la discussion partirait du bon pied. C'était raté.

– C'est le seul endroit où tu n'es pas saoul. Je n'ai pas trop le choix.

Son regard s'est assombri, mais il n'est pas monté dans les tours comme d'habitude.

Je me suis assise sur le siège en face de son bureau.

Il m'a observée en silence.

– Arsen, il faut qu'on parle.

– Ouais, ça ne m'a pas échappé.

J'ai ignoré son sarcasme et je ne me suis pas emportée. Ça tenait de l'exploit.

– Je m'inquiète beaucoup pour toi... toute cette boisson et cette colère... ça me fait peur.

Il a posé les mains sur ses genoux.

– Dès que je quitte le boulot, boire est la seule chose que j'ai envie de faire. C'est le seul moment où je ne pense pas à... d'autres choses.

– Eh bien, ce sont des moments que tu prends à Abby et moi. Ce n'est pas juste.

– Navré que mon chagrin vous déplaise, dit-il d'une voix pleine d'amertume.

– Ce n'est pas ça, murmurai-je. Laisse-moi t'aider. Prenons des vacances et partons quelque part. Laisse-moi te dorloter et t'embrasser... je suis là, Arsen. Profites-en.

Il est resté sur ses gardes.

– Tu m'as dit clairement que tu ne comprenais pas.

– Je comprends. Ce n'est pas parce que je ne l'ai pas vécu dans ma chair que je ne comprends pas. Et ça ne veut pas dire que je m'en fiche. Crois-moi, ça me brise le cœur de te voir dans cet état. Tu éprouves tellement de culpabilité et de peine... mais tu ne devrais pas. Ta mère ne voudrait pas que tu ressentes ça. Tu as fait la paix avec elle avant qu'il ne soit trop tard.

– Avant ? demanda-t-il froidement. Non, *c'était* trop tard.

Je n'aurais pas dû dire ça.

– Arsen, arrête de te punir. Tu es un homme bon avec un cœur énorme. Ta mère t'aimait et elle ne voudrait pas que tu te sentes si mal.

– On pourrait savoir ce qu'elle voudrait si elle avait reçu les soins médicaux dont elle avait besoin... mais elle n'a pas eu cette chance.

On tourne en rond.

– Je ne pourrai jamais revenir en arrière, Silke. C'est ce que tu ne comprends pas.

Chaque seconde qui passait augmentait mon exaspération.

– Tu ne peux pas revenir en arrière, j'ai compris. Mais le mal est fait. Et maintenant ? On fait quoi ? Tu vas continuer de te comporter de cette façon... pour arriver à quoi, exactement ?

Il a crispé la mâchoire d'énervement.

– Arsen, je t'aime. Tu es l'amour de ma vie. Je veux t'épouser et avoir d'autres enfants avec toi... mais ce comportement doit cesser. Je suis toujours là pour toi, et tu dois me laisser entrer. Si tu ne le fais pas... (j'ai dégluti parce que je n'arrivais pas à croire ce que j'allais dire). Je te quitterai, Arsen.

Il m'a fixé sans expression, terne comme un mur de béton.

– Et je ne reviendrai pas. Tu m'as promis que tu ne me ferais plus souffrir et c'est pourquoi je t'ai donné une autre chance. Mais tu me refais la même chose. On est revenus au même endroit qu'il y a plusieurs années. Si je pars cette fois, c'est fini. Je ne reviendrai pas.

– Alors, tu me menaces.

– Non. Fais ton deuil, pleure et sois en colère autant que tu veux. Mais arrête de boire et de me parler comme si je n'étais rien pour toi. Arrête d'effrayer Abby. Arrête de m'insulter et de m'intimider. C'est de la violence verbale, Arsen. Je t'aime, mais je ne permettrai jamais qu'on me traite comme ça. Je me fiche de qui tu es.

Il a continué de me fixer, sans aucune réaction.

– Ne te méprends pas, Arsen. Je ne veux pas te quitter. Je ne veux pas être avec un autre que toi. Mais je ne peux pas rester si tu continues de me traiter mal. Je t'en supplie, ne me donne pas une raison de partir.

Il a baissé les yeux vers son bureau.

– S'il te plaît, dis quelque chose.

Il n'a pas relevé la tête avant un long moment, puis il m'a regardée.

– Je vais essayer. Le fait que tu sois si impatiente et si dure avec moi me blesse, Silke. Mais je suppose que tu ne me laisses pas le choix.

– Je ne suis pas dure. C'est juste que...

– J'ai dit que j'allais essayer.

C'était tout ce que j'obtiendrais de lui.

– D'accord.

Je ne me faisais pas d'illusions. En fait, je m'attendais à ce qu'il rentre à la maison ivre, et pas avant dix heures du soir.

J'espère sincèrement me tromper.

Je ne voulais pas le quitter. Je voulais sauver notre couple. Mais s'il continuait de me traiter comme une merde, je n'aurais pas le choix. J'avais eu du mal à lui faire de nouveau confiance quand je l'avais repris, et s'il brisait ma confiance une nouvelle fois, il n'y aurait pas de retour en arrière.

C'est la dernière chose que je souhaite.

Je regardais Abby jouer avec ses petits poneys tout en faisant des trucs pour le travail. Je n'étais pas allée au musée aujourd'hui, et je devais rattraper mon retard.

– Qu'est-ce que tu veux pour le dîner, Abby ?

– Pas les cochonnets verts.

J'ai essayé de ne pas rire.

– Les cochonnets verts ?

– Ces trucs ronds et verts... beurk.

– Les choux de Bruxelles ? dis-je en souriant.

– Je crois... j'aime pas ça.

J'ai pouffé.

– Que dirais-tu d'un croque-monsieur ?

– Oui, je veux ça, dit-elle avec excitation.

J'ai fermé mon classeur et j'allais me lever quand la porte d'entrée s'est ouverte. Nous avons toutes les deux tourné la tête. Arsen se tenait dans l'embrasure. Il était un peu plus de dix-sept heures ; il rentrait à l'heure normale. Il n'avait pas l'air ivre. Il tenait un bouquet de fleurs dans une main, un sac de Toys R' Us dans l'autre.

J'ai failli pleurer.

– Papa !

Abby a couru vers lui et s'est accrochée à sa taille pour le serrer.

– T'es à la maison, murmura-t-elle.

Arsen ne souriait pas comme il le ferait normalement. Il était glacial, pratiquement mort.

– Je suis là, ma chérie, dit-il en lui tendant le sac. Je t'ai acheté un cadeau.

– Ooh... c'est quoi ?

Elle a regardé dans le sac et en a sorti une boîte de pâte à modeler Play-Doh.

– Génial ! Merci, papa.

– Je t'en prie. Essaie juste de ne pas en mettre partout.

Elle a pris la boîte et s'est rassise à sa place, au milieu des autres jouets.

Je me suis avancée vers Arsen, les bras croisés sur la poitrine.

Il m'observait avec la même expression que tout à l'heure, cachant toute émotion sous la surface. Il était fermé et creux. Mais c'est tout ce que je pouvais obtenir de lui.

– Je m'excuse pour mon comportement. Je vais essayer de m'améliorer.

J'ai zyeuté les fleurs dans sa main.

– S'il te plaît, ne me quitte pas, dit-il en me donnant le bouquet.

À ce moment-là, il a eu l'air sincère, même un peu ému. Un minuscule morceau de son ancienne personnalité a émergé. Il a soutenu mon regard sans ciller.

J'ai pris le bouquet et senti les fleurs.

– Elles sont magnifiques. Merci.

Il s'est lentement avancé vers moi et m'a enlacé la taille. Puis il a posé son menton sur ma tête.

– Je ne veux pas que tu partes...

– Je ne partirai pas... si tu fais ce que je demande.

– Je t'aime.

– Je t'aime aussi.

Il a laissé ses bras autour de ma taille et n'a pas cherché à me repousser. Il m'a tenue contre lui pendant plusieurs minutes.

– Je ne sais plus qui je suis... je suis complètement perdu.

– Je t'aiderai à retrouver ton chemin, Arsen.

12

Jared

C'était réellement en train d'arriver.

Beatrice et moi étions... quelque chose.

Et je ne pouvais pas tout foutre en l'air.

Je devais garder mes mains dans mes poches et me tenir bien avec elle. Ne pas laisser traîner mes yeux. Ne pas succomber à la tentation. Je ne pouvais pas la faire souffrir comme j'avais fait souffrir Lexie, la femme avec qui j'ai juré de passer le reste de ma vie. Je ne pouvais pas répéter les mêmes erreurs.

Je ne peux pas. Je ne me le pardonnerais jamais.

Après la fermeture, il ne restait plus que nous deux dans le bar et la tension a monté d'un cran. D'habitude, quand je voulais une fille, j'y allais franco. Mais c'était différent avec Beatrice. Je ne savais pas comment m'y prendre. Techniquement, nous n'avions pas eu de rencard, mais je passais tout mon temps avec elle depuis plusieurs mois.

C'est compliqué.

J'ai compté les billets dans la caisse avant de les ranger dans le coffre-fort.

– Encore une bonne recette.

– C'est le cas tous les soirs, dit-elle en retirant son tablier. On devrait peut-être fermer le lundi.

– Pourquoi le lundi ?

Les affaires étaient bonnes ce jour-là.

– Pour avoir un jour de congé, s'esclaffa-t-elle. Comment marche ton autre bar ?

– Bien. Je dois faire la compta et d'autres trucs. Mais je ne me plains pas.

– On ne peut plus avoir chacun deux emplois. On devrait engager un manager.

– Je pensais la même chose.

– Tu crois qu'on devrait poster une annonce sur un site d'emploi ? demanda-t-elle.

– Ouais, bonne idée.

C'était bizarre de parler boulot avec elle alors que je ne pensais qu'à l'inviter à dîner ou à l'embrasser. Notre dernier baiser avait été assez fabuleux. Elle était douée pour le roulage de pelles.

Elle s'est postée à côté de moi et son parfum m'a enivré.

– Alors... tu fais quoi en général après le travail ? minauda-t-elle.

Pourquoi étais-je si nerveux, putain ? Je lui ai dit ce que je ressentais pour elle, étalé mes sentiments au grand jour. Mais dès qu'il s'agissait de prendre une initiative, j'étais une vraie mauviette. Depuis que notre relation était différente, j'étais différent.

– Euh... je rentre chez moi.

– Tu veux qu'on fasse un truc ?

– Euh...

C'est tellement embarrassant.

Elle a souri comme si ça l'amusait.

– Jared, je ne t'ai jamais vu nerveux avant.

Mes joues ont rosi et je détestais ça.

– C'est que je ne sais pas trop comment m'y prendre.

– Eh bien, je suis une fille. Invite-moi chez toi comme n'importe quelle autre fille.

– C'est le problème. Tu n'es pas n'importe quelle fille.

Son regard s'est attendri.

– Je veux faire les choses bien et ça me paralyse. C'est beaucoup de pression.

– Eh bien, ne réfléchis pas. Fais comme quand nous étions de simples amis.

– Honnêtement, tu n'as jamais été mon amie. J'ai toujours eu le béguin pour toi.

– Alors fais comme si je ne le savais pas.

Elle s'est penchée vers moi, ses lèvres rubis frôlant les miennes.

– Euh… quand tu es si près de moi, je ne peux pas réfléchir.

– Allons Jared. Ne fais pas ta chochotte.

Ça m'a ramené brusquement à la réalité.

– Ma chochotte ?

– Ouais. Tu te comportes comme une chochotte en ce moment.

J'ai éclaté de rire parce qu'elle avait raison.

– Viens chez moi, on regardera un film.

– J'espère qu'on ne regardera pas le film…

J'ai souri de toutes mes dents.

– Qui aurait cru que Beatrice Satini était une grosse cochonne ?

– Je ne suis pas une cochonne, protesta-t-elle en me frappant le bras. J'en pince pour toi depuis un bon bout de temps, et je sais déjà tout sur toi. Je veux t'embrasser et te voir torse nu.

Au moins, elle a brisé la glace.

– T'as rompu avec Jason, j'espère.

Son sourire a immédiatement disparu.

– J'ai complètement oublié.

Sa réponse m'a déplu.

– Débarrasse-toi de lui. Je n'aime pas ce connard.

– Ce n'est pas un connard. C'est un mec très sympa.

– Peu importe. T'es à moi et je veux qu'il le sache.

– On n'est pas dans une relation exclusive, alors je lui parlerai demain. Je ne fais rien de mal.

Je n'aimais pas qu'elle soit encore en contact avec lui. Je voulais qu'il sache qu'elle était à moi. Je n'ai jamais été possessif ni jaloux, mais je le suis devenu instantanément.

– Dis-lui.

– Maintenant ? Il est onze heures du soir.

– Envoie-lui un texto.

Elle a roulé des yeux.

– Je ne vais pas rompre avec lui par texto.

– Email ?

Elle a plaqué la main sur sa hanche.

– Alors, passons chez lui, proposai-je.

– Pourquoi je dois le faire maintenant ?

– Parce que tu es à moi et il doit le comprendre. Tu sais quoi ? Je vais lui dire.

– T'as peur que je change d'avis ou quoi ?

Elle m'a scruté comme si ses yeux étaient des loupes.

– Tu as dit que tu l'aimais bien, que tu vas continuer de le voir… et tu l'as embrassé.

– Jared, il n'y a pas de comparaison possible. Je lui ai même dit que je voulais coucher avec toi, mais que tu as refusé.

– Vraiment ?

Cette version me plaisait.

– Quand je lui dirai qu'on est ensemble, il ne sera pas surpris.

– T'as couché avec lui ?

Elle m'a jeté un regard noir.

– Hé, j'ai le droit de savoir.

– Absolument pas.

Mon cœur s'est décroché.

– T'as couché avec lui...?

– Non... bien que ça ne te regarde pas.

Je respirais mieux.

– Donc, film et roulage de pelles ce soir ? dit-elle gaiement.

Je pensais encore à Jason, ça virait à l'obsession.

Elle a soupiré.

– Tu plaisantes, j'espère ?

– Comment tu te sentirais si je sortais avec une nana ? Et que je sois officiellement encore avec elle ?

Quand elle a croisé les bras sur sa poitrine, j'ai su qu'elle comprenait mon point de vue.

– Alors, passons à son appart pour lui dire.

– Jared, il est presque minuit.

– Ben, appelle-le avant pour le prévenir.

Elle a fait demi-tour et elle est partie.

– On fera plutôt un truc demain soir après que je lui aurai parlé.

Je ne voulais pas attendre si longtemps, mais je voulais m'assurer qu'elle soit vraiment à moi avant de lui ouvrir mon cœur.

– Non, viens à la maison. On regardera un film, c'est tout.

Elle m'a fusillé du regard.

– Et on se câlinera, ajoutai-je.

Ça n'a pas semblé la satisfaire.

– Hé, tu n'auras pas plus qu'un câlin.

– Je veux dormir chez toi.

– Genre... juste dormir avec moi ?

– Ouaip.

C'était un compromis raisonnable.

– Marché conclu.

Nous étions installés sur le canapé avec un verre de vin rouge à portée de main. Nous regardions un film récent avec Johnny Depp. Elle était blottie contre moi, un bras passé autour de ma taille.

Mon bras était étendu sur le dossier, et par moments, une mèche de cheveux frôlait le bout de mes doigts. Cela déclenchait un désir ardent en moi, soufflant le chaud et le froid en même temps. J'avais envie de lui empoigner les cheveux et d'aspirer sa lèvre inférieure jusqu'à lui faire mal.

Mais j'ai réussi à rester tranquille.

Beatrice a bougé, se rapprochant encore de moi. Son souffle me tombait dans le cou, ce qui me hérissait les poils de la nuque.

– Tu peux ne pas faire ça.

– Quoi ? demanda-t-elle.

– Te coller contre moi et me souffler dans le cou.

– Euh... d'accord.

Elle s'est écartée.

– Ça m'excite, et je déteste bander quand je ne peux rien faire.

– Oh.

Son air offensé a disparu. Elle s'est appuyée à nouveau contre moi, mais a dirigé son visage vers ma poitrine pour ne pas respirer dans mon cou.

Mais mon érection n'a pas molli.

Quand le générique a défilé à l'écran, il était presque une heure du matin.

– On va se coucher ?

Heureusement, elle était trop fatiguée pour me faire des avances. Je la voulais nue sous moi, les jambes enroulées autour de ma taille. Mais je voulais aussi que notre relation aboutisse quelque part, et je ne pouvais pas me permettre de faire la moindre erreur.

Elle a bâillé.

– J'ai sommeil et je veux câliner mon ours en peluche.

– Je suis une peluche maintenant ?

– Ouais... sans la fourrure.

– Alors, allons-y.

Nous sommes entrés dans ma chambre. J'ai trouvé un caleçon et un t-shirt propres.

– Tu peux mettre ça.

– Merci, dit-elle en les dépliant. C'est un peu grand...

– Roule la ceinture du caleçon, ça devrait aller.

C'était ce que faisaient les autres filles.

Elle s'est changée dans la salle de bain et je me suis glissé sous les draps. J'étais torse nu, mais j'ai gardé mon caleçon. Je n'aimais pas dormir avec des vêtements. C'était trop inconfortable.

Beatrice est sortie de la salle de bain et m'a rejoint dans la chambre. Ses longues jambes fines, dépassant de mon t-shirt mille fois trop grand pour elle, étaient sexy à mort. Elle est entrée dans le lit et s'est collée à moi.

Ça va être beaucoup plus dur que je le pensais.

– Il est confortable ton lit.

– Merci...

Elle s'est blottie contre moi, le plus naturellement du monde.

Il n'y avait aucun moyen de dissimuler mon érection, alors je ne me suis pas donné la peine d'essayer. J'ai fait passer sa jambe par-dessus ma taille, et j'ai enroulé un bras autour de ses côtes. C'était tellement bon de la tenir dans mes bras.

– Bonne nuit, Jared.

Ses yeux étaient déjà fermés.

– Bonne nuit, bébé.

Le surnom affectueux m'a échappé.

Elle a ouvert les yeux et m'a fixé.

– Je peux t'appeler bébé ?

– J'aime quand tu m'appelles bébé.

J'ai souri avant de l'embrasser sur le front.

Beatrice est entrée dans le bar à vin vêtue d'une petite robe noire, en escarpins. Elle était superbe, comme toujours. Quand elle a posé les yeux sur moi, ils scintillaient de joie.

– Salut.

Elle est passée derrière le bar pour m'embrasser.

C'était un baiser innocent, sans langue ni passion. Un baiser normal comme s'en faisaient quotidiennement les couples ensemble depuis des années. Mais cette normalité signifiait beaucoup pour moi. Je pouvais l'embrasser devant tout le monde parce qu'elle était ma petite amie.

– Salut, beauté.

– Un autre jour de boulot, hein ?

– Ça y ressemble.

Je l'ai saisie par la taille et l'ai tirée vers moi avant qu'elle ne s'éloigne.

– Alors... tu lui as parlé ?

Son regard coupable m'a apporté la réponse.

– Je lui ai laissé un message, mais il ne m'a jamais rappelée. Il doit être trop occupé par son travail.

J'ai grogné de déplaisir.

– Mais quand il rappellera, je lui dirai.

Ce n'est pas assez tôt pour moi.

– Jared, détends-toi.

– Plus tu attends, plus je dois attendre.

– Plus pour longtemps. Calmos.

Elle s'est éloignée pour que je ne lui prenne plus la tête.

J'espérais vraiment pouvoir batifoler après le travail. Et maintenant, mon plan tombait à l'eau parce que cet abruti n'avait pas décroché son téléphone. Si elle ne s'en chargeait pas très vite, j'allais devoir le traquer moi-même et revendiquer mes droits.

En fin de soirée, nous avons eu un client détestable.

Jason est entré et s'est assis à une table pendant que Beatrice circulait dans la salle. Il ne la quittait pas des yeux, la matant littéralement.

Je n'aime pas du tout son petit jeu.

Quand Beatrice l'a repéré, elle s'est approchée de sa table et a bavardé avec lui. Ils échangeaient des sourires ; visiblement, elle n'était pas en train de rompre. Puis il s'est levé et s'est penché pour l'embrasser.

Oh, je ne crois pas, mon pote.

Beatrice a plaqué une main sur son torse pour le garder à distance. Puis elle lui a dit quelque chose.

Jason a compris qu'un truc n'allait pas à en juger par son air troublé.

C'était très dur pour moi de rester à l'écart et de ne pas intervenir.

Elle était à moi, et elle l'était avant que le bellâtre apparaisse dans le paysage. Je ne voulais pas qu'il la touche, la supplie de lui accorder une chance, et je ne voulais certainement pas qu'il la regarde comme ça.

Incapable de garder de la hauteur, je me suis dirigé vers eux. La jalousie dictait ma conduite et je savais que c'était une erreur, mais j'étais impuissant face à mes émotions. Beatrice n'était pas juste une fille pour qui j'avais des sentiments. Elle était bien plus.

– T'as besoin d'aide, B ?

Elle m'a jeté un regard froid.

– Non, Jared. Tout va bien.

Jason ne voulait pas me regarder.

– T'es sûre ? Ça a l'air un peu... tendu.

– Va-t'en, Jared, ordonna-t-elle. Tout de suite.

– Elle est à moi, aboyai-je comme un chien qui réclame désespérément un os.

Morte de honte, Beatrice s'est couvert le visage.

– Oh mon Dieu...

Jason n'était pas amusé.

– Si t'as fini de jouer au con, tu peux me laisser parler à Beatrice ? On a une conversation d'adultes, même si je doute que tu saches ce que ça signifie.

Je me suis planté devant lui et j'ai gonflé mes muscles, me préparant à lui balancer mon poing dans la gueule.

– T'as envie de mourir, beau gosse ?

– Bon, ça suffit, déclara Beatrice en nous écartant l'un de l'autre. Ne sortez pas vos bites pour les comparer.

– On sait déjà qui a la plus grosse, glapis-je.

Jason a regardé Beatrice d'un air ahuri.

– T'es sérieuse ? Tu veux être avec ce crétin ?

– Il n'est pas comme ça d'habitude. Il est juste un peu...

Je l'ai attrapé par la nuque pour lui écraser la tronche sur la table.

Beatrice m'a frappé le bras de toutes ses forces.

– Jared ! Lâche-le.

J'ai obéi. Mais si ça avait été quelqu'un d'autre, je ne l'aurais pas écouté.

– Maintenant, retourne derrière le bar et restes-y. Je ne plaisante pas.

Je savais que j'avais fait assez de dégâts, alors je suis retourné derrière la caisse, la queue entre les jambes. Je n'ai pas servi les clients, car je ne les quittais pas des yeux. Ils se sont assis l'un en face de l'autre à la table et ont parlé posément. Le visage de Jason était un masque neutre. Je n'arrivais pas à déterminer ce qu'il pensait ou ressentait.

Une heure plus tard, il s'est levé de table et l'a serrée dans ses bras.

Reste ici, Jared.

Ne le fais pas.

Ne bouge pas.

Beatrice lui a rendu son étreinte avant de s'écarter. Après un échange de sourires, Jason s'est dirigé vers la porte. En sortant, il m'a lancé un regard glacial.

Je lui ai fait un doigt d'honneur.

Quand j'ai reporté les yeux sur Beatrice, elle avait les bras croisés et secouait la tête.

J'ai souri d'un air innocent.

Elle a pivoté et s'est remise au travail.

Beatrice ne m'a pas parlé jusqu'à l'heure de la fermeture. J'ai tâté le terrain.

– Alors... encore une belle soirée, hein ?

– Oui pour les affaires. Non pour notre relation, absolument pas.

Et merde.

– Bébé, je suis désolé. Je n'ai jamais été jaloux comme ça.

– Et c'est censé être une excuse ?

– Ben... ouais ?

Elle a tapé du pied.

– Tu m'as fait honte, Jared. Jason n'a rien fait de mal. C'est une victime innocente dans cette histoire. Tu n'as absolument aucune raison de te réjouir de ta victoire. Il s'est montré très compréhensif quand je lui ai dit. Dès le début, je lui ai dit ce que je ressentais pour toi. Il s'est retiré du jeu sans faire d'histoires.

– Vraiment ?

– Oui.

Au moins, il ne se bat pas pour elle.

– Tu n'as pas intérêt à me refaire un coup comme ça. Je suis sérieuse.

– Promis, dis-je immédiatement.

– Parce que je ne supporte pas la jalousie. C'est vraiment chiant. C'est comme si tu ne me faisais pas confiance.

– Non, pas du tout. C'était juste une situation pénible. Tu nous fréquentais plus ou moins tous les deux en même temps. Et les triangles amoureux finissent toujours mal.

– Ce n'est pas un triangle amoureux quand on n'est amoureux que d'une seule personne.

Mes yeux se sont arrondis et mon rythme cardiaque s'est affolé. Je l'ai fixée sans respirer. Ses mots ont résonné dans mon esprit comme un lointain écho. *Elle a vraiment dit ce que je crois avoir entendu ?* Je n'arrivais pas à y croire.

Beatrice n'a pas réalisé tout de suite la portée de ses paroles. Elle a fait comme s'il ne s'était rien passé pendant plusieurs secondes, puis elle a vu mon expression et elle a rougi, gênée.

– Je... je voulais dire que...

– Je suis amoureux de toi aussi.

Elle s'est tue et son regard s'est adouci.

Putain, je viens de lui dire que je l'aime.

Je ne l'avais même pas invitée à dîner que je lui balançais déjà mon terrible aveu. J'aurais pu garder mon amour secret, mais je ne l'ai pas fait. Je lui ai dit spontanément, sans réfléchir.

Elle m'a regardé les yeux brillants d'émotion avant de faire lentement le tour du bar. Tout le monde était parti, il ne restait qu'elle et moi. L'éclairage était tamisé et une chanson de Frank Sinatra passait en fond. Elle s'est arrêtée tout près de moi, ses lèvres touchant presque les miennes.

Mon cœur ne voulait pas ralentir. J'ai regardé sa bouche magnifique et fantasmé sur tout ce que j'aimerais lui faire. Nous nous sommes observés en silence, le calme avant la tempête. Je n'ai pas respiré une seule fois, car j'avais peur que ça retarde ce qui allait suivre.

Silence.

Chaleur.

Amour.

Passion.

Je l'ai saisie par les hanches et assise sur le bar. Ses jambes se sont immédiatement enroulées autour de ma taille. J'ai pris son visage à deux mains et je l'ai embrassée avec tout ce que j'avais. Nos bouches ont dansé ensemble tandis qu'elle s'accrochait à mon cou.

Je l'ai serrée contre moi, m'autorisant enfin à la chérir, à la revendiquer comme mienne. Mes regrets et mes erreurs pesaient lourd sur mon passé, mais l'histoire ne se répéterait pas. Ce serait différent avec Beatrice. Je lui serais fidèle, je serais le compagnon que j'aurais dû être pour Lexie. Je ferais les choses correctement.

Parce qu'il le faut.

13

Theo

J'étais nerveux de voir Dee et je ne savais pas trop pourquoi.

J'avais déjà couché avec elle, aussi je me disais que tout irait bien. Mais j'étais tendu et mon cœur refusait de ralentir. Jamais une fille ne m'a rendu aussi fébrile. C'était sans doute parce qu'elle me plaisait beaucoup. Ou encore qu'elle me terrifiait. Je n'en savais rien.

Alors que j'approchais du local, j'essayais de la jouer cool. Dee était le genre de fille qui pouvait avoir n'importe quel mec. Elle était forte d'esprit et indépendante, et ça m'allumait à mort. Ça m'a fait réaliser que j'étais attiré par les meufs rebelles et dures à cuire, pas les demoiselles en détresse.

Je suis entré dans le local de répète et j'ai aperçu les instruments. Des câbles serpentaient sur le sol, connectant les guitares à leur ampli. Slade tenait sa nouvelle gratte, noire et luisante avec le nom de Trinity gravé sur le manche.

– Elle est pas belle ? Ma femme me l'a offerte pour notre anniversaire.

– D'enfer, acquiesça Dee en passant les doigts sur les cordes, puis examinant l'inscription. C'est le nom de la guitare ? Trinity ?

– Ouaip. Sexy, hein ?

Dee a souri.

– Très. Tu lui as offert quoi ?

– Un séjour dans une chambre d'hôte au Vermont. Et je suis quasi sûr que c'est là que je l'ai mise en cloque.

– Félicitations. Si vous avez assez d'enfants, ils pourraient former leur propre groupe.

Slade a arrondi les yeux, intéressé.

– Dis donc, c'est pas une mauvaise idée...

Dee a ri, puis examiné le reste de la guitare.

– C'est un vraiment beau cadeau. J'espère que tu en joueras à nos concerts. Ça ferait le bonheur de Trinity.

– Bien sûr. Si c'est sa façon subtile de marquer son territoire, ça me convient parfaitement. J'aime bien son côté possessif. Ça rend le sexe encore meilleur.

Dee a ri, puis elle s'est tournée et m'a remarqué.

– Tiens. Salut, Theo.

Elle m'a fait un sourire séducteur, qui m'a mis des papillons dans le ventre.

– Salut, Dee.

J'étais encore nerveux en sa présence. Pourquoi ne pouvais-je pas agir normalement ? Sortions-nous ensemble maintenant ? Étais-je censé être affectueux avec elle ? Ou est-ce que ça la dérangerait ?

Les yeux de Slade allaient d'elle à moi.

– Le rencard s'est mal passé ?

Dee s'est approchée de moi et accrochée à mon cou.

– Il s'est super bien passé.

Puis elle m'a embrassé sensuellement.

Son geste a brisé ma nervosité, et mes mains ont trouvé sa taille alors que je l'attirais vers moi, savourant la sensation de ses lèvres contre les miennes.

– Hé, y a des hôtels pour ça, s'énerva Slade.

Dee s'est tournée vers lui.

– Comme si tu ne te mettais pas à peloter Trinity dès qu'elle passe la porte.

– C'est complètement différent. C'est ma femme.

– Je ne vois pas en quoi c'est différent, remarquai-je.

Razor et Cameron nous regardaient Dee et moi, visiblement déçus.

J'ai biché comme un pou.

– Alors... vous sortez ensemble maintenant ? demanda Slade.

– Ouaip, répondit Dee en me prenant la main.

– C'est pas trop tôt. Ça traînait depuis genre, six mois.

– Eh bien, Theo est un peu timide... dit Dee en me donnant un coup de coude.

– Je ne suis pas timide, répliquai-je. Je te trouvais juste trop belle pour moi.

– Tu l'as dit bouffi, opina Slade.

– Merci, vieux, dis-je sarcastique.

Il a haussé les épaules.

– Quoi ? C'est vrai.

– Bon, je dois répéter, dit Dee avant de m'embrasser encore.

– Très bien. À plus tard.

Je l'ai agrippée par la taille parce que je ne voulais pas qu'elle me file entre les doigts.

– Tu m'invites à dîner ce soir ? demanda-t-elle.

– Ça et d'autres trucs...

Elle a gloussé en s'éloignant.

Slade m'a menacé du regard.

– Tu l'as baisée ?

– Ouh là... dis-je en levant les mains. C'est plutôt indiscret comme question.

– Tu l'as fait ou pas ? insista-t-il. Dee est comme ma petite sœur. T'as intérêt à prendre soin d'elle.

J'ai roulé les yeux.

– Ne sois pas chiant.

– Oh, je vais l'être, s'énerva-t-il. Je vous ai branchés parce que je croyais que t'étais un type bien.

– Je le suis. Mais Dee ne veut pas d'un type bien.

Dee a tiré la manche de Slade pour le prendre à part.

– Arrête ton numéro de grand frère. C'est lassant à la longue.

Slade est revenu vers moi.

– Et Alex ?

– Quoi, Alex ? Ça fait une éternité qu'on a rompu, Slade.

– T'en pinces encore pour elle ?

– Bien sûr que non, m'insurgeai-je.

Il ne devrait même pas me le demander.

Slade m'a enfin lâché.

– Alors on n'a pas de problème.

– Dommage... moi qui cherchais une excuse pour te défoncer la tronche.

– Tu cherches les ennuis ? grogna-t-il en s'avançant, les poings devant lui. C'est les arts martiaux contre le Krav Maga. On verra bien qui gagne.

Dee a levé les yeux au ciel, puis a entraîné Slade vers elle.

– Rangez vos bites, les mecs. C'est l'heure de répéter.

Slade a crié par-dessus son épaule.

– Pour ton information, ma bite est plus grosse !

– C'est pas ce que Trinity m'a dit.

Là, on aurait dit qu'il voulait me trucider.

J'ai ri.

– À plus, Dee.

Je suis sorti avant que Slade puisse passer à l'acte.

―――

Je suis allé chercher Dee après sa répète.

– Qu'est-ce que tu veux manger ?

– Toi.

J'ai essayé de ne pas sourire.

– Ben, à part ça.

– Quelque chose d'autre... sur toi.

Ma queue s'est durcie dans mon froc.

– Je ne veux pas être dans une de ces relations qui tournent seulement autour du sexe, alors allons manger un morceau.

– Très bien, M. Sensible.

J'ai mis le bras sur ses épaules et nous sommes sortis ensemble.

– Prends-le comme un compliment. J'ai déjà eu ce genre de relation. Ce n'est pas ce que je veux avec toi.

– J'ai de la chance, dit-elle en passant le bras autour de ma taille.

– Alors, qu'est-ce que tu veux manger ?

– Burrito ?

J'ai pouffé.

– Tu veux un burrito ?

– J'adore les burritos.

– Que dis-tu de la taqueria où la bande va tout le temps ?

– Excellente idée.

Nous avons commandé, puis nous nous sommes assis dans un box près de la fenêtre. J'ai mangé mes nachos en regardant Dee engloutir son burrito comme si elle venait de courir un marathon et faisait le plein de calories.

– Je pense à me faire faire un nouveau tatouage.

– Ah ouais ?

Nous n'avions pas dit un mot avant ça. Nous nous contemplions comme deux ados entichés. Elle était superbe. Ses cheveux noirs contrastaient à merveille avec sa peau claire, et ses yeux bruns me rappelaient un café chaud un matin d'hiver.

– Slade m'a dit qu'il le ferait. Il est vraiment doué, apparemment.

J'ai sourcillé.

– Il sera où ce tatouage ?

– Sur mon autre hanche.

Ça ne me plaît pas.

– Je ne veux pas que Slade le fasse. Demande à quelqu'un d'autre.

– Quoi ? s'esclaffa-t-elle. Pourquoi pas ?

– Parce que c'est mon pote et je ne veux pas qu'il te reluque.

Elle a pincé les lèvres comme si elle s'empêchait d'éclater de rire.

– Slade ne me voit pas comme ça. Crois-moi.

– Je sais qu'il est heureux avec sa femme, mais c'est quand même un mec. S'il te voit en slip, il va bander.

Elle semblait toujours amusée.

– Primo, je sais lire les gens. À l'audition, Cameron et Razor m'ont carrément déshabillée des yeux. Sans vouloir être arrogante, j'ai souvent cet effet sur les mecs. Mais c'est à peine si Slade me regardait. À croire que j'étais un de ses potes. Et plus on passe du temps ensemble, plus c'est comme ça. Il ne me mate jamais. Il est tellement raide dingue de sa femme que rien d'autre ne compte. Et deuzio, je fais ce que je veux, alors n'essaie même pas de me dire quoi faire.

– Je ne te dis pas quoi faire. Je trouve juste dérangeant qu'un de mes potes te fasse un tatouage, c'est tout.

– Je veux qu'il soit parfait, alors je préfère demander à Slade.

Je savais que c'était peine perdue.

– Très bien.

– Tu ne veux pas savoir ce que je veux ?

– Mouais, dis-je en mangeant mes nachos.

– Un dragon noir. Ça va être malade.

– C'est sexy.

N'importe quoi serait sexy sur elle.

– Ouaip. Et je pense à me raser le crâne ici, dit-elle en pointant une section de cheveux au-dessus de l'oreille.

– Raser ?

– Ouais, faire une sorte de dessin.

Dee était la personne la plus libre d'esprit que je connaissais, une qualité que je trouvais attirante chez une femme. Mais je savais que mes parents ne seraient pas du même avis. Papa s'en ficherait peut-être, mais pas maman.

– Ça serait cool.

– Alors, ta journée ?

– Pas mal. J'ai dû embaucher des nouveaux profs étant donné que la demande augmente super vite, mais je ne m'en plains pas.

– C'est super. Ça t'arrive de te lasser ?

– Pas vraiment. J'enseigne l'autodéfense aux femmes depuis un moment, c'est mon cours préféré.

– Pourquoi ?

J'ai réfléchi un instant.

– La plupart des femmes qui s'inscrivent se sentent faibles, peureuses. Après avoir travaillé avec moi quelques mois, elles prennent de la force et de l'assurance. Et à la fin du programme, elles n'ont plus peur. Ce que les gens ne comprennent pas, c'est que la peur est le pire ennemi de l'homme. Soit on fige, soit on fuit. Mais quand on a confiance en soi, on est mille fois plus apte à se défendre. Ces femmes n'ont plus peur d'aller à la supérette pour un pack de lait tard le soir. Elles n'ont plus peur de rentrer du boulot toutes seules. Ça change vraiment leur qualité de vie. Et ça me fait plaisir d'y contribuer.

Un sourire lui a retroussé les lèvres, et elle m'a lancé un regard affectueux.

– Quoi ?

– T'es un grand sensible, Theo. Je crois que c'est ce que je préfère chez toi.

J'ai haussé les épaules, ignorant quoi dire.

– T'es un conventionnel, mais un bon. Tu es dur et fort, mais tendre sous tous tes muscles. D'une belle façon.

J'ai haussé les épaules de nouveau. Les compliments m'ont toujours mis un peu mal à l'aise.

– Tu veux bien m'apprendre quelques prises ?

– Pourquoi ? T'as peur ?

– Non.

– T'as pas besoin d'apprendre l'autodéfense, je suis là pour te protéger — de tout.

Elle souriait toujours.

– D'où te vient cette passion ?

– Je m'intéresse aux arts martiaux depuis que je suis tout petit. Sans doute à cause des Tortues Ninja et des Power Rangers.

Elle a ri.

– Peut-être bien.

– J'ai commencé très jeune. J'étais naturellement doué, et en grandissant j'ai continué mon entraînement. Je ne voulais rien faire d'autre.

– Alors pourquoi t'es allé à la fac ?

– Mes parents, répondis-je comme si ça expliquait tout. D'ailleurs, tous mes potes y allaient. Je ne le regrette pas, car je me suis beaucoup amusé.

– Et t'as beaucoup appris...?

J'ai haussé les épaules.

– Bah. À vrai dire, je ne me souviens de pas grand-chose.

– Tes parents font quoi ?

– Mon père est scénariste pour le cinéma. Ma mère ne travaille pas.

– Cool.

– Elle était danseuse avant, mais elle a arrêté quand elle est tombée enceinte de Thomas.

– Ton frère ?

J'ai opiné.

– Je ne t'ai jamais entendu parler de lui.

– On s'est brouillés il y a longtemps, mais on se réconcilie lentement. Ces choses-là prennent du temps.

Elle ne m'a pas posé plus de questions à ce sujet, heureusement.

– Bon, j'ai fini de manger. On va chez moi ?

– Tu ne tournes pas autour du pot, hein ? dis-je souriant.

– Prends-le comme un compliment. C'est signe que tu me plais.

– Ça, je le savais déjà.

– Quelle arrogance...

– Désolé, parfois j'oublie de ne pas me comporter comme un con.

– Ça va. Je sais que t'es un grand sensible à l'intérieur.

14

Slade

J'ai tourné la page et poursuivi ma lecture. En moyenne, une femme enceinte prenait entre six et douze kilos durant sa grossesse et devait consommer un tiers de calories en plus pour le fœtus. Il était important de faire des exercices réguliers, mais rien de trop crevant. *J'attends un enfant* m'était d'une grande aide.

Trinity est entrée avec son sac en bandoulière.

– Tu lis quoi, bébé ?

– Rien.

J'ai refermé le livre et je l'ai jeté sur la table basse.

Elle s'est approchée du canapé et a maté la couverture.

– Un bouquin sur la grossesse ?

Ses lèvres se sont contorsionnées comme si elle se retenait de sourire.

– Ouais... il contient des infos intéressantes.

– Je pense que c'est pour la mère...

– Eh bien, je suis le père. Ça ne fait pas de mal d'apprendre des trucs, non ? Tu savais que tu dois consommer un tiers de calories en plus chaque jour ?

– Non.

– Ben, maintenant tu le sais. T'es du genre à pas manger assez, alors je vais te coller au cul pour te nourrir.

– Chouette...

– Et on doit voir un obstétricien et te faire prendre des vitamines prénatales.

– D'accord.

Elle a croisé les bras sur sa poitrine.

– Et ces talons doivent disparaître, dis-je en lorgnant ses talons aiguilles de douze centimètres.

– Quel est le problème avec mes escarpins ?

– Ils mettent trop de pression sur ta colonne vertébrale. Et quand on a un gros ventre, ça peut être dangereux.

Elle a soupiré comme si elle était agacée.

– Slade, je suis enceinte depuis une semaine et tu te transformes en nazi.

– En nazi ? Parce que je me soucie de toi ?

– Tu dois te détendre.

– Me détendre ? Non, on a plein de choses à faire. On doit acheter des affaires pour le bébé et discuter de ses futures études. Je veux l'inscrire dans une école de musique, mais il faut aussi qu'il soit doué en sport. Je pensais que Theo pourrait lui enseigner les arts martiaux. Il sait ce qu'il fait et il s'assurera que notre gamin ne soit pas blessé. Enfin... c'est pas grave s'il prend quelques coups parce que ça forge le caractère et...

– Tais-toi.

J'ai frémi.

– Mince, les hormones commencent déjà à te détraquer, hein ?

– Non. Faut juste que tu arrêtes de stresser. Je suis arrivée il y a cinq minutes et tu ne m'as même pas encore embrassée.

– Oh, pardon. Tu m'as interrogé alors je n'ai pas eu le temps.

Je me suis levé et j'ai fait le tour de sa taille de guêpe avec mes grandes mains. Puis je l'ai embrassée tendrement.

– Je suis heureux que tu sois à la maison…

Elle a fondu immédiatement.

– Parce que tu vas me préparer à dîner.

Ses yeux se sont arrondis, puis elle m'a lancé un regard noir.

– Je blague, dis-je en l'embrassant encore.

– Je préfère ça.

– Et si on allait dans la chambre, puis on ira faire une marche rapide ?

Elle a haussé les sourcils.

– Une marche ? On n'est jamais sortis faire une marche avant.

– Tu as besoin d'exercices, modérément. C'est ce que dit le livre.

– Je marche au bureau toute la journée.

Elle m'a lancé ce regard qui signifiait que j'étais cinglé.

– En talons aiguille. On doit t'acheter une jolie paire de baskets.

– Je n'irai pas travailler en baskets.

Son côté lionne ressortait, toutes griffes dehors.

– Quand tu seras grosse, tu n'auras pas le choix, dis-je en m'éloignant pour ne pas me prendre une baffe. Et ne t'inquiète pas pour la cuisine et le ménage. Je m'en occupe, d'accord ?

– Attends… quoi ?

– Ton travail te stresse déjà assez. Laisse-moi m'occuper des tâches ménagères.

Sa mâchoire s'est décrochée.

– Mais tu ne sais pas cuisiner.

– Eh bien, j'apprendrai. Quand tu passes la porte, je veux que tu te poses sur le canapé et que tu te relaxes, c'est tout. Il est important pour la future maman d'avoir son petit confort.

Ses yeux se sont attendris.

– Slade, tu n'es pas obligé de faire ça.

– Tu portes mon bébé, je dois le faire.

Elle s'est approchée de moi et pendue à mon cou.

– T'es trop chou.

– Ouais ?

Elle a opiné.

– Et si tu me donnais un peu d'amour ?

Elle a frotté le nez contre le mien.

– Je peux faire ça.

– Salut, oncle Sean.

Je suis entré dans son bureau sans frapper.

– Salut, Slade.

Il s'est levé pour me serrer dans ses bras, comme il l'a toujours fait.

– Qu'est-ce qui t'amène ?

– J'ai besoin de ton aide.

Il s'est rembruni, sautant à la pire conclusion possible.

– Qu'est-ce qu'il y a ? T'as des ennuis juridiques ? J'ai le meilleur avocat du pays et...

– Non, rien de tout ça.

– Oh... alors quoi ?

– Je veux que Trinity soit suivie par le meilleur gynéco du monde pour sa grossesse. Tu peux me mettre en contact avec le médecin de Skye ?

Il a souri.

– Le Dr Teisman est le meilleur dans sa catégorie. C'est lui qui a mis au monde Skye et Roland.

– Tu peux m'arranger le coup ?

– Bien sûr. Je vais lui passer un coup de fil.

– Parfait.

Je suis resté planté là, à attendre.

– Tu veux que je l'appelle tout de suite...?

– Oui, confirmai-je. On doit lancer le processus dès maintenant. Ça fait déjà une semaine qu'elle est enceinte. Je dois être sûr que tout se passe bien.

– Tu me fais penser à moi parfois, s'esclaffa-t-il.

– Hé, inutile de m'insulter.

Sean a ri puis m'a tapé sur l'épaule.

– Je vais l'appeler maintenant, d'accord ? Quel type d'assurance a-t-elle ?

– Blue Shield je crois... un nom comme ça.

– D'accord.

Sean a décroché et passé l'appel. Il a raccroché après avoir parlé quelques minutes.

– Elle a un rendez-vous jeudi.

– Ouais ! m'écriai-je en brandissant le poing en l'air. Merci, oncle Sean.

– Pas de problème.

– T'as un conseil à me donner ?

– À quel sujet ?

– Les gosses et tout ça.

– Eh bien... c'est un domaine où tu dois apprendre par toi-même. Peu importe à quel point tu te prépares pour ton premier enfant, tu ne seras jamais prêt. J'ai fait beaucoup d'erreurs en tant que père, et Mike te dirait la même chose.

– Tu ne me rassures pas...

– Tu sais à qui tu devrais demander conseil ?

– Non.

– À ton père. Il vous a élevés, Silke et toi, comme un chef. Je ne sais toujours pas comment il a fait. Il appréhendait terriblement la paternité avant votre naissance. Mais quand vous êtes arrivés... il a su être père, juste comme ça.

– Je n'y avais pas pensé... Merci.

Mon père était plutôt génial. Bien sûr, on se prenait parfois la tête, mais il était quand même génial. Et puis il a pris Arsen et Abby sous son aile alors qu'il n'était pas obligé de le faire.

– De rien.

– Bon, à plus tard alors.

– En fait, attends, dit-il en levant la main. Je t'ai rendu un service et j'aimerais une faveur en retour.

– Tout ce que tu veux, Sean. Même si tu n'avais rien fait pour moi.

Il s'est frotté le menton.

– C'est au sujet de Cayson.

– Oh...

Autant éperonner un cheval mort.

– Tu es le seul qu'il écoute. Tu peux m'aider.

Je n'ai pas voulu lui donner de faux espoirs.

– Euh... Il ne m'écoute pas dès qu'il s'agit de Skye, alors mes chances sont minces.

– Eh bien, ils se sont remis ensemble et je suis certain que tu y es pour quelque chose, dit-il en me lançant un regard suspicieux.

Je ne pouvais dire à personne ce que j'avais fait. Je ne pouvais pas prendre le risque que la vérité soit dévoilée.

– J'y suis peut-être pour quelque chose, mais je n'ai pas le droit d'en parler.

– Alors aide-moi. Je t'en prie, me supplia-t-il des yeux, ce qu'il n'avait jamais fait. Je sais que j'ai déconné avec Cayson, mais je le regrette sincèrement et je tiens énormément à lui. J'ai besoin qu'il le sache.

Je n'oublierai jamais la méchanceté avec laquelle Cayson lui a claqué la porte au nez. Cayson n'avait jamais agi comme ça, même pas avec Skye.

– D'une manière compliquée, je pense que tu lui as fait plus de mal que Skye...

Il a baissé la tête, honteux.

– J'en ai conscience...

– Il croyait que tu l'aimais réellement comme un fils et... tu l'as déçu, trahi.

Il a fermé les yeux.

– Je ne dis pas ça pour t'enfoncer. C'est juste... la vérité.

– Je sais, murmura-t-il.

– Tu auras du mal à te racheter, Sean. Tu l'as littéralement jeté dehors à poil et tu l'as laissé mourir de froid...

Il a rouvert les yeux et m'a regardé.

– Slade, je sais. Je ne cherche pas à me justifier. J'ai été con et je m'en veux terriblement. Je n'ai jamais pu être objectif quand il s'agit de mes enfants. Quand tu en auras, tu comprendras de quoi je parle. Dès qu'il s'agit de Skye, je prends sa défense, peu importe contre qui, et même si c'est Cayson. Je prendrai toujours sa défense... parce que c'est ma fille. Je sais que tu ne peux pas le comprendre aujourd'hui, mais tu le comprendras un jour.

Ma sympathie pour lui est montée en flèche.

– Est-ce que tu peux juste... lui parler pour moi ?

Je savais que ça ne servirait à rien.

– Il est encore trop fâché. Je pense que la meilleure stratégie est de laisser Cayson et Skye se réconcilier et attendre qu'ils soient de nouveau un couple solide. Et ensuite, tu demanderas à Skye de lui parler.

– Qui sait combien de temps ça va prendre ? Ils travaillent sur leur couple, mais ça ne va pas s'arranger du jour au lendemain.

– Je sais…

– S'il te plaît, aide-moi, dit-il à deux doigts de me supplier. J'ai perdu un fils.

Ses yeux se sont embués.

Je ne pouvais pas le laisser tomber.

– Je lui parlerai.

Il a poussé un soupir.

– Merci, Slade.

– Je ferai de mon mieux.

– Je ne te remercierai jamais assez, dit-il en me serrant dans ses bras.

15

Cayson

Je fixais ma bière devant moi, mais je ne la buvais pas. Je ne cessais de bouger dans mon siège, incapable de rester immobile. J'avais mal à la tête à force de penser à cent à l'heure. Ma journée avait commencé de façon tout à fait normale, puis tout avait merdé.

Slade est entré dans le bar et s'est commandé une bière au comptoir avant de s'asseoir en face de moi. Il avait les cheveux en bataille comme s'il s'était passé les doigts dedans toute la journée.

– Yo. Quoi de neuf ?

Je n'étais pas d'humeur à feindre l'enthousiasme.

Il a remarqué mon angoisse.

– Vieux, décide-toi et reprends Skye. Prends tes affaires et retourne vivre à la maison. Ce n'est pas si difficile...

– Ce n'est pas le problème, le coupai-je.

– Oh... dit-il en se détendant. Alors, c'est quoi ?

– Tu ne me croirais pas.

J'avais les coudes posés sur la table, me contrefichant des bonnes manières.

– Si ça vient de toi, je le croirai. Même si c'est dingue.

J'étais trop irrité pour m'attendrir à son commentaire.

– Laura est la nouvelle ambassadrice NIH pour le CDC.

Il a levé un sourcil.

– La nouvelle quoi pour le quoi ?

Je n'avais pas la patience de vulgariser aujourd'hui.

– Elle bosse pour mon agence. Maintenant, elle sera dans le même immeuble que moi tous les putains de jours. C'est un foutu cauchemar.

– Elle bosse avec toi ? La psychopathe ?

– Ouais.

– Tu l'as embauchée ? À quoi tu pensais, bordel ?

– Je ne l'ai pas embauchée.

Pourquoi je ferais ça ?

– C'est pas toi le patron ?

– Si, mais je ne fais pas tout. Il y a des gens qui s'occupent de ces choses-là. Bref, peu importe. Elle bosse avec moi et je ne sais pas quoi faire.

– Oh là, ça craint… Elle a dit quoi quand elle t'a vu ?

– Je ne l'ai pas encore croisée. Mais ce n'est qu'une question de temps. C'est un membre important de l'équipe. Pas une secrétaire que je pourrais facilement éviter.

Slade s'est frotté le menton.

– On ne dirait pas une coïncidence…

J'ai serré la mâchoire.

– Pas du tout.

– Elle pense sans doute qu'elle a des chances maintenant que ça barde entre Skye et toi.

– Je déteste cette salope au plus haut point, grognai-je.

Je ne parlais jamais ainsi, mais j'étais en rogne à ce point-là.

– Skye et moi on a enfin décidé d'aller de l'avant et elle réapparaît ? Putain de merde. Elle essaie de détruire ma vie ou quoi ?

– Oui, répondit Slade sans hésiter. Mais t'as qu'à la virer et le tour est joué.

– Je ne peux pas la virer.

– Bah pourquoi pas ?

– On est une agence gouvernementale. Il y a un protocole strict pour ce genre de choses. Il faudrait que je prouve que son licenciement est justifié, et je sais que ça n'arrivera pas parce qu'elle est trop futée. Elle fera une super ambassadrice.

– Putain...

– Alors je dois démissionner.

La mâchoire de Slade s'est décrochée.

– Attends, quoi ? T'es sérieux ?

– Je ne peux plus bosser là, pas si je veux rester avec Skye. T'as une idée à quel point ça la mettrait mal à l'aise ? Dans la situation contraire, je voudrais qu'elle fasse la même chose.

– Mais tu kiffes ton job.

– Je sais...

– Et t'as bossé tellement fort pour arriver là, continua-t-il révolté. Tu ne peux pas abandonner comme ça.

– Qu'est-ce que je peux faire sinon ?

– Lui demander de démissionner.

J'ai lâché un rire sarcastique.

– C'est ça. Elle savait très bien ce qu'elle faisait quand elle a décroché le poste. Elle ne va pas se retirer de sitôt. Elle n'arrêtera devant rien pour arriver à ses fins.

– Eh ben, si c'est toi qu'elle veut, elle t'aura pas. Je ne m'inquiète pas pour ça.

– J'ai pas peur de la côtoyer, mais c'est néfaste pour mon mariage. Remarque, j'ai un peu peur de l'étrangler par mégarde...

Slade a appuyé le menton dans sa paume.

– On dirait que l'univers est contre toi...

– Sans blague. J'essaie d'aider les gens et il me met des bâtons dans les roues. Fait chier, putain.

Je me suis frotté les tempes dans l'espoir de chasser ma migraine.

Slade a pincé les lèvres comme s'il réfléchissait.

– Tu vas la voir souvent ?

– Une fois par semaine, sans doute.

– C'est pas si mal.

– Ça l'est quand c'est la personne que tu méprises la plus dans tout l'univers.

– J'avoue que c'est pas l'idéal, mais tu ne peux pas lâcher ce job, dit Slade d'un ton très sérieux. T'as bossé d'arrache-pied pour arriver là. Ce poste est à toi, et tu ne devrais pas avoir à y renoncer à cause d'une cinglée qui veut te lécher les couilles. Pas question. Prends sur toi et travaille avec elle. De toute façon, c'est pas comme si elle pouvait te faire d'autres avances.

– Qu'elle essaie.

N'importe quelle raison était bonne pour me débarrasser d'elle.

– Serre les poings et limite tes interactions avec elle. Et le reste du temps, tu peux carrément oublier qu'elle existe.

Je voulais vraiment garder mon emploi. Je l'adorais, car il me comblait et me donnait un sentiment d'accomplissement — ainsi qu'un bon salaire et des avantages sociaux. Je pourrais subvenir aux besoins de ma famille si Skye décidait d'arrêter de travailler et devenir mère au foyer. J'étais la plus jeune personne à occuper le poste, un exploit en soi. Et ce n'était pas qu'un job. C'était une partie de moi.

– Et ne le dis pas à Skye, conclut Slade après un moment.

– Hein ?

– Ne lui dis pas. Franchement, il n'y a rien à dire.

– T'es sérieux ? Tu me dis de lui cacher pour toujours ?

– Skye croit que Laura vit à l'autre bout du monde. Et que vous n'êtes pas en contact. Laisse-la continuer d'y croire. Quelles sont tes autres options ?

Je croyais mordicus à l'honnêteté, mais je me suis rappelé la façon dont tout m'a explosé au visage lorsque la vérité est sortie au grand jour. Skye ne m'a pas cru une seconde et elle m'a répudié pendant presque trois mois.

– Sérieux, comment elle l'apprendrait ? insista Slade. Tu verras à peine Laura de toute façon.

Je pesais le pour et le contre dans ma tête.

– Quelles sont tes autres options sinon ? Démissionner ? C'est pas une option. Et puis Skye serait tout le temps parano.

– C'est ce que tu ferais à ma place ?

– Non, répondit-il sans hésiter. Je le dirais à Trinity. Mais c'est différent parce qu'elle m'aurait cru dès le début... commença-t-il avant qu'une lueur de culpabilité lui traverse le regard. Je veux dire... c'est juste que...

– Ça va, Slade.

Il semblait toujours honteux.

– Dans la situation, comme il n'y a pas d'autres options, ne lui dis pas. Même si Skye vient te voir au boulot, elle ne la croisera pas. Et si oui, elle ne sait même pas à quoi elle ressemble, alors comment elle la reconnaîtrait ?

– Pas faux...

– T'as assez eu d'emmerdes. Oublie.

J'ai enfin bu une gorgée de bière.

– Tu ne lui diras pas ?

Slade a fait mine de zipper ses lèvres.

– Ni à Trinity ?

Il a secoué la tête.

– J'emporterai ton secret dans la tombe, mec.

Ça me suffisait.

– Comment ça va, au fait ? demanda-t-il.

– Bien. On voit un conseiller conjugal.

– Ça marche ?

– Je crois que oui. C'est sympa d'avoir un médiateur pour expliquer les trucs que j'ai du mal à communiquer à Skye.

– Logique. Alors... tu retournes vivre à la maison ?

– Une chose à la fois.

Il a soupiré, puis bu une gorgée de bière.

– Je l'emmène au travail tous les matins et je la ramène chez elle le soir. J'ai peur que son volant lui écrase le ventre quand elle conduit.

– Tu fais tout ce trajet deux fois par jour ? s'étrangla-t-il.

– Ouais.

– Vieux, retourne vivre chez toi. Ça te ferait gagner tellement de temps.

– Je ne suis pas encore prêt. Elle m'a fait vivre un calvaire pendant des mois. Je ne peux pas l'oublier en claquant des doigts.

– Mais on dirait que t'es rancunier juste par principe. Si tu laissais tomber, tu serais heureux.

Je l'ai menacé du regard.

– Ouh là, dit-il en levant les mains. Mon rôle de meilleur pote est de te dire la vérité même quand tu ne veux pas l'entendre.

– Je lui ai donné une autre chance et on voit un conseiller conjugal. Alors, on va prendre les choses aussi lentement que je voudrai, parce que c'est moi la victime dans toute cette histoire. C'est la vérité et tu ne peux rien y faire. Au moins, Skye le comprend et elle ne tire pas sur la corde.

Slade a bu une autre gorgée de bière.

– J'essayais seulement de t'aider...

J'ai laissé tomber, car je savais qu'il avait de bonnes intentions. Nous ne nous prenions jamais la tête, et les rares fois où ça arrivait, je ne m'attardais pas là-dessus inutilement.

– Alors... t'as parlé à Sean ? demanda-t-il en évitant mon regard.

– Non.

C'était une raclure.

– Oh... dit-il en opinant lentement.

Il était là quand j'ai claqué la porte au nez de Sean. C'était un moment plutôt violent, mais je refusais d'éprouver ne serait-ce qu'une once de culpabilité pour ça.

– Il a vraiment l'air d'en chier...

– Qui sait ce qu'il ressent vraiment ?

– Il a l'air vraiment désolé...

Ça a éveillé mes soupçons. Slade n'était jamais évasif comme ça.

– Il t'a demandé de me parler ou quoi ?

– Non... pas du tout. Bien sûr que non. Comme si je lui parlais...

– T'es mauvais menteur.

Il a rougi pour seule réponse.

– Je ne veux pas entendre parler de lui, alors n'aborde plus le sujet.

Il s'est tortillé sur son siège comme s'il allait en être incapable.

Je savais que j'allais en entendre parler de toute façon.

– Très bien. Quoi ?

– Vieux, il a l'air vraiment, vraiment désolé. Genre vraiment.

J'ai essayé de ne pas lever les yeux au ciel.

– Il a pratiquement chialé devant moi.

– Pauvre de lui...

– Je n'excuse pas son comportement, mais... il avait l'air sincère.

– Eh ben, je lui ai demandé de me croire et il a refusé. Je n'ai aucune raison ou obligation de le croire.

– Cayson, on fait tous des erreurs.

– Bien sûr. Mais il y a des erreurs qui nous définissent, dis-je avant de boire une grande gorgée de bière. Et quand il m'a laissé choir après avoir eu les papiers du divorce, ce moment l'a défini — pour toujours.

Slade s'est passé les doigts dans les cheveux.

– Cayson, c'est ton beau-père. Tu ne peux pas le détester éternellement.

– Je ne le déteste pas. Je suis indifférent.

– C'est encore pire…

J'ai haussé les épaules.

– Et Skye ? demanda-t-il. Comment vous allez faire ?

– Je ne l'empêche pas de le voir. Elle peut passer autant de temps qu'elle veut avec lui, et je n'empêcherai pas notre fils de voir son grand-père. Mais ça ne veut pas dire que j'aurai une relation avec lui.

– Et ça lui convient ? sourcilla-t-il. Ils sont super proches…

– Elle n'a rien dit.

– Je suis prêt à parier qu'elle le fera.

– Elle peut bien dire ce qu'elle veut, ça ne changera rien.

J'ai fini ma bière, puis j'ai essuyé la mousse sur mes lèvres.

– Mais c'est…

– Slade, oublie. Dis-lui que t'as essayé, mais que je ne voulais rien entendre.

Il s'est tu, car il savait que c'était la fin de cette conversation.

Je suis arrivé au bureau de Skye après dix-sept heures. Elle était assise à son bureau et tapait à l'ordinateur. Elle ne portait plus de jupe fourreau à cause de son ventre, mais des robes amples pour être confortable. J'ai toqué avant d'entrer.

– Salut. Je te dérange ?

Elle s'est tournée vers moi, l'amour et l'excitation dans les yeux.

– Non, pas du tout.

– T'es prête ? Il est cinq heures et demie.

– Je ne suis jamais prête. Il y a toujours du boulot. Mais je veux foutre le camp d'ici et aller manger de la crème glacée.

J'ai ri.

– Une envie de femme enceinte, hein ?

– Tu l'as dit.

Elle a pris ses affaires avant de contourner son bureau.

– On va au glacier au coin de la rue ? suggérai-je.

– Tu m'emmènes prendre un cornet ? s'étonna-t-elle.

– Ouais. Pourquoi pas ?

– Tu ne manges jamais de crème glacée.

– Je peux prendre quelques bouchées.

Je lui donnerais tout ce qu'elle voulait tant qu'elle serait enceinte. Elle portait mon bébé, alors c'est elle qui décidait.

– Prête ?

– Pour de la crème glacée, toujours, dit-elle tout sourire.

Ensemble, nous sommes sortis de son bureau.

– Laisse-moi juste saluer mon père.

– D'accord. Je t'attends à l'ascenseur.

On aurait dit qu'elle voulait protester.

Je l'ai regardée impassible, lui disant en silence qu'elle n'y pouvait rien.

Elle est entrée dans le bureau de son père en fermant la porte derrière elle.

Je me suis adossé au mur, les bras croisés.

Conrad a ramassé des papiers dans l'imprimante, puis il s'est dirigé vers moi.

– Tu fais du babysitting ?

– On peut dire ça.

Il allait mieux qu'avant, mais pire en même temps. Ses paupières semblaient lourdes, comme s'il luttait pour garder les yeux ouverts, mais il n'était pas fatigué. Il avait perdu de l'assurance, et il bougeait plus lentement que d'habitude. Maintenant qu'il avait décidé d'affronter ses problèmes, il en prenait un coup.

– Je suis content de vous voir ensemble.

– Ouais... je suis optimiste.

– Elle est aussi caractérielle avec toi qu'avec moi ? demanda-t-il un sourire en coin aux lèvres.

– Non, elle se porte plutôt bien. Je l'emmenais justement au glacier.

– Bonne idée. Ça va faire son bonheur.

– Je connais ma femme, dis-je en haussant les épaules.

Il m'a fait un signe de tête.

– Bon, ben à plus tard.

– Conrad ?

– Hum ?

– Tu sais, je suis là si t'as besoin de parler. J'ai eu le cœur brisé plus d'une fois. Je te comprends.

Il a détourné le regard.

– Je garderai ça en tête, dit-il avant de s'éloigner la tête basse.

Skye est réapparue l'instant d'après.

– Prêt ?

– Allons-y.

Skye a commandé un sundae et elle s'y est attaquée dès qu'elle l'a eu dans les mains. Le fait qu'elle ne se mette pas de chocolat et de crème fouettée partout dans le visage tenait du miracle. Quand elle a eu fini, elle a laissé tomber sa cuillère dans la coupe vide.

– Je me demande pourquoi ils n'en font pas des plus gros.

Je ne me suis pas moqué d'elle. La grossesse était stressante, physiquement et émotionnellement. Et connaissant Skye, elle était sans doute complexée par la transformation de son corps dans les derniers mois.

– Bonne question.

– T'as seulement mangé deux bouchées du tien.

– Je ne suis pas fana des sucreries.

J'étais au sommet de ma forme et je ne voulais pas revenir en arrière. Quand je suis rentré de voyage, Skye était encore plus attirée par moi que d'habitude. Aussi j'essayais de garder la ligne.

– Alors... tu ne vas pas le manger ?

J'ai souri, puis poussé la coupe vers elle.

– Il est tout à toi.

Elle l'a dévoré à belles dents avant d'empiler la coupe vide dans la sienne.

– Tada ! triompha-t-elle.

– Félicitations. Un exploit remarquable.

Elle s'est frotté le ventre comme si elle était repue.

– Pourquoi cet endroit est si proche du boulot ? C'est dangereux.

– Y a une boulangerie qui vient d'ouvrir à côté de ma salle de sport.

– Alors ça, c'est méchant. Pourquoi ils ont fait ça ?

– J'en sais rien... mais ils ont de bons muffins.

Elle a ri.

– Ils t'ont appâté ?

J'ai pris les coupes vides et je les ai jetées dans la poubelle.

– Peut-être une fois ou deux... Alors, t'es prête à rentrer ?

– Ouais.

Nous sommes sortis du glacier et nous avons marché vers mon pick-up. J'ai aidé Skye à monter à bord avant de m'asseoir au volant. Nous n'avons pas parlé dans les rues de la ville, mais une fois sur la route du Connecticut, la conversation a repris naturellement.

– Conrad a l'air... à plat, remarquai-je.

– Il est vraiment malheureux. À croire que Lexie vient juste de le larguer.

– Il le refoulait depuis longtemps.

– Ouais...

Sa voix était empreinte de mélancolie.

– Tu te fais du souci pour lui ?

– J'aimerais juste que ça ne soit pas arrivé. Conrad était tellement heureux et fringant. Et maintenant, il est... différent. Ses blessures sont encore toutes fraîches.

– Il va s'en sortir, Skye. C'est un Preston.

– C'est juste...

Elle a secoué la tête.

– Quoi ?

– Je me demande ce qui lui a pris à Lexie... dit-elle, la colère remplaçant peu à peu la tristesse dans sa voix. Elle sort avec lui pendant presque deux ans, et quand il la demande en mariage elle le plaque ? Qui fait ça, bon sang ? Conrad est comme un frère pour moi. Et personne ne fait de mal à mon frère.

– On ne saura sans doute jamais pourquoi elle a dit non.

J'ai repensé à la lettre que Roland avait gardée et je me suis demandé si on ne devrait pas la remettre à Conrad. Ou peut-être devrions-nous au moins la lire et voir ce que Lexie avait à dire pour sa défense.

– Si jamais elle met les pieds au bureau, je lui arrange le portrait.

Je n'en doutais pas une seconde.

– Ça m'étonnerait qu'elle ose se présenter.

– Elle n'a pas intérêt. Et si elle se pointe, Conrad n'a pas intérêt à penser à la reprendre.

Une fois devant la maison, je me suis engagé dans l'allée.

– Ça fait déjà plusieurs mois. Je doute qu'il retourne vers elle. Peut-être tout de suite après la rupture… mais pas maintenant.

– Il mérite mieux.

J'avais le pressentiment que Conrad resterait un célibataire invétéré à partir de maintenant. Et je le comprenais. Il a donné son cœur deux fois, et les deux fois on l'a écrabouillé. Il ne s'aventurerait plus en terrain dangereux.

Nous avons marché jusqu'à la porte. Je savais que je ne devrais pas rester, car ça précipiterait notre relation, mais je détestais repartir. Il y avait des moments où je voulais rester pour toujours, comme en ce moment. Manger un sundae avec elle m'a fait penser au bon vieux temps. J'avais du mal à rester fâché contre elle et la tenir à distance, car plus je passais du temps avec elle, plus je me rappelais les raisons pour lesquelles j'étais tombé amoureux d'elle.

– Tu veux entrer ? demanda-t-elle optimiste. Je sais qu'on vient de manger le dessert, mais je pourrais te préparer à dîner.

Nos soirées ensemble me manquaient. Tous les soirs à la même heure, nous dînions en tête à tête, puis nous nous allongions au salon. Parfois, nous faisions une marche sur la plage, ou nous faisions l'amour devant la cheminée. Mais nous n'étions pas encore prêts à retrouver cette routine.

– Non, je dois y aller. Mais merci.

Elle n'a pas insisté, heureusement. Mais elle semblait dévastée par mon rejet.

– D'accord. À demain matin, alors.

– Ouais.

– Bonne nuit, Cayson.

Elle n'a pas essayé de me toucher, car elle attendait toujours que je fasse les premiers pas.

J'ai enroulé les bras autour d'elle et je l'ai serrée. Je la touchais de plus en plus souvent, mais ça n'allait pas plus loin. L'enlacer et lui tenir la main étaient les seules marques d'affection que je tolérais pour le moment.

– Bonne nuit, Skye.

En arrivant chez moi, j'ai aperçu Scarlet devant ma porte.

Ses cheveux bruns tombaient en boucles légères, et ses pommettes saillantes et lèvres pulpeuses me rappelaient Skye. Leur lien de parenté sautait aux yeux. Skye tenait d'elle sa classe et son élégance.

Je n'avais pas de dent contre Scarlet. Elle est toujours intervenue lors de mes altercations avec Sean. Elle m'a au moins donné le bénéfice du doute dès le début, et elle ne m'a rien dit de blessant.

– Salut, Scarlet. Je peux t'aider ?

Si elle était là, alors Sean était dans les parages. Il ne la laisserait jamais seule en ville. Il était beaucoup trop protecteur pour ça.

– Bonsoir, Cayson. Comment vas-tu ?

Elle semblait hésitante. Elle m'a serré comme à son habitude, avec sa touche maternelle qui m'évoquait ma propre mère.

– Ça va. Et toi ?

Elle a reculé et pincé les lèvres.

– J'ai connu mieux...

Je savais exactement pourquoi elle était là.

– Tu veux entrer ?

Je n'avais pas envie d'avoir cette conversation, mais je n'allais pas la mettre à la porte. J'avais beau mépriser Sean, je tenais à Scarlet.

– Oui, merci.

Nous sommes entrés et elle a balayé mon appartement des yeux, examinant d'abord la cuisine vide, puis le salon trop grand pour une seule personne.

– C'est sympa. Tu te plais ici ?

– Ce n'est pas douillet, mais ça fait l'affaire. Veux-tu quelque chose à boire ?

– Non merci.

Elle restait sur place, perchée sur des talons aiguilles, son sac à main sur l'épaule. Elle portait une robe marron à manches longues.

Je me suis pris une bière dans le frigo et j'ai bu une gorgée.

– Alors, quoi de neuf ?

– Tu sais pourquoi je suis ici...

– Je l'ai su dès que je t'ai vue, avouai-je. Si tu avais été n'importe qui d'autre, je t'aurais virée. Mais tu as toujours été gentille avec moi, alors je t'écoute.

Elle m'a observé en silence, réfléchissant à sa réponse. Tout le monde pensait que Sean était le cerveau de la famille Preston. Il était multimilliardaire et président d'une grosse boîte, mais en réalité, Scarlet était la plus brillante — une qualité dont Skye avait hérité. Tout ce qu'elle avait eu de son père, c'était sa tête de mule.

– Et si j'allais droit au but ?

C'était une nouvelle tactique.

– Très bien. Ça nous sauvera du temps à tous les deux.

Elle s'est rapprochée de moi, laissant un bon mètre et demi de distance entre nous. Elle n'envahissait pas mon espace comme le faisait Sean. Il voulait toujours me faire de l'ombre, m'écraser pour paraître plus grand. Scarlet avait une approche très différente.

– Je sais que tu aimes ma fille et que vous allez finir vos jours ensemble.

– On travaille sur notre mariage.

– Je sais. Mais c'est ce qui va se passer.

J'ai bu une autre gorgée de bière.

– Et si Skye est dans ta vie, Sean en fait partie aussi.

– Malheureusement...

– Tu crois que Skye veut que tu détestes son père ?

– Sans doute pas. Mais je me fiche de ce qu'elle veut.

– C'est faux. Quand vous aurez bravé cette tempête, tu redeviendras le mari dévoué et possessif que tu étais avant. Et tu voudras lui donner tout ce qu'elle désire — sur un plateau d'argent.

– Je ne vais pas me réconcilier avec Sean pour la rendre heureuse.

J'étais prêt à beaucoup pour notre mariage, mais pas à faire ce compromis.

Scarlet a croisé les bras.

– Tu connais Sean depuis toujours. Tu sais qu'il est un peu excessif...

– Autoritaire, impulsif, psychopathe... ouais.

Elle n'a pas semblé insultée.

– Mais tu le respectais quand même.

– Eh ben, il ne m'avait encore rien fait.

– Non, tu le respectais parce qu'il a un cœur d'or sous toutes ses failles. Et ces failles ne sont là que parce qu'il tient profondément aux gens qui l'entourent. Je sais qu'il t'a fait du mal, mais tu ne vois pas les choses de son point de vue. Il adore Skye, et quand elle t'a pointé du doigt et accusé de la tromper, Sean l'a crue sur parole. Tu t'attendais vraiment à une autre réaction ?

– Oui.

Elle a froncé les sourcils.

– Tu l'as crue sur parole ? défiai-je. Tu m'as pointé du doigt et condamné ?

Elle est restée silencieuse, car elle n'avait aucun argument à m'opposer.

– C'est bien ce que je pensais.

– Mais Sean pense avec son cœur, pas son cerveau. Il angoisse au point où ça le dévore de l'intérieur. Il prend des mauvaises décisions sous le coup de l'émotion. Skye a sangloté dans ses bras pendant des heures. Je reconnais qu'il aurait dû réagir différemment, mais il est protecteur quand il s'agit de ses enfants.

– Il m'a dit que j'étais son fils.

Elle s'est renfrognée.

– Je lui ai demandé de me croire, mais il a refusé. Je lui ai demandé d'avoir un peu de foi en moi, en vain. Au contraire, il m'a dit de ne plus jamais le regarder en face. Qu'il me tuerait si Cortland n'était pas mon père. Puis il m'a tourné le dos et il m'a laissé choir. Si tu t'attends à ce que je balaye tout ça sous le tapis, alors tu dois penser que j'ai une très mauvaise mémoire.

Scarlet a poussé un soupir à peine audible.

– Je vis avec lui, Cayson. Je suis tout le temps avec lui. Crois-moi, il pense à toi jour et nuit. Il ne demande qu'à arranger les choses. Et il ne veut pas seulement ton pardon pour soulager sa culpabilité. Il veut retrouver son fils, c'est tout. Il est prêt à tout pour recommencer à zéro. S'il te plaît, pense à ses bons côtés avant de le rayer de ta vie.

Je n'arrivais pas à penser à un seul bon côté de lui.

– Ton père refuse de lui parler.

Au moins, il est de mon côté.

– Et ça lui fait mal aussi — même s'il le comprend.

Ce n'était pas mon problème.

– Et Cortland a dit qu'il ne serait plus jamais ami avec Sean à moins que tu lui pardonnes.

– Alors, on dirait que Sean a perdu deux amis.

Scarlet n'a pas réagi.

– Cayson, je sais que tu n'as pas un cœur de glace. Tu es quelqu'un de clément et empathique. Tu n'es pas parfait, mais presque. Sean s'est excusé et il le fera autant de fois qu'il le faudra. Mon mari est une épave. Si tu aimes Skye, s'il te plaît, trouve la force de pardonner à Sean.

Elle a fait un pas en avant, me suppliant du regard.

– Il t'a envoyée pour m'amadouer.

– Non, je suis venue de mon propre chef parce que je ne supporte plus de le voir dans cet état. Il va mieux depuis que tu as donné une autre chance à Skye, mais il est encore complètement bouleversé de t'avoir perdu. Cayson, tu ne comprendras jamais la douleur qu'il ressent. Il n'arrête pas de me dire qu'il a perdu un fils.

J'ai tourné la tête, incapable de soutenir son regard. L'émotion dans ses yeux m'affaiblissait. J'avais du mal à résister au portrait craché de Skye.

– Je t'en prie.

J'ai fermé les yeux un moment, car sa voix implorante me déplaisait.

– Scarlet, j'ai changé. Je ne lui fais plus confiance. Je mets en doute tout ce qui sort de sa bouche depuis qu'il m'a trahi. Désolé.

Elle a baissé la tête.

– Il y avait tellement d'amour avant tout ça…

– Ça ne change pas ce qui s'est passé. J'avais besoin de lui. J'avais besoin qu'il fasse entendre raison à Skye. Mais au lieu de ça, il m'a frappé et dit de ne plus jamais le regarder. Il a menacé de me tuer.

– Il était seulement fâché…

– Il ne dirait jamais ça à Roland, quelle que soit sa colère.

Elle a poussé un autre soupir.

– Scarlet, je suis désolé. Je ne peux pas revenir dans le passé. Pas pour toi. Pas même pour Skye. Je n'empêche pas Skye de le voir et je n'empêcherai pas mon fils de le voir non plus, tu n'as pas à t'inquiéter pour ça. Mais je ne veux pas de relation avec lui.

Elle s'est tournée comme si elle allait pleurer.

– Je sais que tu lui as pardonné beaucoup d'erreurs dans vos débuts... mais tout le monde n'a pas la même compassion.

Elle me tournait toujours le dos.

– Je suis désolé, Scarlet. Vraiment.

Elle est restée immobile un long moment. Puis elle s'est dirigée vers la porte en cachant toujours son visage. Elle est sortie de mon appartement sans dire un mot de plus. Une fois la porte fermée, j'ai cru entendre un sanglot de l'autre côté.

Mais peut-être était-ce mon imagination.

16

Slade

– Quoi de neuf, papa ? dis-je en entrant dans l'appart où j'ai grandi.

Il prenait une bière dans le frigo.

– Sonne. Tu ne vis plus ici.

– Si tu ne veux pas qu'on entre chez toi, ferme la porte.

– Si tu ne veux pas que je te fracasse le crâne, ferme ta bouche, dit-il en me tendant une bière. T'as la tête dans le cul. Tu t'es douché aujourd'hui ?

En fait, je sortais du penthouse. Trinity et moi avons fait des cochonneries et je n'ai pas pensé à prendre une douche.

– J'étais avec ma femme.

Papa a levé les yeux au ciel avant de s'asseoir à table.

– Tu pourrais au moins te laver.

– Ben, j'étais pressé de venir ici.

– Pourquoi ? T'as un truc important à me dire ?

– Très.

Il m'a jeté un regard sévère, attendant que je crache le morceau.

– Tu es un père, commençai-je.

– Oui... je suis un père.

– Ben, je vais avoir un enfant. J'ai besoin de ton aide.

– Mon aide ? De quoi tu parles ?

– T'es le meilleur père que je connais, papa. J'ai besoin de conseils parentaux.

J'ai sorti mon téléphone pour pouvoir prendre des notes.

– Je suis le meilleur père que tu connais ?

Un petit sourire flottait sur ses lèvres.

– Ouais, tu as eu Silke et moi, et on est les personnes les plus géniales du monde. Qu'est-ce que t'as fait ? Quel est ton secret ?

– Il n'y a pas de secret, Slade.

– Allons. Il y en a forcément un. Regarde-moi, dis-je en pointant ma poitrine. Je suis, genre, le plus parfait des fils.

– Je ne dirais pas ça...

– Et Silke est plutôt cool aussi. À l'évidence, t'as fait un truc et tu dois me dire quoi.

– Ben, ta mère a joué un rôle. Tu te souviens d'elle, non ?

– Mais t'es le père. Et je vais être le père. Tu piges ?

Il a bu un peu de bière.

– Bon, je dois tout savoir, continuai-je. Quand je suis né, qu'est-ce que tu as fait ?

– Comment ça ?

– Quand je suis sorti de maman, quelle est la première chose que tu as faite ?

Il a levé un sourcil.

– Je t'ai tenu dans mes bras... Qu'est-ce que j'aurais fait d'autre ?

– Mais après ? Comment tu savais que j'avais faim ? Que j'étais mouillé ? Des trucs comme ça.

– J'ai appris en t'observant. Slade, je sais qu'être parent pour la première fois est flippant, mais ce n'est pas si terrible.

– Mais si j'élève un tueur en série ?

Il a haussé les épaules.

– Ça peut arriver, mais la probabilité est très faible.

– Mais si c'était le cas ?

– Je ne sais pas… tu le dénonces ?

– Papa, je suis sérieux.

Il a ri.

– Slade, il n'y a pas de secret pour être un bon parent. Tu dois juste aimer tes enfants. Les aimer comme ils sont et t'assurer qu'ils le sachent. C'est tout.

– Tu simplifies trop.

– Absolument pas.

Mes souvenirs d'enfance étaient encore très vivants. Papa et moi faisions des trucs cool ensemble, mais quand je faisais des conneries, il me disciplinait.

– Mais quand ils sont méchants ? Quand je faisais des bêtises, tu me parlais, c'est tout. Tu m'as donné une fessée une seule fois.

– Eh bien, parler est la meilleure forme de communication.

– Mais je ne t'en ai jamais voulu pour cette fessée. Comment tu l'expliques ?

– J'ai choisi mes batailles, expliqua-t-il. Ne sois pas tout le temps sur le cul de ton gamin. Laisse-le être qui il est. Mais quand il dépasse les bornes, tu dois le remettre à sa place. Et je t'ai donné une fessée uniquement pour m'assurer que tu n'avalerais plus jamais d'essence, dit-il en secouant la tête. J'ai cru que tu pouvais mourir après avoir bu à la pompe.

– Ouais… tu peux remercier Skye pour cette histoire.

– Bref, ne réfléchis pas trop. Le seul secret, c'est d'aimer ton gamin.

– Mais comment ? demandai-je. J'aurais beau l'aimer, comment il est censé le savoir ?

Papa a caressé le goulot de sa bière du pouce.

– Tu sais que je t'aime ?

– Bah oui.

– Et comment tu le sais ? Est-ce que je te le dis tout le temps ?

– Non...

– Alors comment tu le sais ?

J'ai fouillé ma mémoire.

– Euh... T'es toujours présent quand j'ai besoin de toi. Quand je merde, tu ne me mets pas le nez dans le caca. Quand ça ne va pas, tu me dis que je vaux quelque chose. Tu passes du temps avec moi et tu fais des trucs que tu n'as pas forcément envie de faire. Parfois même, tu me regardes... comme si t'étais fier de moi.

Papa a opiné.

– Ben voilà.

– Mais ça a l'air tellement naturel pour toi. J'ai peur de tout foirer et d'être un mauvais père.

– Tu ne seras un mauvais père que si tu n'aimes pas tes enfants. Alors, t'as vraiment pas besoin de t'inquiéter.

– Trinity est faite pour ça. Elle est déjà prête avant que le bébé soit là. Je suis... je ne sais pas. Je déconne tout le temps et je suis vraiment immature. Il faudrait que je vieillisse de vingt ans avant que mon bébé arrive.

– Tu n'es pas immature, Slade.

Je l'ai regardé d'un air sceptique.

– Moi ? Tu sais que je parle de moi, n'est-ce pas ?

– J'en ai conscience. Et tu n'es pas immature.

– J'ai un groupe de rock, je gagne ma vie en tatouant, et mon activité préférée, c'est jouer au basket.

– Ça s'appelle des passions, Slade, dit-il posément. Et elles ne font pas de toi un type immature. Elles te rendent intéressant. Un parent équilibré est un excellent modèle pour les enfants. Ils te regarderont et penseront que t'es la personne la plus cool de la planète.

– Ah ouais ?

– Ouais, dit-il en hochant la tête. Et j'ai fait quelques erreurs en chemin. J'ai appris sur le tas. J'étais trop jeune pour tout savoir.

– Je ne m'en suis jamais rendu compte.

– Eh bien, ta mère était là. Elle a fait le plus gros du job. Crois-moi ou non, tu ressembles plus à elle qu'à moi.

J'ai secoué la tête avec exagération.

– Oh non, putain.

– Tu tiens ton intelligence d'elle, pas de moi.

– Tu parles, Charles.

– Et ta détermination... c'est tout elle.

– Non...

– Et ton sens de la répartie ? s'esclaffa-t-il. Ça vient aussi de ta mère. Je suis cossard et je vais où le vent me pousse. T'as besoin de plus que ça. Désolé, fiston, c'est la vérité.

J'ai grimacé en y pensant.

– Elle est tellement tendue et coincée...

– Elle est passionnée, c'est différent.

– Cochon...

Il a pouffé.

– C'est un compliment. Si tu étais comme moi, tu aurais été trop paresseux pour accomplir tout ce que tu as fait.

– T'es pas paresseux, papa.

Il a levé un bras et m'a montré la manche de son t-shirt. Il avait un gros trou sous l'aisselle.

– Pas paresseux, hein ?

– Tu bosses trop pour avoir le temps de faire du shopping, c'est tout.

– Depuis vingt ans ? s'esclaffa-t-il. Nan. C'est juste une question de flemme.

J'ai bu ma bière en réfléchissant à ses propos.

Il m'observait attentivement.

– Je serai toujours là. Si tu as une question, appelle-moi. Je vis dans le même quartier. Et si t'as besoin de babysitting, tu sais que ta mère et moi on gardera le bébé avec plaisir. Abby va adorer avoir un cousin ou une cousine.

Je me suis souvenu de l'histoire que mon père m'a racontée sur Arsen.

– T'as pris Arsen sous ton aile sans raison. Si ça ne fait pas de toi quelqu'un de paternel... Je ne ferais jamais un truc pareil.

– Tu pourrais te surprendre.

– Pourquoi tu l'as fait, papa ? Pour Silke ?

– Non. Je n'ai pas eu de père en grandissant et ça m'a manqué pendant longtemps. Je me suis toujours senti perdu, j'avais l'impression que je n'arriverais jamais à avoir une vie normale. Toute personne a besoin de ses parents, qu'elle l'admette ou non. Mais un jour, j'ai réalisé que j'avais une famille sur laquelle je pouvais compter et que je devais laisser le passé derrière moi. Arsen n'avait pas encore fait ce chemin. Il était plus perdu qu'un chien sans collier. Je savais qu'il avait besoin d'un père, quelqu'un qui l'aimerait sans raison, tout comme j'en avais eu besoin à un moment donné. Alors j'ai décidé d'être comme un père pour lui. Il va beaucoup mieux depuis.

– Je ne suis pas jaloux de le partager avec toi.

Il a souri.

– Je suis capable de me démultiplier.

– Donc, ça n'avait rien à voir avec Silke ?

– Je ne dirais pas ça. Je l'ai rencontré par son intermédiaire, et c'est comme ça que j'ai appris à le connaître. Malgré sa distance et ses problèmes, j'ai vu que c'était un type bien au fond. Et je savais qu'il aimait Silke. C'était évident à sa façon de la regarder. Il avait besoin d'aide, et je ne pouvais pas le laisser tomber.

Mon père était le mec le plus génial du monde, et pas seulement parce qu'il était mon père. Il était fort à l'extérieur, mais tendre à l'intérieur. Personne d'autre n'aurait fait ce qu'il a fait. Il avait un cœur énorme.

– J'ai de la chance de t'avoir pour père...

Il m'a regardé affectueusement.

– Et j'ai de la chance de t'avoir pour fils, Slade.

– J'espère que mon môme pensera la même chose de moi.

– Sans aucun doute, dit papa. Ne t'inquiète pas pour ça.

JE SUIS ENTRÉ DANS LE PENTHOUSE AVEC UN SAC DE BOUFFE.

– Bébé, je suis là.

Elle était assise sur son tapis de yoga face à la baie vitrée. Elle faisait des étirements compliqués et des exercices de respiration.

– Je suis passé chez le traiteur. Je t'ai pris le sandwich au concombre que t'adores.

J'ai posé le sac sur le comptoir de la cuisine.

– Merci.

Elle portait un soutif de sport et un pantalon de yoga. Elle s'est levée et penchée en avant en étirant sa jambe. Son joli petit cul était pile mon champ de vision.

– Comment ça s'est passé avec ton père ?

Je suis arrivé derrière elle et j'ai immédiatement déboutonné et baissé mon jean.

– Qu'est-ce que tu fous ?

Elle s'est redressée et m'a regardé par-dessus son épaule.

– Quoi ? T'avais le cul en l'air. J'ai cru que c'était une invitation.

– Je m'étirais.

– D'accord... donc c'était une invitation ?

Elle a roulé des yeux.

– Non, pas du tout.

– Ben... je peux avoir une invitation ?

Elle a secoué la tête, mais un sourire s'est dessiné sur ses lèvres.

– Merci pour le dîner.

– Pas de problème... mais peut-être que tu devrais me remercier autrement...

Je voulais du sexe, mais elle me rabrouait la bite à chaque tentative.

– Même pas un pourboire ?

Elle a souri comme si ça lui faisait plaisir.

– Je suis en sueur.

– Encore mieux, dis-je en lui encerclant la taille des mains, mes pouces se touchant sur son ventre. T'as déjà baisé sur un tapis de yoga.

– Euh... je ne pense pas.

– Alors, essayons.

J'ai dégrafé son soutien-gorge et enlevé son pantalon.

– On a fait l'amour juste avant que tu partes.

– Et alors ?

Je l'ai soulevée pour qu'elle enroule les jambes autour de ma taille. Puis je me suis assis sur le tapis de yoga et je l'ai positionnée sur mes genoux. Trinity était légère comme une plume. Elle pesait un peu plus de cinquante kilos, et je faisais facilement le double de sa taille et de son poids. Je l'ai empalée sur ma queue, nos poitrines pressées l'une contre l'autre. Puis j'ai empoigné son cul et je l'ai fait coulisser de haut en bas.

Elle a cessé de minauder et a planté les ongles dans mes épaules. Elle a collé son visage contre le mien et s'est calée sur ma respiration, me sentant l'étirer à chaque pénétration. Nos gémissements silencieux n'appartenaient qu'à nous, et au lieu de savourer le plaisir sexuel, je la savourais elle. Ses mèches blondes me frôlaient dès qu'elle bougeait. Sa respiration était rythmée et parfois ses soupirs créaient une mélodie musicale. Nos battements de cœur étaient synchrones, tout comme nos âmes. Savoir que nous avions fait un bébé de cette façon plutôt que par des procédures cliniques fastidieuses rendait sa grossesse mille fois plus belle. Je lui ai donné ce qu'elle voulait plus que tout au monde.

Ça me rend heureux.

LE SOLEIL ÉTAIT PRESQUE COUCHÉ, ET NOUS MARCHIONS DANS LES allées de Central Park, main dans la main. Des joggeurs nous dépassaient, leurs semelles claquant sur le bitume mouillé.

– Skye dit que ça se passe bien avec Cayson, dit Trinity.

Elle s'était fait une queue-de-cheval et ses cheveux rebondissaient à chaque pas.

– Ouais, j'aimerais juste que Cayson accélère et retourne vivre avec elle.

– Il a besoin de temps. C'est compréhensible. Il a vécu un enfer.

– Mais il l'aime et ils vont se remettre ensemble, alors autant le faire vite.

– Laisse-le aller à son allure. Je voudrais probablement prendre mon temps s'il nous arrivait la même chose.

– Impossible que ça nous arrive. Je te croirais toujours plus qu'une lettre à la con.

Elle m'a pressé la main en signe d'approbation.

– Alors, comment va-t-on appeler notre fille ?

– Ne me provoque pas une crise cardiaque à moins d'y être absolument obligée. Si c'est une fille, on fera avec.

– Slade, les filles ne sont pas si terribles. Regarde-moi.

– Ouais, t'étais une salope avant qu'on soit ensemble. Tu l'es toujours, d'ailleurs.

Elle m'a fusillé du regard.

– Très bien, je retire. Mais t'as couché avant le mariage.

– Quoi ? s'offusqua-t-elle. Qu'est-ce qu'il y a de mal à ça ?

– Rien. Mais je ne veux pas qu'un mec touche ma fille avant de lui passer la bague au doigt.

Elle a levé les yeux au ciel.

– Mon Dieu, tu parles comme mon père.

– Disons que je le comprends un peu mieux maintenant.

– Tu dramatises. J'en ai marre de cette discrimination. Si notre fils baisait toutes les filles de la ville, tu lui taperais dans la main. Mais si notre fille faisait la même chose, tu la dénigrerais.

– Je ne la dénigrerais pas, protestai-je. Mais je traquerais tous les trouducs avec qui elle a couché.

Elle a secoué la tête.

– Hé, j'étais un queutard. Crois-moi, j'en avais rien à branler des filles que je me tapais. Littéralement, je trempais ma queue et je ne leur parlais plus jamais. Tu veux que notre fille vive ça ?

– Si c'est ce qu'elle veut, ça ne nous regarde pas.

Je ne suis pas du tout d'accord.

– Ton père n'était pas comme ça avec Silke, ajouta-t-elle.

Non, c'est vrai.

– Ben... il est zarbi.

– Et Silke a bien tourné. Tu vas devoir te faire une raison et arrêter de te focaliser sur le fait qu'elle a un vagin.

– Tu ne comprends pas... maugréai-je.

– Non, pas vraiment. On parle d'un truc qui va se passer dans dix-huit ans.

– Plutôt quinze...

Elle m'a donné un coup de coude dans les côtes.

– Ça suffit.

Je lui ai rendu son coup, moins fort.

– Tu savais dans quoi tu t'embarquais quand tu m'as demandé de te faire un bébé.

– Je suppose que c'est vrai. Alors, qu'a dit ton père ?

– Il m'a dit que la seule chose à faire, c'était d'aimer mon enfant et que tout devrait bien se passer.

– Très bon conseil, approuva-t-elle.

– Pas vraiment. S'il vole de l'argent dans mon portefeuille, je suis censé l'aimer ? Et ça va tout arranger ?

– Tu sais qu'il ne voulait pas dire ça.

– Je n'ai pas peur de ne pas aimer assez mon gosse. J'ai peur de merder avec lui.

– Tu ne le feras pas, dit-elle en s'approchant de moi. Je le sais.

– Au moins, tu pourras prendre le relais si je fais une connerie.

Elle m'a embrassé sur la joue.

– Tu ne feras pas de connerie. Et si t'en fais, je serai là. Comme tu seras là si je fais un truc idiot.

– Et si on merde grave, on pourra appeler mon père pour lui demander de réparer les dégâts.

Elle a ri.

– Ouais, sans doute. J'ai trop hâte qu'on fasse une échographie pour connaître le sexe.

– S'il vous plaît, un garçon... faites que ce soit un garçon.

Elle a fait les gros yeux.

– Cayson va avoir un garçon, alors nos fils pourront être meilleurs potes.

– Si on a une fille, ils pourront quand même être meilleurs potes.

– Non, un mec ne peut pas être le meilleur ami d'une fille.

– Je suis une fille, et t'es mon meilleur ami.

– Non, bébé. Je suis le meilleur ami de ta chatte. C'est complètement différent.

Elle m'a frappé l'épaule en riant.

– Ne sois pas vulgaire.

– Je ne suis pas vulgaire. Je suis amoureux de ta chatte. C'est la vérité.

Elle m'a frappé encore.

– Quoi ? m'esclaffai-je. Tu préférerais que je n'aime pas ta chatte ?

– Arrête de prononcer ce mot en public.

– C'est pas un gros mot.

– C'est quand même vulgaire.

– Alors on n'a pas la même définition de la vulgarité.

J'ai mis mon bras autour de ses épaules et l'ai tirée vers moi. Puis je l'ai embrassée sur la bouche.

– Je suis amoureux de cette bouche, de ces nichons et de ce cul. C'est vulgaire ?

Elle m'a souri

– Non, sans doute pas.

– Et t'es amoureuse de ma bite.

Elle a grimacé.

– Je ne dis pas ça.

– Dis-le.

Je me suis arrêté et j'ai commencé à la chatouiller.

– Non !

Elle s'est débattue en rigolant.

– Dis-le.

– Très bien ! Je suis amoureuse de ta bite. Voilà, t'es content ?

Un joggeur est passé à côté de nous et nous a lancé un regard outré.

Trinity était morte de honte.

J'ai réprimé un éclat de rire.

– Très content.

17

Conrad

J'ai mal partout.

Une migraine constante me martelait le crâne. L'aspirine ne m'était d'aucune utilité. La douleur n'était pas réelle de toute façon. Elle était émotionnelle, et rien ne peut guérir un cœur brisé, sauf le temps. Lorsque j'ai commencé ma nouvelle vie, j'ai réussi à oublier ce qui s'était passé. Je n'y pensais jamais. C'était comme si ça n'était jamais arrivé.

Mais là, je me retrouvais face à la dure réalité.

Elle. M'a. Largué.

Je lui ai offert une bague qui coûtait le prix d'une maison, et elle a dit non.

Non.

Pourquoi a-t-il fallu que je tombe amoureux d'elle ? Au début, notre relation était seulement physique et sans conditions, puis j'ai commencé à sentir ma poitrine se serrer lorsque nous étions séparés. Mes remparts se sont écroulés et je l'ai laissée entrer droit dans mon cœur.

Et voilà où ça m'a mené.

Beatrice m'a fait la même chose. Elle m'a brisé le cœur comme un morceau de porcelaine avant de m'abandonner. Puis Lexie m'a fait le même coup, mais mille fois pire. Pourquoi n'ai-je pas retenu la leçon la première fois ?

Ce que je suis idiot.

Comment les gens faisaient-ils pour être en couple ? Pourquoi le mariage de Slade et Trinity était-il heureux alors que je n'arrivais même pas à garder une copine ? Skye et Cayson avaient des problèmes, certes, mais ils y remédiaient. Tout le monde autour de moi semblait avoir compris. Mais moi, je n'entravais toujours que dalle.

C'est les filles ? Je choisis les mauvaises ou quoi ?

Ou était-ce moi ? Étais-je impossible à aimer ? Quelque chose ne tournait pas rond chez moi ?

J'avais officiellement renoncé à l'amour. Je n'étais pas fait pour ça, et je ne le serais jamais. Quand je rêvais de rentrer du boulot retrouver Lexie, ma femme, dans notre somptueuse maison à la campagne, ce n'était qu'un rêve. Un rêve idiot.

J'ai continué ma vie de débauche aussi longtemps que possible, mais la réalité a fini par me rattraper. J'ai eu beau me taper des tonnes de nanas, et les plus sexy de la ville, ça n'a rien changé. Elles n'ont pas effacé ma colère et ma tristesse. Le sexe et l'affection qu'elles m'ont donnés n'ont pas réparé les dommages causés par Lexie. Je n'ai fait que blesser tout le monde autour de moi. Ces trois derniers mois, je n'ai rien accompli du tout.

Je suis revenu à la case départ.

Elle m'a juste... quitté. Comme ça. Mes plaies étaient encore fraîches.

Papa a toqué à la porte et m'a extirpé de mes pensées.

– T'as cartonné au meeting.

J'ai mis quelques secondes à comprendre de quoi il parlait.

– Oh, ouais. Merci.

– Vous nous rendez de plus en plus inutiles, Sean et moi.

– Vous étiez déjà inutiles avant que je commence à bosser ici, raillai-je.

J'ai souri de toutes mes dents pour lui indiquer que c'était une blague.

Papa s'est assis dans un fauteuil devant mon bureau.

– Tu sais qu'on nous confond ? Apparemment, on se ressemble tellement que nos employés ont du mal à nous distinguer. Du coup, soit j'ai l'air très jeune, soit t'as l'air très vieux.

J'ai pouffé.

– T'as l'air jeune, je te le concède.

Il s'est frotté le menton.

– Waouh, mon fils qui me fait un compliment.

– Ne t'y habitue pas.

– J'évite le soleil, dit-il en haussant les épaules, puis bandant les biceps. Et je vais à la salle de sport tous les jours.

– Bon… là tu te la pètes.

– Ta mère m'aime comme ça.

– Je pense que maman t'aime pour ton portefeuille.

Il a pouffé.

– Nan, elle m'aime pour mon physique. Elle dit qu'elle a son propre garde du corps partout où elle va, y compris chez elle.

Lexie aimait mon corps. Elle touchait toujours ma poitrine et mes épaules, et elle m'appelait son ours grizzli. Nos nuits ensemble me sont revenues en mémoire, mais je me suis interdit de sombrer dans la dépression.

Papa a remarqué mon expression.

– Ça s'améliore avec le temps, Conrad.

– Ouais… je l'espère.

Je n'avais pas de très grands espoirs.

– On se fait un golf après le boulot ? suggéra-t-il.

Je n'avais pas la motivation de faire quoi que ce soit, sauf rester allongé sur le canapé dans mon penthouse.

– Nan.

– On va manger un morceau ?

– J'ai pas très faim.

– Que dis-tu d'un voyage ?

– Un voyage ? répétai-je perplexe.

– Ouais, une destination soleil. Genre Cancún.

Ce n'était pas la pire des idées.

– Je ne devrais pas quitter le bureau. Je sais que ça stresserait Skye.

– Comment ça ?

– Elle part en congé de maternité d'un jour à l'autre. J'ai peur que si je prends des vacances, elle reste en pensant qu'elle doit compenser mon absence. Je la connais plutôt bien.

J'avais appris à la connaître de façon plus intime depuis que nous travaillions ensemble. Elle était ergomane, c'est le moins qu'on puisse dire.

– C'est vrai qu'elle et Sean sont plutôt excessifs.

– Merci pour la proposition, mais ça va.

– T'es sûr ?

– Ouais... j'ai réussi à oublier Beatrice. Je ferai pareil pour...

Je n'arrivais pas à prononcer son nom. J'ai laissé les mots mourir dans ma bouche.

– Tu t'en sortiras, fiston.

J'ÉTAIS COUCHÉ SUR LE CANAPÉ ET JE FIXAIS LE NUMÉRO SUR MON écran. Après avoir débattu intérieurement, j'ai appuyé sur Appel et j'ai porté le combiné à mon oreille.

Beatrice a répondu après deux sonneries.

– Conrad ?

– Salut...

Je ne connaissais pas exactement la raison de mon appel. Je l'ai croisée l'autre soir, et bien que ma mémoire me fasse un peu défaut vu mon ivresse, je savais que je m'étais comporté en vrai connard.

– Je te dérange ?

– Non, pas du tout. Comment tu vas ?

– Bof...

– Oh, je suis désolée.

Je suis resté silencieux, ignorant quoi dire.

Elle n'a rien dit non plus.

– Je voulais m'excuser pour mon comportement de l'autre soir, dis-je enfin. Je n'avais pas toute ma tête... je n'étais pas moi-même.

– Ça va, Conrad. Je sais que tu traversais un sale moment.

– Eh ben, je me suis repris en main... si ça peut me faire pardonner.

– Ça aide, oui.

– Alors... qu'est-ce que tu fais de beau ?

– Je viens de me réveiller.

– Quoi ? m'étonnai-je. C'est le milieu de l'aprèm.

– Je bosse tard au bar à vin.

– Oh, je vois.

– Ouais...

La conversation était forcée. Je ne sais pas ce qui m'a pris de l'appeler.

– Bon, je te laisse retourner à tes moutons.

– Tu veux que je passe chez toi ?

J'étais trop mal pour rejeter son offre. J'avais besoin d'une personne à qui me confier, quelqu'un qui comprenait vraiment ce que je ressentais.

– S'il te plaît.

Beatrice a sifflé en regardant autour d'elle.

– La vache, c'est beau ici.

– Ouais, merci.

J'adorais mon penthouse au début, mais maintenant il ne me faisait ni chaud ni froid. C'était bien trop grand pour une seule personne. Un rappel constant du fait que j'étais seul. Au lieu d'avoir une femme et des enfants, j'étais un célibataire parmi tant d'autres.

Elle s'est assise sur le canapé en regardant par la fenêtre.

– La vue est superbe.

Je me suis assis à côté d'elle.

– Ouais. C'est vachement beau la nuit. Les lumières de la ville et tout ça...

– Je parie.

– Slade et Trinity vivent dans le même immeuble. Ils sont au dernier étage.

– Oh, c'est sympa. Si t'as besoin de lait ou de sucre, ils sont là.

Elle essayait de me remonter le moral.

– Ouais, j'imagine.

Je savais que ma compagnie n'était pas des plus agréables. Je parlais d'un ton monotone et j'avais du mal à feindre l'enthousiasme pour quoi que ce soit.

Beatrice faisait semblant de ne pas le remarquer.

– Alors, le boulot ?

– Comme d'hab. Skye et moi on gère pratiquement la boîte à nous deux. Je me demande pourquoi Sean et mon père sont encore là.

– Ils doivent avoir du mal à quitter l'endroit où ils ont passé tant d'années.

– Ouais, sans doute.

Ou peut-être était-ce parce qu'ils s'inquiétaient pour Skye et moi. Nous étions tous les deux en eaux troubles.

Beatrice a pincé les lèvres en cherchant un sujet de conversation. Le moment était tendu, mais je pressentais que c'était de ma faute.

– On pourrait regarder la télé ? Ou parler ?

– Je… je me suis perdu pendant un moment, bredouillai-je. En fait… ces trois derniers mois sont flous dans ma mémoire.

Elle m'a écouté patiemment.

– J'ai un truc à te demander… mais je ne suis pas sûr de vouloir connaître la réponse.

L'émotion a traversé son regard.

– Y a un truc qui cloche chez moi ? demandai-je d'une voix chevrotante. Je ne suis pas un homme à épouser ? Ou à fréquenter ?

Sa main a trouvé la mienne.

– Bien sûr que si, Conrad. Tu es l'un des hommes les plus merveilleux que je connaisse. La seule raison pour laquelle on a rompu, c'était parce que j'étais stupide. J'avais des attentes irréalistes. Crois-moi, tout est de ma faute. Ça a merdé à cause de moi, pas de toi.

– Tu dis ça seulement pour me remonter le moral ?

– Pas du tout. J'ai mis beaucoup de temps à me remettre de notre rupture. Je m'en voulais à mort d'avoir perdu l'amour d'un homme aussi bon. J'ai été déprimée longtemps.

Je ne me réjouissais pas de savoir qu'elle avait été malheureuse, mais je me sentais un peu mieux par rapport à moi-même.

– Je ne sais pas pourquoi ça a foiré avec Lexie. Je ne comprends toujours pas. Parfois je n'arrive pas à dormir parce que j'ai besoin de la réponse...

– Ce n'était pas toi.

J'ai croisé son regard.

– Ce n'était pas toi, répéta-t-elle. C'était elle.

– Comment tu le sais ?

– Je le sais, c'est tout. Et je suis sûre qu'elle regrette son geste, au fond d'elle.

– Mais elle ne m'a jamais rien dit.

– Ça fait plusieurs mois déjà... elle pense sans doute qu'il est trop tard.

J'ai fixé mes mains sur mes cuisses.

– Je veux juste savoir pourquoi, tu comprends ?

Elle a hoché la tête.

– On était tellement heureux ensemble, du moins c'est ce que je croyais. Elle était tout le temps chez moi, et elle me disait qu'elle m'aimait. On était... amoureux. Je m'imaginais rentrer du boulot et la trouver en tablier dans la cuisine, le dîner tout juste sorti du four. On avait deux gosses, une fille et un garçon. Je... je ne comprends toujours pas ce qui s'est passé.

– Je sais... dit-elle en me caressant les phalanges.

– Je pensais qu'elle voulait qu'on soit ensemble pour toujours. Je faisais tout pour elle. Je la traitais comme une reine, je la mettais sur un piédestal. Pourquoi elle ne voudrait pas m'épouser ? J'ai un bon travail, je prends soin de moi et je la traitais bien... je ne pige pas.

– Peut-être que tu dois arrêter de te poser toutes ces questions et seulement accepter le fait qu'elle est partie.

– Facile à dire...

– Ça sera plus facile avec le temps, dit-elle doucement. Mes paroles semblent peut-être vides en ce moment, mais c'est vrai. Je n'ai jamais cru que je t'oublierais, mais les semaines se sont transformées en moi, et un jour j'ai cessé de penser à toi. La même chose t'arrivera, et tu retrouveras le bonheur.

Je devais la croire. Sinon, j'allais devenir fou.

– Mes relations ne marchent jamais... je ne peux pas être meilleur que ce que je suis en ce moment. Alors... je serai toujours seul.

– C'est faux, affirma-t-elle. Ne pense pas ça.

– L'histoire se répète, non ?

– Non. Pas toujours.

J'ai réalisé que je monopolisais la conversation avec mes problèmes.

– Et toi ? Tu fréquentes encore ce type ?

Son prénom m'échappait. Ça commençait par un J.

– Non. Ça n'a pas marché.

– Oh, je suis désolé.

– Pas moi.

– Hum ?

J'ai manqué quelque chose ?

Elle n'a pas souri, mais son regard témoignait clairement sa joie.

– En gros, Jared m'a avoué qu'il avait des sentiments pour moi. Et... bien, on sort ensemble maintenant. C'est arrivé comme ça, alors on prend les choses comme elles viennent. Mais c'est quelque chose que je voulais depuis longtemps. Et apparemment, lui aussi.

– Eh ben, c'est super. Je suis heureux pour vous.

J'étais malheureux, mais ça ne signifiait pas qu'elle devait l'être aussi.

– Merci.

J'ai regardé par la fenêtre.

– Qu'est-ce qui vous a pris autant de temps ? demandai-je.

– Jared s'est mis cette idée ridicule dans la tête qu'il va me tromper un jour. Mais je sais que c'est faux.

– Pourquoi tu dis ça ?

– Parce qu'il a changé. Il n'a couché avec personne depuis qu'on a commencé à traîner ensemble, il y a un an. S'il peut m'être fidèle sans qu'on couche ensemble, je n'ai pas à m'inquiéter.

– Et sinon, je peux lui régler son compte.

Elle a souri.

– Ça ne sera pas nécessaire, Conrad.

– Je suis content que vous ayez trouvé le bonheur.

– Moi aussi. C'est mon meilleur ami.

– Tu ne lui as pas dit pour Lexie et moi, hein ?

– Bien sûr que non.

– Merci. S'il te plaît, ne lui dis pas.

– Ton secret est en sécurité avec moi, Conrad.

Je me suis demandé si Jared avait parlé à Lexie, et si oui, avait-elle dit quelque chose sur moi ?

– Jared lui parle encore ?

– Pas à ma connaissance. Mais j'en doute, parce qu'il m'aurait tout de suite dit que vous aviez rompu.

J'ai opiné.

– Je n'ai pas eu de ses nouvelles depuis. Rien du tout.

Elle a esquissé une moue triste.

– Peut-être que c'est mieux comme ça. En ne la voyant pas ni ne lui parlant, tu l'oublieras plus facilement.

– J'en sais rien... Elle ne m'a pas contacté une seule fois, mais je suis toujours au même endroit qu'il y a trois mois.

– Bien, t'as refoulé tes émotions pendant trois mois. Maintenant, tu te donnes la permission de les ressentir. Si tu les avais affrontées dès le début, peut-être que tu serais déjà rétabli aujourd'hui.

Je n'arrivais pas à m'imaginer tourner la page, pas complètement. Son rejet me hanterait éternellement. La façon dont elle m'a jeté sans la moindre explication serait à jamais gravée dans ma mémoire.

– Un jour à la fois, me réconforta Beatrice.

– J'imagine...

Elle m'observait, l'air inquiète.

– Je suis désolé de t'avoir embrassée... et d'avoir essayé de coucher avec toi.

– Ça va, Conrad. Je savais que tu n'étais pas toi-même.

J'avais de la chance que tout le monde me pardonne aussi facilement.

– Il nous arrive tous de sombrer dans les ténèbres. Et on a besoin du pardon des autres pour pouvoir aller de l'avant.

– Jared ne sera pas content de l'apprendre.

– On n'était pas encore ensemble, alors je n'ai pas à lui dire. De toute façon, je ne peux pas. Je ne trouve pas d'autre explication au fait qu'on s'embrassait chez moi que ta rupture avec Lexie.

– Oh, ouais...

– T'inquiète.

Je me suis adossé au canapé en fermant les yeux.

– Je n'arrive pas à dormir. J'ai besoin de quelqu'un à mes côtés. C'est pour ça que j'ai autant levé de filles...

Je venais d'avouer mon secret le plus intime. Enfin, j'avais vidé mon sac.

– C'est compréhensible...

– Tu peux rester ici jusqu'à ce que je m'endorme ?

La douleur a assombri son visage.

– Bien sûr.

– Merci...

Je me suis allongé et j'ai fermé les yeux.

Beatrice a posé la main sur mon bras. Elle est restée silencieuse en attendant que je m'endorme. J'ai écouté sa respiration jusqu'à ce que je sente mon esprit partir à la dérive. Bientôt, le sommeil m'a gagné. Emportant avec lui tous mes soucis.

Quelques jours plus tard, j'ai reçu un texto de Beatrice.

Salut. T'es libre dans une heure ?

Ça sortait de nulle part.

C'est l'heure à laquelle je rentre du boulot. Pourquoi ?

On peut se retrouver chez toi ?

Ouais. Pourquoi ?

Pourquoi ne me le disait-elle pas ?

Tu verras en arrivant.

J'ai arrêté de répondre, sachant que je ne lui tirerais pas les vers du nez.

Quand je suis sorti de l'ascenseur, j'ai aperçu Beatrice devant ma porte. Mais elle n'était pas seule. Une créature poilue l'accompagnait. C'était un berger allemand au pelage noir et brun. Il m'observait de ses grands yeux noirs.

– Euh... t'as un chien ? C'est ça que tu voulais me montrer ?

– Ouaip. Il s'appelle Apollo, dit-elle enjouée en le grattant derrière les oreilles. Il est pas mignon ?

– Ouais...

Honnêtement, je me fichais qu'elle ait un clebs. Ça ne changeait rien à ma vie, alors j'ignorais pourquoi elle tenait tant à me le présenter.

– Ben, félicitations, ajoutai-je. T'as un nouveau partenaire de course.

– Moi ? s'esclaffa-t-elle. Il est pour toi.

– Quoi ? sourcillai-je.

– Ouais. Apollo était un chien policier avant, alors il est bien entraîné. Quand ils prennent leur retraite, leur agent les adopte habituellement, mais le sien est mort alors il n'avait personne. Je me disais que vous pourriez vous tenir compagnie.

– Euh... c'est gentil de ta part, mais je ne veux pas de chien.

– Il peut dormir avec toi. Comme ça, tu ne seras jamais seul.

Apollo m'étudiait toujours.

J'ignorais quoi dire. La dernière chose à laquelle je pensais était d'adopter un chien.

– C'est juste que... je n'ai pas le temps de m'occuper de lui.

– Eh bien, Apollo s'occupe tout seul. Il sait même faire ses besoins à la litière. Et c'est un excellent chien de garde si tu lui en donnes l'ordre.

– On ne m'attaque pas très souvent.

– Allez, Conrad. Il t'aime déjà.

Il a penché la tête d'un côté.

– Passe un peu de temps avec lui, m'encouragea-t-elle. Et si tu ne veux pas de lui, je lui trouverai un autre maître. Qu'en penses-tu ?

J'ai soupiré en me frottant la nuque.

– Il ne va pas perdre ses poils partout ?

– T'as une femme de ménage, non ? répliqua-t-elle.

Visiblement, elle n'allait pas démordre.

– Bon... je veux bien faire une période d'essai.

– Super, dit-elle en me tendant la laisse. Tu vas tomber amoureux de lui.

– Je ne tombe pas amoureux des animaux.

– C'est ce que tu crois... dit-elle en s'agenouillant pour lui masser la fourrure. Prends soin de lui, d'accord ?

Apollo a jappé.

– Bon toutou, dit-elle avant de poser un baiser sur sa tête. Occupe-toi bien de lui, Conrad.

– Je vais essayer.

Beatrice a marché jusqu'à l'ascenseur.

J'ai regardé Apollo en soupirant.

– Et maintenant ?

Il est resté immobile comme une statue, comme s'il attendait un ordre.

– Eh ben, faisons le tour du propriétaire.

J'ai déverrouillé ma porte et je l'ai laissé entrer. Au lieu de se mettre à courir, il est resté au pas. Je lui ai ôté sa laisse pour qu'il puisse explorer librement.

Il est resté assis à me regarder.

Qu'est-ce qu'on dit à un chien ?

– Ben... C'est chez moi. Ne saute pas sur les meubles, d'accord ?

Apollo a jappé.

– Et ne fais pas tes besoins dans la maison. Il y a un balcon pour ça.

Il a jappé de nouveau.

Comprenait-il ce que je lui disais ? J'en avais l'impression, en tout cas.

– Bon, je vais prendre une douche.

Pourquoi parlais-je à un chien ? Je devais arrêter. Je me sentais bizarre.

Apollo est resté là.

– Tu veux de l'eau ?

Silence.

– Je vais te chercher de l'eau.

Je suis allé remplir un bol, que j'ai posé par terre.

Apollo, qui m'avait suivi jusqu'à la cuisine, a bu.

– Après ma douche, j'irai te chercher à manger, dis-je avant de réaliser mon erreur. Putain, pourquoi je n'arrête pas de te parler ?

Il a lâché un petit gémissement.

– D'accord. Je vais me doucher. Je... je reviens tout de suite.

Il s'est couché sur le ventre et a posé la tête sur ses pattes.

– Euh... bon garçon.

En sortant de la douche, j'ai enfilé un jean et un t-shirt.

– Bon, allons te chercher à manger.

Apollo a ramassé sa laisse par terre et il me l'a apportée dans sa gueule. Puis il s'est assis devant moi, le dos droit.

– Alors, tu comprends ce que je dis ?

Il n'a pas bougé.

– La vache, t'es un sacré bon clebs.

Je lui ai pris la laisse de la gueule et je l'ai attachée à son harnais. Il m'a laissé faire sans bouger.

– Bon, allons-y.

Nous avons pris l'ascenseur jusqu'au rez-de-chaussée et nous sommes passés devant les boîtes aux lettres en marchant vers la sortie.

– Conrad ?

Je me suis retourné et j'ai vu ma sœur qui prenait son courrier.

– Hé, quoi de neuf ?

Elle avait les yeux ronds et la bouche ouverte.

– T'as un chien ?

– Ouais, il s'appelle Apollo.

Il s'est assis à côté de moi.

– Depuis quand ? demanda-t-elle.

– Aujourd'hui, en fait. J'allais justement lui chercher à manger.

Trinity s'est approchée d'Apollo en tendant la main pour qu'il puisse la sentir. Puis elle l'a gratté derrière les oreilles.

– Il est vraiment mignon.

– Ouais, pas mal. Et il est super intelligent.

Apollo a fermé les yeux comme s'il allait s'assoupir.

– Il est tellement... sage, remarqua-t-elle.

– Très sage. Remarque, je l'ai depuis seulement une heure, alors ça pourrait changer. C'est un chien policier à la retraite. Son maître est mort, apparemment.

– Oh, tu es si gentil de l'avoir adopté.

– En fait, c'est Beatrice qui me l'a donné.

Trinity s'est immobilisée et m'a regardé.

– T'es retourné avec Beatrice ?

– Non, dis-je prestement. On est seulement amis. Je pense qu'elle essayait de me remonter le moral.

– Tant mieux. Je déteste encore cette salope.

– Ouh là... calmos. Ne l'appelle pas comme ça.

– Elle t'a brisé le cœur, Conrad.

– Quand même, ne dis pas ça.

Trinity n'a pas insisté.

– Eh bien, Apollo est très mignon. Félicitations.

– Il n'est pas mignon. C'est un chien. Il est costaud et féroce.

– Comme tu veux, Conrad.

Elle s'est éloignée en mettant son courrier sous son bras.

J'ai entraîné Apollo avec moi.

– C'était ma sœur. Elle habite au dernier étage.

Apollo a levé la tête vers moi.

Je me suis tapé le front quand j'ai réalisé ce que je faisais. Je n'arrêtais pas de lui parler comme à un humain. Les gens devaient me prendre pour un dingue.

Nous avons marché jusqu'à l'animalerie, où j'ai trouvé l'allée de la nourriture pour chien. J'ai mis un moment à décider quelle sorte acheter, car je ne connaissais pas son âge. Mais après avoir fait mon choix, puis ajouté quelques jouets, j'ai payé et je suis retourné au penthouse. J'avais du mal à porter les courses en tenant sa laisse, aussi j'ai fourré la poignée dans ma poche. Apollo m'a suivi diligemment sans même s'arrêter pour renifler d'autres chiens. Il me collait aux baskets.

De retour à la maison, je lui ai servi un bol de croquettes, qu'il a dévoré illico. Malgré sa voracité, il mangeait proprement et sans faire trop de bruit.

Je me suis assis par terre et je l'ai observé.

– Comme ça, t'as bossé chez les flics. T'as dû voir des trucs de ouf.

Il mangeait toujours.

– Je ne pourrais pas faire ton job. Les forces de l'ordre ne m'ont jamais attiré.

Apollo avait un gros appétit.

– Désolé si je suis nase. J'étais avec cette fille... mais ça n'a pas marché.

Quand il a eu fini de manger, il s'est couché à côté de moi sur le plancher et il m'a regardé comme s'il comprenait exactement ce que je disais.

– T'as déjà eu une copine ?

Il a bougé les oreilles.

– Non ? Alors t'as de la chance, mon vieux. Cette fille m'a brisé le cœur. Je l'ai demandée en mariage et elle a dit non.

Apollo a poussé un petit gémissement.

– Ouais... ça m'a fait mal aussi.

Il a posé la tête sur ses pattes et a gémi de nouveau.

– Je ne sais pas pourquoi les femmes me marchent dessus et m'écrabouillent le cœur. C'est comme si j'étais un punching-ball. J'ai renoncé à l'amour. C'est stupide et inutile. J'ai fait des conneries pendant un moment et sauté tout ce qui bouge. Mais là... je suis déprimé.

Apollo s'est rapproché de moi, puis il a posé la tête sur ma cuisse. Il a levé les yeux vers moi, comme s'il était triste que je sois triste.

Je l'ai fixé, me demandant ce qui se passait.

Puis il a poussé un autre petit gémissement.

Ma main a trouvé sa tête et je lui ai gratté l'arrière des oreilles.

– Eh ben... merci.

QUAND JE SUIS PARTI ME COUCHER, APOLLO M'A SUIVI DANS LA chambre. Au lieu de sauter sur le lit, il s'est étendu devant mon placard. Son menton était appuyé sur ses pattes, mais il avait les yeux ouverts. Il m'a regardé tirer la couverture et éteindre la lampe de chevet.

Je me suis retourné dans le lit comme d'habitude. Je n'avais pas encore perdu l'habitude de dormir avec quelqu'un, aussi la solitude était un supplice. J'avais dormi avec Lexie pendant presque deux ans, et maintenant mon lit était tout le temps vide. Les draps étaient froids et n'avaient plus son odeur. Son essence avait disparu parce que j'avais vendu tout ce qu'elle avait touché. Chaque meuble et chaque objet dans le penthouse était neuf pour m'éviter de penser à elle.

Et pourtant, je pense encore à elle.

Je me suis redressé et j'ai regardé Apollo.

Il avait les yeux ouverts et il m'observait.

Beatrice avait dit que je devrais dormir avec lui. Pourquoi pas ?

– Hé, mon garçon.

Il a levé une oreille et s'est relevé instantanément.

J'ai tapoté le lit.

– Viens là.

Il a sauté sur le matelas et il s'est installé à côté de moi, se recroquevillant sur la couverture, sans toucher l'oreiller.

Je suis resté allongé sur le dos à l'écouter respirer. Il poussait un petit soupir de temps en temps, comme un humain. Parfois il bougeait pour trouver une position plus confortable. Je sentais même sa chaleur corporelle me réchauffer.

Bientôt, je dormais comme un bébé.

18

Skye

J'ai décidé de passer au bureau de Cayson pour voir s'il voulait déjeuner. Je l'aurais bien fait tous les jours, mais je ne voulais pas l'étouffer. Il venait déjà, matin et soir, me chercher et me reconduire à la maison. Et j'avais du mal à ne pas m'accrocher à lui pour qu'il ne reparte pas.

Au lieu d'entrer directement dans son bureau comme d'habitude, je me suis dirigée vers le poste de son assistant.

– Bonjour, Jessica.

– Bonjour Skye, dit-elle, surprise de me voir. Comment allez-vous ?

– Un peu lourde, mais ça va, dis-je en posant la main sur mon ventre.

– Oh, vous êtes énorme.

– Merci, pouffai-je.

– C'était un compliment, je vous assure. Vous êtes rayonnante.

– Merci. Il est dispo ?

– Il est en réunion actuellement. Mais il aura fini dans un quart d'heure si vous voulez vous asseoir.

Je pouvais attendre un quart d'heure.

– Merci, je vais m'asseoir.

– De l'eau ?

– Non, ça va.

Je me suis tournée et approchée des sièges.

Une jeune femme était assise sur l'un d'eux, en robe et talons hauts. Elle avait la peau mate comme Clémentine et des yeux en amande. Ses cheveux noirs étaient tirés dans un joli chignon. Ses yeux étaient rivés sur moi, et elle me scrutait sans les cligner une seule fois. C'était comme si elle me reconnaissait, mais que mon nom lui échappait.

Son physique me disait quelque chose, mais je ne me souvenais pas où je l'avais vue. Je me suis assise et j'ai regardé ailleurs, mais je sentais le laser de ses yeux me brûler la joue. Elle me regardait presque avec hostilité.

Jessica s'est adressée à elle.

– Laura, il vous attend.

Elle a enfin relâché son attention et s'est levée.

Hein ? Quoi ?

Laura ?

Je savais maintenant où je l'avais vue. C'était pendant un Skype avec Cayson. Je ne l'avais pas bien regardée, mais je me souvenais de sa peau mate et de ses grands yeux en amande.

C'était elle.

La salope de voleuse de mari.

Mes narines se sont dilatées et j'ai eu envie de la démolir.

Si je n'étais pas enceinte de sept mois, je lui casserais la gueule ici même.

Laura est entrée dans le bureau et a fermé la porte.

J'ai fixé le panneau de bois en me retenant de crier.

En morceaux 215

Pourquoi était-elle là ? Elle travaillait ici maintenant ? Pourquoi Cayson ne m'a rien dit ?

La voix de Cayson a traversé la porte, et si je pouvais l'entendre, c'est parce qu'il hurlait.

– Qu'est-ce qui ne va pas chez toi, putain ?

J'ai tressailli tellement sa voix contenait de colère.

– T'es une grande malade, poursuivit-il. Tu crois que je ne sais pas ce que tu fais ? Je suis marié. Je suis heureux dans mon mariage. Tu auras beau essayer de le briser, ça ne marchera jamais. Tu pourrais tuer Skye que je ne me mettrais toujours pas avec toi. Est-ce que tu comprends ?

Mon cœur battait si vite que le sang pulsait dans mes oreilles.

Laura a laissé un long silence avant de parler, comme si elle avait peur d'ouvrir la bouche.

– On m'a mutée ici. Je te promets que ce n'était pas intentionnel.

– Tu espères que je vais te croire ? cracha-t-il.

Laura s'est tue de nouveau.

– Tu es venue ici parce que Sean t'a dit que Skye et moi avions des problèmes. Alors tu as décidé de profiter de la situation pour me séduire. Eh bien, tu perds ton temps, Laura.

J'avais encore plus honte maintenant de ne pas avoir cru Cayson.

– Non, je ne suis pas ici pour ça, dit Laura d'une voix posée. On m'a offert le poste, le poste de mes rêves, et je n'allais pas le refuser. Je suis ici pour travailler et rien d'autre.

Sale menteuse.

Cayson a fini par se calmer.

– On ne travaillera pas ensemble au quotidien, alors je m'en fous. Fais ton boulot, c'est tout. Au premier faux pas, je ferai tout en mon pouvoir pour te virer. Je serai sur ton dos en permanence. T'as compris ?

– Je ne te décevrai pas, Cayson.

– C'est M. Thompson pour toi.

– Toutes mes excuses...

Un long silence s'est écoulé. Je n'étais pas sûre que la conversation soit terminée.

Cayson s'est éclairci la voix.

– Très bien, étudions ce rapport maintenant.

Laura s'est mise à parler d'un nouvel antibiotique produit dans le laboratoire du NIH. C'est devenu super scientifique et super chiant.

Je ne voulais pas être là quand elle sortirait. J'avais peur de lui arracher les yeux. Et je ne voulais pas que Cayson sache que j'avais tout entendu. Je suis retournée voir Jessica.

– Je suis désolée, mais je dois partir. Pouvez-vous ne pas dire à Cayson que je suis passée ?

– Bien sûr...

– Merci.

JE SUIS ENTRÉE DANS LE BUREAU DE TRINITY. ELLE ÉTAIT AU téléphone.

– Slade, je vais bien. Non, je n'ai pas mal au dos et je n'ai pas de remontées acides, soupira-t-elle en me regardant, puis levant les yeux au ciel. Non, je ne porte pas de talons. J'ai des chaussures plates.

J'ai aperçu les talons aiguilles de douze centimètres à ses pieds et arqué un sourcil.

Elle a chassé mon interrogation d'un geste de la main.

– Slade, j'ai du boulot.

Manifestement, il a continué ses élucubrations parce qu'elle a raccroché et lancé le téléphone sur le bureau.

– C'est un cauchemar, soupira-t-elle.

– Il prend soin de toi, c'est tout.

– Il s'est mis en tête que je devais porter des baskets au bureau. Je ne suis enceinte que de quelques semaines. Putain, il est tellement relou par moments.

– Il est protecteur. Il y a pire comme défaut.

Je me suis abaissée lentement pour m'asseoir et j'ai posé la main sur mon ventre.

– Pourquoi tu t'es dandinée jusqu'ici ? demanda-t-elle. Si tu veux, on déjeune ensemble.

– Tu ne croiras jamais ce qui vient de se passer.

Trinity, les yeux ronds, s'assit à côté de moi.

– Quoi ?

Je lui ai raconté toute l'histoire, du début à la fin.

– C'est une blague ? s'exclama-t-elle en baissant les bras. Cette salope est revenue ?

– Ouaip.

– Cayson ne sait pas que tu étais là ?

– Non, et je ne veux pas qu'il le sache.

– Pourquoi ?

– Je ne veux pas m'en mêler. On s'entend bien en ce moment et je ne veux pas tout gâcher en ramenant le sujet sur le tapis. Je préfère le laisser en sommeil.

– Mais tu ne trouves pas bizarre qu'il ne t'ait pas parlé d'elle ?

– Pas du tout.

Trinity a froncé les sourcils.

– Comment lui reprocher ? Après tout ce qui s'est passé avec elle, je suis sûre qu'il ne veut plus mentionner son existence. Je ne lui ai pas fait confiance et ça a foutu la merde entre nous. Il ne veut pas que ça recommence.

– Mais il travaille avec elle… tu ne trouves pas ça glauque ?

– Je suis sûre qu'elle n'est là que parce qu'elle veut mettre le grappin dessus, mais je m'en fous.

Sa mâchoire s'est décrochée.

– Si une salope essayait de me piquer Slade, je l'exploserais.

J'ai haussé les épaules.

– Qu'est-ce qu'elle va faire ? Lui sauter dessus ? Cayson ne me tromperait jamais. (J'aurais aimé le croire à l'époque où c'était crucial.) Même si notre relation n'est pas solide en ce moment et qu'on voit un conseiller conjugal, il ne ferait jamais une chose pareille.

– T'as raison. Ça me surprend juste qu'il ne te l'ait pas dit.

– Ben, on n'est pas vraiment ensemble, alors ça ne me regarde pas.

– Euh, non, dit-elle en claquant des doigts comme pour me réveiller. Tout ce qu'il fait te regarde. Quand il coule un bronze, ça te regarde.

J'ai souri faiblement.

– Il est préférable de conserver un certain mystère dans le couple…

– J'arrive pas à croire que tu sois si cool avec ça, dit-elle en secouant la tête d'incrédulité.

– Je ne peux rien y faire et je n'ai aucune raison de m'inquiéter.

– Waouh… je suppose que je suis plus jalouse que toi.

– C'est pas vrai. Tu n'étais pas inquiète pour Dee.

– Mais elle ne veut pas séduire Slade.

– Tu sais très bien que si Slade était célibataire, elle le draguerait.

Toutes les filles étaient folles de lui, surtout les petites rockeuses comme elle.

Elle a haussé les épaules.

– T'as sans doute raison. J'ai confiance en lui.

– Tu ne dois pas parler de cette histoire à Slade. Il le dirait direct à Cayson.

– Promis, dit-elle. Mais tu vas faire quoi ? Prétendre que tu ne sais rien ?

– Il finira par me le dire.

– Tu crois ?

– Oui. Il attend probablement le bon moment. Même si c'est moi qui ai tout gâché, je sais qu'il veut que notre mariage fonctionne. Il fera tout son possible pour sauver notre couple.

– Je le crois aussi.

– Je vais donc me contenter d'attendre.

– Et que feras-tu quand il te le dira ?

Je n'avais pas la réponse à cette question. Je haïssais Laura de toutes les fibres de mon être. Elle voulait être Mme Thompson. Elle voulait qu'il me quitte pour elle. Elle voulait être la maîtresse et détruire ma vie.

– Aucune idée.

19

Cayson

Skye a ouvert la porte.

– Bonjour.

– Bonjour.

Elle portait une robe ample avec une grosse veste. Elle avait l'air patraque ce matin, plus fatiguée que d'habitude. Elle commençait à avoir du mal à se déplacer et peinait à porter son gros ventre.

– Merci d'être venu me chercher.

Elle disait cela tous les matins.

– Pas de problème.

Je l'ai aidée à rejoindre le pick-up et à s'asseoir sur le siège passager. Une fois installé au volant, j'ai roulé jusqu'à la ville. Skye s'est enfoncée dans le siège et a regardé par la fenêtre. Elle avait les paupières lourdes et ses yeux se fermaient.

– T'as mal dormi cette nuit ?

– Je dors mal toutes les nuits. Mon ventre me gêne et j'ai mal au dos. Mes seins me font mal aussi.

L'idée que ses seins soient plus gros que d'habitude m'a tout de suite excité. J'aimerais pouvoir en profiter. Ne pas faire l'amour était frustrant. Je savais qu'elle dirait oui tout de suite, mais je voulais qu'on le fasse dans de meilleures conditions.

– Je peux te masser le dos.

– Non, ça va.

– Tu devrais peut-être prendre ton congé de maternité.

– Non.

– Pourquoi ? Tu fais ce que tu veux chez Pixel.

– Conrad traverse une sale passe et je ne peux pas lui mettre plus de pression.

– Il a des difficultés au boulot ? demandai-je.

– Non, ça va. On avait une réunion hier et il a été génial. Mais je sais qu'il a le cœur brisé... je ne peux pas l'abandonner maintenant.

– Sean et Mike sont là.

– Ils font de la figuration plus qu'autre chose aujourd'hui.

Skye ne se déchargerait pas de ses responsabilités sur autrui si elle pouvait l'éviter, même si ça la fatiguait. Elle a toujours été comme ça.

Quand nous sommes arrivés chez Pixel, je l'ai accompagnée dans le hall.

– T'as pas besoin de monter jusqu'à mon bureau.

– Ça ne me dérange pas.

– D'accord.

Elle n'a pas protesté, et je savais que c'était parce qu'elle était épuisée.

Une fois dans son bureau, elle s'est affalée dans le fauteuil en cuir.

– Tu veux que je t'apporte quelque chose avant de partir ? demandai-je. Un déca ?

– C'est très gentil, Cayson, mais non, ça va. À tout à l'heure.

Je l'ai regardée et j'ai eu pitié d'elle. Elle devrait être à la maison et dans un lit. Je voulais que ma femme paresse toute la journée et se repose. Sans réfléchir, je me suis penché sur le bureau et je l'ai embrassée.

Ses lèvres ont tressailli comme si elle ne s'y attendait pas. Puis elle m'a offert leur douceur en guise de réponse.

Je me suis écarté avant de me laisser emporter.

– Appelle-moi si tu veux que je t'apporte à déjeuner.

– Merci...

Je lui ai fait un petit sourire avant de sortir. Au lieu de me diriger vers les ascenseurs, j'ai marché jusqu'au bureau de Conrad. Une fois à l'intérieur, j'ai failli oublier la raison de ma présence.

– Pourquoi il y a un chien ici ?

– Oh, fit Conrad en jetant un coup d'œil au berger allemand. C'est Apollo. Mon nouveau chien.

– Je ne savais pas que tu aimais les animaux.

– Moi non plus, mais il est plutôt sympa. Je viens de l'avoir et je ne voulais pas le laisser seul dans l'appart.

Apollo est resté assis, mais il m'avait à l'œil.

Conrad devait avoir besoin de compagnie dans son immense appartement. C'était mieux que sauter tout ce qui bouge. Si un chien l'aidait à aller mieux, je ne voyais pas le problème.

– Qu'est-ce qui t'amène ?

– Ah oui, dis-je en m'asseyant sur la chaise en face de lui. Skye commence à avoir du mal à se mouvoir avec son gros ventre. Il est temps qu'elle parte en congé de maternité, mais elle ne veut pas t'en parler... elle pense que ça te dérangera.

Il a levé les yeux au ciel.

– Elle devrait s'arrêter.

– Tu peux lui parler ? Je sais qu'il reste deux mois avant son accouchement, mais elle devrait rester à la maison maintenant. Mike et Sean peuvent t'épauler de toute façon.

– Ça ne me pose aucun problème. Mais tu devrais en parler à Sean. Officiellement, c'est son patron. Alors si l'ordre vient de lui, elle s'y pliera. Si c'est moi qui lui demande de s'arrêter, ça ne marchera pas forcément.

C'est la dernière personne à qui j'ai envie de parler.

– Si j'étais enceinte, je serais en congé de maternité tout le temps, dit-il en riant. Je ne me ferais pas chier à travailler.

Je ne voulais vraiment pas parler à Sean. Chaque fois que je le regardais, j'avais envie de lui mettre mon poing dans la figure. Mais visiblement, je n'avais pas le choix.

– Ben, merci.

– De rien.

– Et t'as un beau chien.

– Merci, dit Conrad en regardant Apollo avec affection. Il est plutôt cool.

Je suis parti en direction du bureau de Sean. Une fois arrivé, je suis resté devant la porte, sans aucune envie de lui parler. Mais je devais me faire à l'idée parce que c'était mon beau-père et qu'il n'y avait pas d'autre issue. Il fallait qu'on règle certaines choses ensemble.

J'ai frappé avant d'entrer.

Sean était assis à son bureau, les yeux dans le vide. Il semblait perdu dans ses pensées. Quand il a réalisé que c'était moi, son visage a exprimé la surprise. Puis l'espoir.

– Je suis venu pour parler de Skye.

Je ne voulais pas qu'il imagine que j'étais là pour d'autres raisons.

Il n'a pas caché sa déception.

– Assieds-toi.

Je me suis posé sur la chaise rembourrée.

– Il est temps qu'elle parte en congé maternité. Elle est gênée par son ventre et fatiguée. Elle devrait être en train de manger de la crème glacée au lit. J'en ai parlé à Conrad et il m'a dit qu'il pouvait se débrouiller sans elle.

– Alors pourquoi tu m'en parles ?

– Pour que tu lui dises de partir en congé de maternité. Si on attend qu'elle prenne la décision elle-même, elle viendra tous les jours jusqu'à ce qu'elle perde les eaux.

– Exact.

Il était froid et distant avec moi, comme s'il se dégoûtait lui-même.

– Tu lui parleras ?

– Oui, après le déjeuner.

– Merci.

L'affaire étant réglée, je me suis levé.

– Cayson ?

Et c'est reparti.

Je me suis retourné.

– Tu vas me haïr à jamais ?

La tristesse dans ses yeux m'a bouleversé.

– Je ne te hais pas, Sean.

– Alors… vas-tu toujours ressentir ça pour moi ?

– Je ne sais pas. Probablement.

Il a détourné le regard comme s'il était blessé.

– Pitié. Accorde-moi ta miséricorde.

Je ne voulais pas poursuivre cette conversation.

– Laisse tomber, et oublie-moi.

– T'oublier ? demanda-t-il. Je ne renoncerai jamais, Cayson. Si je dois passer le reste de ma vie à essayer de te convaincre de mes regrets, alors je le ferai.

– Tu veux juste récupérer ton pote, dis-je. Ça n'a rien à voir avec moi.

Il a plissé les yeux, offensé.

– Tu penses que j'essaie d'arranger les choses entre nous uniquement à cause de ma relation avec ton père ?

– Franchement, oui.

Il a secoué la tête.

– Cortland est un très bon ami, et je le connais depuis longtemps. Mais mon amour pour toi n'a rien à voir avec mon amitié pour lui. Je te considère comme mon fils. Je veux arranger les choses pour te retrouver toi, personne d'autre.

Je me suis dirigé vers la porte.

Sa voix est montée, pleine de colère.

– Tu vas m'exclure de ta vie, juste comme ça ?

Je me suis tourné vers lui.

– J'en ai marre de parler de ça.

Il s'est frotté la tempe et a serré la mâchoire comme s'il se retenait de répliquer. Sa patience s'essoufflait.

– Très bien. Bonne journée, Cayson.

Il s'est remis derrière son ordinateur comme si je n'existais pas.

J'ai fermé la porte et je suis parti au CDC.

Je suis passé prendre Skye à dix-sept heures.

– T'as bien travaillé ?

– La journée était interminable.

Elle s'est levée lentement de son siège, en s'agrippant au bureau pour soutenir son poids. Son ventre était énorme.

– Mais j'ai de bonnes nouvelles, ajouta-t-elle.

J'avais le sentiment de savoir ce que c'était.

– Ah ouais ?

– Je pars en congé de maternité. Papa et Conrad ont insisté tous les deux.

– C'est super, dis-je en souriant. Tu vas pouvoir rester allongée maintenant.

– Je ne suis pas une lâcheuse, mais la vache, ce ventre est tellement gênant.

– Tu m'étonnes.

J'ai pris son sac et je lui ai ouvert la porte.

Une fois dans le pick-up, j'ai bouclé sa ceinture et j'ai démarré.

Elle a enlevé ses souliers.

– Argh, mes pieds sont tellement gonflés.

– Je te les masserai quand on sera arrivés.

– Tu n'es pas obligé de faire ça...

– Ça ne me dérange pas.

Nous avons traversé la ville dans les embouteillages, avant de prendre l'autoroute. La chaussée était glissante à cause de la pluie et de l'arrivée de l'hiver. On le sentait dans l'air vif et on le voyait aux feuilles rouges et dorées.

Je me suis garé dans l'allée et je l'ai aidée à s'extraire de la voiture. En général, je repartais tout de suite après l'avoir déposée, mais cette fois je l'ai suivie à l'intérieur.

– Qu'est-ce que tu vas faire maintenant que tu vas passer tes journées à la maison ?

Elle s'est laissé choir dans le canapé.

– Je ne sais pas... Manger plein de chocolat, j'imagine.

– Ça me semble une bonne idée.

J'ai remarqué que la maison était en désordre, contrairement à d'habitude. Il y avait un panier rempli de linge à plier, et il flottait une odeur de renfermé, comme si elle n'avait pas passé l'aspirateur.

– T'as faim ?

– Un peu.

– Tu veux un sandwich ?

– T'es pas obligé de faire ça, Cayson. Je peux le faire moi-même.

– Je veux le faire, Skye. Tu portes mon bébé. Je suis à ton service. Alors, un sandwich, ça ira ?

Elle a opiné.

Je suis allé dans la cuisine et j'ai ouvert le frigo. Mais il était vide. Il n'y avait pas de nourriture et les restes étaient vieux et périmés. Ça ne ressemblait pas à Skye de ne pas avoir de réserves de bouffe.

– Il n'y a rien dans le frigo.

– Ah ouais. Je n'ai pas fait de courses depuis un moment...

La laisser vivre seule était une mauvaise idée. Elle était manifestement incapable de se débrouiller seule à ce stade de sa grossesse. Et j'imaginais à quel point il devait être pénible pour elle d'aller au supermarché et de décharger les courses.

Je suis revenu dans le salon.

– Je fonce au supermarché. J'en ai pour une heure tout au plus.

– Cayson, t'es pas obligé de faire mes courses. Je m'en occuperai demain.

– Et tu mangeras quoi d'ici là ?

Elle a haussé les épaules.

– J'ai sûrement une brique de soupe quelque part. Et je sais encore commander une pizza. C'est une compétence que je ne perdrai jamais.

– Non, je vais au supermarché. As-tu besoin de quelque chose en particulier ?

Elle a secoué la tête.

– T'as vraiment pas besoin de me materner.

– Ça ne me dérange pas.

J'ai pris sa main et je l'ai tenue quelques instants.

En morceaux

Elle a regardé nos mains jointes.

– Je reviens vite, d'accord ?

– D'accord, murmura-t-elle.

À MON RETOUR, J'AI REMPLI SON FRIGO D'ALIMENTS QU'ELLE AIMAIT pour m'assurer qu'elle mangerait. Il y avait plein de choses pour faire des sandwiches, ainsi que des fruits et des légumes. Comme il n'y avait littéralement plus rien dans son frigo, j'ai fait un réapprovisionnement complet.

– Merci, dit-elle. Je ne mourrai pas de faim.

– Je t'en prie.

J'ai rangé les sacs en plastique dans le placard avant de préparer deux sandwiches, que j'ai posés sur la table de la cuisine. Elle s'est assise en face de moi et a mordu une bouchée.

Il y avait un sac de chips ouvert entre nous, dans lequel nous piochions à tour de rôle.

– Le sandwich est très bon, dit-elle.

– Merci. J'ai pas mal d'entraînement vu que je ne mange que ça.

Elle a pouffé.

– Eh bien, le jour où tu chercheras un autre boulot, Subway sera ravi de t'engager.

– Je serais le manager en un rien de temps, plaisantai-je.

Elle a fini son sandwich avant moi et s'est essuyé la bouche avec une serviette.

– Très bon. Et il était encore meilleur, car je n'ai pas eu à le préparer.

De la vaisselle était entassée dans l'évier et la maison était bordélique. Elle avait du mal à faire le ménage avec son gros ventre. De plus, maintenant qu'elle était dans son dernier trimestre de grossesse, il pouvait se passer n'importe quoi. Vivre à trente minutes de chez elle devenait risqué.

– Skye ?

– Hum ?

– Je peux réemménager ?

Ses yeux se sont immédiatement dilatés. Sa respiration s'est emballée comme si j'avais touché une corde invisible qui déclenchait des émotions profondes.

– Tu en as envie ?

– Tu ne devrais plus rester seule. Je veux rentrer tous les soirs et m'occuper de toi.

Quand elle a compris mon raisonnement, elle a pincé les lèvres.

– Oh... Bien sûr, tu peux revenir quand tu veux.

– Merci.

J'ai fini mon sandwich et fixé l'assiette vide. Il y avait des miettes partout.

– Je peux prendre la chambre d'amis ?

Je n'étais pas prêt à dormir dans le même lit qu'elle. J'avais besoin de plus de temps avant de franchir ce cap.

Elle a caché sa tristesse.

– Oui, si tu te sens plus à l'aise comme ça. Et ton bail ?

– Je suis obligé de l'honorer jusqu'au bout, mais je pourrais sans doute sous-louer l'appart.

– Ouais...

J'ai pris les assiettes et je les ai portées dans l'évier.

– Je vais commencer à faire mes cartons ce soir et je déménagerai les affaires essentielles demain.

– D'accord. C'est parfait.

– Bon, je vais y aller. J'ai pas mal de choses à faire.

Elle s'est levée de table et m'a accompagné jusqu'à la porte. Elle n'a pas essayé de me toucher ou de m'embrasser. Elle ne le faisait jamais. La balle était toujours dans mon camp.

– Bonne nuit, Cayson. Merci de t'occuper de moi. Tu prends toujours soin de moi.

– Je prendrai toujours soin de toi.

Jamais je n'ai été plus sincère dans ma vie. Rien de ce qu'elle a fait ou dit ne m'empêchera jamais de l'aimer. Elle sera toujours la personne la plus importante de ma vie — avec nos enfants.

20

Arsen

J'ai enfilé mon pull, puis j'ai longé le couloir à pas feutrés. L'appartement était plongé dans l'obscurité. Après avoir pris mes clés et mon portefeuille, je suis sorti et j'ai emprunté le trottoir.

Il était deux heures du matin et je n'arrivais pas à dormir. Comme d'habitude.

Silke restait de son côté du lit et ne se lovait plus contre moi. Elle m'évitait en général, comme si elle ne me faisait plus confiance.

Elle ne devrait pas non plus.

Parce que je ne suis plus le même.

Je me suis dirigé vers le bar et une fois arrivé, j'ai pris ma place habituelle au comptoir. Je venais ici tous les soirs pour noyer ma peine. Seule la boisson apaisait ma souffrance. Silke m'a dit de ne plus rentrer à la maison ivre et j'ai obéi. Je l'aimais et je ne voulais pas qu'elle me quitte.

Mais elle ne m'avait pas interdit de me saouler pendant la nuit.

Alors, je n'enfreins pas les règles.

Je fréquentais ce bouge depuis un moment, assez longtemps pour connaître les clients réguliers — car j'en étais un aussi. Parfois nous échangions des banalités, mais la plupart du temps, je restais assis à boire comme un trou.

– T'es trop jeune pour passer autant de temps ici, dit le barman.

– Je suis plus vieux que j'en ai l'air.

– Problèmes conjugaux ?

– Je ne suis pas marié.

J'ai fait tourner les glaçons dans mon verre. Dire que j'allais demander Silke en mariage quand tout a merdé.

– Divorcé ?

– Nan. Ma mère est morte.

– Oh. Navré de l'apprendre.

– Ouais...

Elle reposait désormais six pieds sous terre, car le cancer l'avait emportée. J'ai toqué mon verre sur le comptoir.

– Un autre.

– C'est fini pour aujourd'hui, gamin. T'as assez bu.

J'ai soupiré en fixant mon verre vide.

– À ce rythme-là, tu vas attraper le cancer du foie.

Ça m'était égal.

– Eh ben, merci.

J'ai balancé des billets sur le comptoir avant de quitter le bar.

Les rues étaient sombres et froides. Mais elles grouillaient encore de monde malgré l'heure tardive. Je suis retourné à la maison les mains dans les poches. Je me recouchais habituellement à côté de Silke, restant parfois éveillé toute la nuit. Elle se réveillait tôt et emmenait Abby à l'école. Mais je partais avant elle pour éviter qu'elle remarque mon ivresse.

J'ai déverrouillé la porte le plus doucement possible avant d'entrer. Le gin me brouillait un peu la vision. Mais mon corps était chaud malgré le froid de canard. J'ai posé mes clés et mon portefeuille sur le comptoir et je me suis tourné vers le couloir.

Silke était plantée là, vêtue d'un de mes t-shirts. Elle avait les bras croisés sur la poitrine et l'air furax. Parce qu'elle savait exactement ce que je traficotais. J'ignore comment elle a fait, mais de toute évidence elle s'en est rendu compte.

Je me suis frotté la nuque en cherchant une excuse. Mais c'était peine perdue, car je ne pouvais rien faire pour me sortir de ce pétrin.

– Euh... quoi de neuf ?

Elle a secoué la tête, les yeux en flammes.

– Je t'ai dit d'arrêter de boire.

– Non, tu m'as dit de ne plus rentrer ivre du boulot.

– Ne fais pas le malin, Arsen.

– Je ne fais pas le malin. Je te fais remarquer que je n'ai pas enfreint tes règles. Je me saoule pendant qu'Abby et toi dormez et vous n'en savez rien.

– Tu me crois idiote ? s'énerva-t-elle. J'étais au courant. J'espérais seulement que tu arrêtes de ton propre chef.

Un vœu pieux.

– Arsen, tu dois arrêter ça.

– Je ne dérange personne, alors lâche-moi les baskets.

Ma rage remontait à la surface, brûlante, aveuglante.

– Tu ne déranges personne ? répéta-t-elle incrédule. Je reste au lit à attendre ton retour. Parfois j'ai peur que tu ne rentres plus.

– Ça serait peut-être mieux pour tout le monde...

Elle m'a foudroyé du regard.

– Ce n'est pas drôle, Arsen.

– Je n'essayais pas de l'être.

J'ai mis les mains dans les poches en m'adossant au mur.

– Arrête de me repousser. Parle-moi.

– Et te dire quoi ? Tu sais ce qui me ronge. En parler n'aidera pas la situation. C'est comme ça... c'est tout.

– Tu dois lâcher prise.

– Facile à dire, princesse. C'est pas parce que t'as jamais connu la misère que tu peux balayer la mienne sous le tapis. Ma mère est morte et j'ai été horrible avec elle. Essaie de vivre avec cette culpabilité.

– Tu as le droit d'avoir l'âme en peine, mais ne te défoule pas sur moi. Tu me repousses de plus en plus et j'en ai marre.

– Désolé de ne pas te vénérer jour et nuit, dis-je amèrement.

– Je ne te demande pas de me vénérer, seulement de me respecter.

– Et toi, tu pourrais me respecter en arrêtant de me donner des ordres.

– Je ne te donne pas d'ordres. Je tiens à toi, et je veux prendre soin de toi.

– Je vais bien. T'as qu'à m'ignorer quand je sors.

– Non. Tu ne sortiras plus.

– Fous-moi la paix, Silke. J'en ai ras le bol de t'avoir sur le dos. Je vis un sale moment, laisse-moi gérer tout seul. Tu ne m'aides pas. Au contraire, tu me fais chier encore plus.

Ses yeux étaient un brasier ardent.

– Tu préfères que je ne sois pas là ? Parce que ça peut s'arranger.

Sa menace planait lourdement au-dessus de ma tête.

– Si tu veux t'en aller, va-t'en. Si tu ne veux plus de moi au premier obstacle, alors quitte-moi. Ne reste pas avec moi si tu ne veux pas de moi. J'en ai rien à foutre.

Sa respiration s'est accélérée.

– Arsen, je t'épaulerai toujours dans tes difficultés. Mais je ne resterai pas aux côtés d'un homme qui me parle comme ça et qui file en catimini en pleine nuit.

– Alors on dirait qu'il te faut quelqu'un d'autre. Pike est toujours libre ?

Là, on aurait dit qu'elle voulait me tuer.

– Pourquoi tu ne vas pas t'envoyer en l'air avec lui ? Maque-toi avec cet artiste à la con. C'est peut-être le type qu'il te faut.

– Je ne veux pas te parler quand t'es dans cet état, dit-elle en secouant la tête, puis se retournant.

– Je ne veux pas te parler non plus. Tu me casses les couilles.

Elle s'est retournée d'un coup, un incendie dans les yeux.

– Arsen, je sais que tu es ivre, mais écoute-moi bien.

J'ai croisé les bras.

– Si tu continues comme ça, je vais te quitter. Je t'ai déjà donné deux chances. Il ne t'en reste qu'une seule. Je suis sérieuse, Arsen.

Elle bluffe ou pas ?

– Et je ne reviendrai pas, Arsen. Jamais. Ce sera la fin. Tu peux faire ton deuil comme tu veux, mais tu ne peux pas te saouler tous les soirs et me traiter comme de la merde. Je trouverai un autre mec avec qui passer ma vie, t'inquiète. Peut-être bien que ce sera Pike.

Sur ce, elle a tourné les talons et s'est dirigée vers la chambre.

Je suis resté là, tendant l'oreille pour entendre la porte se fermer. Quand j'ai entendu le verrou cliquer, j'ai soupiré en me couvrant le visage. Une tempête faisait rage en moi. Je voulais exploser sous toute la pression et la douleur.

J'ai envie de hurler.

La journée semblait interminable. Je ne cessais de penser aux derniers mots de Silke. Elle allait me quitter si je ne m'achetais pas une conduite. Une partie de moi la croyait, et une autre partie, non.

Alors que mon ivresse diminuait, se transformant progressivement en gueule de bois, je me détestais de plus en plus. Mon mal de tête est parti avec deux cachets d'aspirine, mais pas ma culpabilité. Je savais que j'avais perdu le contrôle. Mais je ne savais pas quoi faire d'autre. La douleur me dévorait à un point tel que je me sentais perdu, impuissant.

Lorsque je suis rentré à la maison ce soir-là, Abby et Silke dînaient. Silke avait dû présumer que je ne ferais pas acte de présence, et elle avait presque raison.

– Salut...

– Salut, papa, dit Abby en me saluant de la main.

Silke n'a rien dit.

– Salut ma puce, dis-je en posant un baiser sur le front d'Abby, puis regardant son assiette. Tu manges tes légumes. C'est bien.

– Silke a dit que je ne peux pas regarder la télé sinon.

Elle a tiré la langue.

– Alors t'as intérêt à tous les manger.

J'ai contourné la table jusqu'à Silke.

Elle m'a carrément ignoré, gardant les yeux dans son assiette.

Je me suis penché pour l'embrasser sur la joue avant de m'asseoir à table.

– Ça a l'air bon. Merci, bébé.

Elle a fait semblant de ne rien entendre.

Abby a lorgné Silke, mais n'a rien dit.

Je me suis servi, puis j'ai mangé en silence en réfléchissant à une solution. Silke était vraiment fâchée cette fois. De simples excuses n'allaient pas suffire. Elle était fougueuse et passionnée, et elle ne pardonnait pas facilement si vous l'offensiez plus d'une fois. Comme son père, elle pouvait être compréhensive. Mais à la fois dure comme la pierre.

Après le dîner, j'ai desservi la table et lavé la vaisselle dans l'évier, pas que ça allait amadouer Silke. Abby est allée au salon regarder la télé, dos à nous.

Silke ne m'a pas aidé à faire la vaisselle. Elle s'est dirigée vers le couloir.

– Silke.

J'ai parlé tout bas pour ne pas qu'Abby m'entende.

Elle s'est retournée et m'a lancé un regard noir.

– Viens ici.

Elle n'a pas bougé.

– S'il te plaît.

Elle a croisé les bras, puis elle s'est lentement approchée.

J'ai sondé son regard froid ; elle était emmurée dans ses remparts. Elle ne me laissait pas entrer, pas cette fois-ci.

– Je suis désolé.

– Pourquoi ?

– Pour mon comportement d'hier... ce que j'ai dit.

– Tu te souviens de ce que t'as dit ? s'étonna-t-elle méprisante.

– Oui.

Elle gardait les bras croisés.

– Silke, je suis désolé. Je réalise que j'ai perdu le contrôle. Je ne veux pas être comme ça...

– Ne cherche pas d'excuses, Arsen. Sois un homme et arrête. Fais-le au moins pour ta fille.

– Elle ne me voit pas quand je suis ivre.

– Tu crois qu'elle est sourde ? demanda-t-elle. Abby entend nos disputes. Elle sait que quelque chose ne tourne pas rond. Elle a cinq ans, mais elle n'est pas idiote.

J'ai pris une grande inspiration, puis j'ai baissé la tête.

– Arsen, je t'aime. Je t'ai aimé dès que j'ai posé les yeux sur toi. Je veux être là pour toi quoi qu'il arrive. Mais tu ne me laisses pas te soutenir. Au lieu de ça, tu bois et tu me traites comme de la merde.

– Je sais. Mais tu ne comprendrais pas...

– Je comprends la mort. Je comprends la culpabilité. Je ne suis pas stupide.

– Je n'ai pas dit ça.

– Tu te tournes toujours vers Ryan quand tu as besoin de soutien, même si ça me froisse des fois. Je n'ai jamais rien dit, car l'important c'est que tu te tournes vers quelqu'un. Mais là, t'es con et imprudent. Tu pourris tes relations. Où est-ce que ça te mènera ? Qu'est-ce qui arrivera quand tu m'auras enfin poussée au point de non-retour ? T'auras la paix ? Quand tu auras détruit l'image que ta fille a de toi, tu seras content ? Qu'est-ce que tu veux ?

– Rien de tout ça...

– Alors arrête.

Ce n'était pas si simple.

– Tu te transformes en ton père, Arsen. Ça t'a traversé l'esprit ?

J'ai froncé les sourcils.

– Je n'abandonnerais jamais ma fille. Et je suis insulté que tu penses ça.

– Mais tu l'as abandonnée, Arsen. T'es jamais là. C'est moi qui m'occupe d'elle tous les jours. Qu'est-ce que tu ferais sans moi ? Tu resterais avachi à boire pendant qu'elle joue dans le salon ? Tu demanderais à Ryan de la garder pour pouvoir aller te saouler au bar ? Ce n'est pas être père. C'est être un loser.

Elle a pris une assiette dans l'évier et elle l'a lancée par terre, la fracassant en mille morceaux.

J'ai bronché à sa réaction violente.

– Je ne plaisante pas, Arsen. Rentre dans le droit chemin ou je te quitte. Je me fiche d'à quel point tu souffres, je ne serai pas ton punching-ball. Je ne tolérerai pas tes conneries simplement parce que je t'aime. Si tu me crois aussi faible, alors tu ne me connais pas du tout.

Elle est sortie de la cuisine en trombe, disparaissant dans le couloir.

J'ai jeté un coup d'œil à Abby. Elle regardait toujours la télé dans le salon, et j'espérais qu'elle n'ait rien entendu.

Quand Silke est réapparue avec un sac sur l'épaule, j'ai su que c'était pire que je croyais. Ses clés dans les mains, elle se dirigeait vers la porte.

Merde.

Je me suis précipité vers la porte, l'atteignant avant elle.

– Silke, attends, dis-je en essayant de la prendre par le bras.

– Ne me touche pas, dit-elle en se libérant de mon emprise. Slade m'a appris des prises de Krav Maga, et je n'hésiterai pas à te briser le nez.

J'ai reculé d'un pas.

– Ne pars pas. Je m'excuse, d'accord ? T'as dit que tu me donnerais une autre chance.

– Eh ben, j'ai besoin d'un break en ce moment.

Elle a ouvert la porte et elle est sortie.

– Silke, attends, dis-je en la suivant. S'il te plaît, ne t'en va pas. Écoute, je suis désolé.

– Je vais chez mes parents. Ne m'appelle pas.

– Silke, je t'en prie.

Elle a continué de marcher sans s'arrêter.

– Merde.

Je me suis assis sur le canapé, sans prêter attention à la télé. Abby jouait avec ses jouets par terre. J'avais les yeux rivés sur la fenêtre, mais je ne regardais rien en particulier. Je voulais boire un verre, mais je ne pouvais pas le faire devant Abby. Ça ferait vraiment de moi un moins que rien.

On a frappé à la porte.

Abby a levé la tête.

– C'est qui ?

– Je ne sais pas, ma puce. Reste ici, je vais ouvrir.

J'ai marché jusqu'à la porte, espérant que ce soit Silke. Mais ça m'étonnerait, car elle pouvait entrer avec sa clé.

En ouvrant, je suis tombé face à Ryan.

Il semblait furax.

– Sors et ferme la porte, grogna-t-il.

Ça allait barder. J'ai obéi sans différer.

Il avait les bras aux flancs, mais on aurait dit qu'il voulait me cogner.

– Dois-je emmener Abby ?

Je ne m'attendais pas à ce qu'il dise ça.

– Quoi ?

– Peux-tu t'occuper de ta fille ou est-ce que tu vas te saouler la gueule devant elle ?

Il n'était plus le mec cool qu'il était d'habitude, mais agressif, voire menaçant.

Sa présomption m'a insulté, mais l'envoyer chier ne servirait à rien.

– Elle va bien.

– Je n'ai pas demandé comment elle allait. Je veux savoir si tu peux t'occuper d'elle.

– Oui.

Il a fouillé mon regard.

– Je ne te mentirais pas.

– Mais tu fais pleurer ma fille ?

Ses mots m'ont serré le cœur.

– Tu la blesses et tu l'insultes ? Arsen, je tiens à toi, mais si tu continues d'être un salaud avec ma fille, je vais te régler ton compte ici même.

Je n'en doutais pas une seconde.

– Ressaisis-toi, Arsen. On perd tous des êtres chers dans la vie. Tu vas devoir tourner la page un jour ou l'autre.

Là, j'avais vraiment mal. J'ai baissé les yeux, incapable de le regarder en face.

– Arsen, après tout ce que j'ai fait pour toi, c'est comme ça que tu me traites ?

– Hein ? Qu'est-ce que tu veux dire ?

– Ce que je veux dire ? éructa-t-il. J'ai pris des risques pour toi et tu redeviens le connard que t'étais. Si tu continues comme ça, alors tu vas devoir faire un trait sur Silke. Si tu me respectes un minimum, tu vas te reprendre en main pour de bon. Sinon, tu vas la perdre. C'est l'un ou l'autre, Arsen.

J'ai baissé la tête de nouveau.

– Regarde-moi.

J'ai inspiré profondément avant de croiser son regard.

– Tu crois que je plaisante, c'est ça ? demanda-t-il.

– Non, monsieur.

– Alors fais ton choix. Je serai là pour toi quoi que tu décides. Je serai toujours ton père et je veillerai toujours sur toi, que Silke et toi soyez ensemble ou pas. Mais tu dois prendre une décision.

– Je l'aime… vraiment. Je suis juste paumé.

– Alors, trouve tes marques. Je pensais que tu connaissais bien ma fille après tout ce temps. Comme sa mère, elle ne tolère pas les conneries. Blesse-la une fois de trop, et tu la perds. Tu comprends ?

J'ai opiné.

– Maintenant, répare tes dégâts. C'est ta dernière chance.

– D'accord.

– Qu'est-ce que tu vas faire ? demanda-t-il en croisant les bras.

– Je vais arrêter.

– Arrêter quoi ?

– De boire...

– Et ?

– De repousser Silke.

– Vraiment ? insista-t-il en me scrutant.

– Oui, monsieur.

– Maintenant, va la chercher. Je reste ici avec Abby.

– Elle ne veut pas me voir en ce moment...

– C'est là que tu te trompes. Silke a besoin de toi plus que jamais. Si tu penses que tu es le seul à souffrir, détrompe-toi.

Il est entré et il a fermé la porte derrière lui.

Janice a ouvert, mais son regard était froid et éteint. Elle était sur ses gardes, comme si elle ne me faisait plus confiance.

– Elle est dans sa chambre.

– Merci...

Je suis entré, les mains dans les poches.

Janice a disparu dans le couloir.

Je me suis approché de la chambre de Silke et j'ai vu que la lumière était éteinte à l'intérieur. J'ai tourné la poignée et entrouvert la porte.

Elle était allongée sur le lit, la couverture remontée jusqu'à l'épaule. Mais elle portait encore ses vêtements.

Je suis entré, puis je me suis assis au bord du lit.

– Silke ?

Elle a remué en reconnaissant ma voix.

– Va-t'en.

– Je sais que tu ne veux pas me parler en ce moment, mais... je vais rester ici avec toi un moment.

– Pourquoi ?

– Parce que je ne vais plus te repousser. J'ai besoin de toi.

Elle s'est tournée pour me faire face, les yeux bouffis d'avoir pleuré.

Les larmes me sont montées aux yeux quand j'ai réalisé l'étendue des dégâts que j'avais causés.

– Je m'excuse, Silke. Je ne veux pas te perdre. Je suis désolé de t'avoir blessée.

Je n'osais pas la toucher, car je savais qu'elle ne voulait pas.

– Tu ne vas plus me repousser ?

– Non...

– Tu ne vas plus boire ?

J'ai secoué la tête.

– Comment je peux être sûre que tu dis la vérité ?

– Parce que ton père va me trucider si je merde encore.

J'essayais de la faire rire, mais ça n'a pas marché.

– Mon père t'a parlé ?

– Ouais... il est avec Abby en ce moment.

Elle a rougi de honte.

– Il t'aime, Silke. Et il avait tous les droits de me sermonner. Il est comme un père pour moi, mais il est ton père pour de vrai. Je ne suis pas surpris qu'il ait fait ça. C'est son rôle de te protéger.

– Je ne voulais pas qu'il te menace.

J'ai haussé les épaules.

– Je fais le poids.

J'ai souri, mais elle n'a pas réagi.

– Arsen, on est encore jeunes... il y aura d'autres obstacles sur notre chemin. Si on ne peut pas surmonter celui-ci, alors ça ne marchera jamais entre nous.

– C'est faux, ma Belle. On va surmonter cette épreuve — ensemble.

Je lui ai tendu la main.

Elle l'a zyeutée, mais ne l'a pas prise.

– S'il te plaît, donne-moi une autre chance. Je suis prêt à te supplier.

Lentement, sa main a trouvé la mienne et nos doigts se sont entrelacés.

– Je n'ai pas l'habitude d'être soutenu quand je traverse des sales périodes... Je suppose que j'ai parfois du mal à accepter l'amour. Tout ce que je connais, c'est la destruction. C'est la seule chose dans laquelle j'excelle. Mais je dois sortir de l'ombre et entrer dans la lumière.

– J'entrerai dans la lumière avec toi.

Je me suis allongé à côté d'elle et j'ai contemplé son visage. J'ai pris sa joue en coupe d'une main et j'ai pressé le front sur le sien.

– Je suis désolé, ma Belle.

– Ça va, ma Bête.

21

CAYSON

J'ai mis toutes mes fringues et mes affaires dans des cartons, que j'ai emportés à la maison dans le Connecticut. J'ai laissé les meubles, je n'en avais pas besoin. Et puis, il n'y avait nulle part où les mettre.

Quand j'ai franchi la porte avec le premier carton, l'émotion a déformé les traits de Skye. Ses yeux se sont gonflés de larmes, mais avant qu'elles ne tombent, elle est partie dans une autre pièce en se cachant le visage.

J'ai posé le carton et senti mon cœur battre douloureusement. Je me suis souvenu de sa tête lorsque j'ai pris mes affaires et que je suis parti. L'expression qu'elle avait maintenant, quelque part, était pire. Je suis entré tout doucement dans la cuisine et je l'ai vue debout devant le comptoir, essuyant ses larmes.

Je me suis approché et je l'ai regardée en face.

Elle a fait comme si elle ne pleurait pas.

– T'as besoin d'aide…?

J'ai pris son visage dans mes mains et j'ai chassé ses larmes du pouce.

– Non, c'est bon.

Elle a reniflé bruyamment.

– Eh bien, je suis là si t'as besoin de moi.

– Je sais.

Je lui ai enlacé la taille et j'ai pressé le front contre le sien.

– On va s'en sortir, Skye.

Elle a enfoui le visage contre ma poitrine et s'est autorisée à pleurer.

Je savais que son émotivité était décuplée en raison de sa grossesse, alors je ne l'ai pas jugée. Je l'ai tenue dans mes bras pendant qu'elle sanglotait contre moi. Elle m'était reconnaissante d'être enfin revenu vivre à la maison, même si je dormais dans une autre chambre.

– Chut... tout va bien.

Je lui ai frotté le dos, puis j'ai dégagé les mèches de son visage.

– Excuse-moi... je ne sais pas ce qui s'est passé. Je t'ai vu entrer dans la maison et... j'ai craqué nerveusement.

– Je comprends. Ma place est ici — avec vous deux.

Elle a laissé les bras autour de ma taille, visiblement réticente à me lâcher.

J'ai tenté de la faire rire.

– Conrad a un chien.

– Quoi ?

– Il s'appelle Apollo. C'est un berger allemand.

– Pourquoi il a pris un chien ?

J'ai haussé les épaules.

– J'imagine qui voulait juste un compagnon. C'est un chien policier.

– Oh... c'est bien.

– On devrait peut-être prendre un chien. Ou même deux.

– J'aime les chiens...

– On en reparlera après la naissance du bébé.

Je l'ai embrassée sur le front avant de m'écarter.

– Bonne idée...

– Je décharge mes affaires. Tu peux préparer quelque chose à manger pendant ce temps ?

Lui confier une tâche lui permettrait de retrouver son calme.

– Bien sûr, dit-elle avec enthousiasme. Qu'est-ce que tu veux ? Je peux te faire tout ce que tu veux — vraiment tout.

– Une pizza ?

– Tout de suite.

Elle s'est mise au travail sans attendre.

Je suis reparti décharger mes cartons avec le sourire.

Nous nous sommes assis à table et avons mangé en silence. Elle avait le don de faire des pizzas croustillantes et fondantes à la fois. C'était une recette secrète que sa mère lui avait apprise. Quand je vivais ici, nous mangions de la pizza au moins un soir par semaine.

Ça m'a manqué.

– C'est vraiment bon, dis-je. Notre fils va adorer en manger tous les jeudis.

– Tu m'étonnes.

Elle a dévoré plus de la moitié de la pizza à elle seule. Elle a toujours eu un appétit vorace, et encore plus maintenant qu'elle mangeait pour deux.

– Comment ça se passe au travail ? demanda-t-elle.

– Je pointe, la journée passe en un clin d'œil, puis je pars.

– Ça me rappelle Pixel. Il y a toujours mille choses à faire.

– Ouais, j'ai l'impression d'éteindre des feux un peu partout.

Elle a pris une grande respiration et posé la main sur son ventre comme si elle était repue.

– Tu es très important, Cayson. Le pays, et surtout le monde, a de la chance de t'avoir.

J'ai hoché la tête en signe de gratitude.

– Notre fils va avoir des superhéros pour parents.

Elle a ri.

– Je ne sais pas si diriger une boîte informatique est éligible.

– Je pense que oui. Tu as de grandes responsabilités.

– Pas comme toi. Si je fais une erreur, je me fais taper sur les doigts. Si tu fais une erreur, des gens meurent.

J'ai baissé les yeux et continué de manger.

– Ça te plaît de rester à la maison ?

– Pas vraiment. Je m'ennuie. Mais je suis trop fatiguée et trop grosse pour me dandiner au travail toute la journée.

– Je peux te trouver des bons romans.

– J'aimerais qu'il ne fasse pas si froid pour pouvoir m'allonger au bord de la piscine.

– Tu peux prendre un bain, dis-je en haussant les épaules.

– Et mariner dans ma propre crasse ? Non merci.

J'ai essayé de ne pas sourire.

– Tu es si sale que ça ?

Elle a ri.

– J'ai parlé trop vite.

Un coup à la porte a interrompu notre conversation.

– T'attends quelqu'un ?

– Non. Ça doit être mes parents qui vérifient que je vais bien.

– Ils ne peuvent pas téléphoner plutôt ?

Je ne voulais pas que Sean débarque quand ça le chantait.

– Ils aiment me voir aussi…

Je me suis levé de table et dirigé vers la porte.

– Je vais voir qui c'est.

Skye a voulu me suivre, mais comme elle se déplaçait à la vitesse d'un escargot, cela allait prendre un certain temps.

J'ai grogné quand j'ai aperçu Sean sur le seuil.

Merde, pourquoi est-il partout où je vais ?

J'ai ouvert la porte et je l'ai regardé dans les yeux.

À en juger par son air surpris, il ne s'attendait pas à me trouver ici.

Je l'ai laissé en plan sans le saluer et je suis parti dans le salon.

Skye s'est dandinée jusqu'à lui.

– Salut papa. Quoi de neuf ?

– Je passais prendre de tes nouvelles. Tout va bien ?

Il semblait vouloir partir autant que je le souhaitais.

– Ça va, dit Skye. Merci de t'être déplacé.

– Ce n'est pas pareil sans toi chez Pixel.

– Ouais, il y a des donuts en salle de pause parce que je ne suis pas là pour tous les manger.

Elle a ri de sa propre blague.

Son père a souri.

– Ce n'est pas pareil pour d'autres raisons aussi.

– Écoute, je vais bien. Et Cayson est là, donc t'as plus à te faire de souci.

– Il vient tous les jours ?

– En fait… il est revenu vivre ici, dit-elle d'une voix souriante.

– Ah bon ? Ouah, c'est super. Je suis content de l'apprendre.

Pour une fois, Sean avait l'air vraiment heureux.

– Ouais, je me sens beaucoup moins seule ici, déclara Skye.

– Scarlet sera très heureuse quand je lui dirai, dit Sean en la serrant dans ses bras. Mais je suis toujours là si tu as besoin de quelque chose.

Il l'a embrassée sur le front avant de sortir de la maison.

– À plus tard, ma puce.

– Au revoir, papa.

Elle a agité la main jusqu'à ce qu'il ne soit plus visible. Après avoir refermé la porte, elle m'a rejoint au salon et m'a lancé un regard triste. Elle allait dire quelque chose sur son père, me demander de lui donner une autre chance.

J'ai vraiment pas envie de parler de ça maintenant.

– Alors, qu'est-ce que tu veux faire ?

Hein ?

– On pourrait regarder *Vidéo Gag*. J'adore cette émission.

Ah bon ? Elle n'allait pas me prendre la tête ? Elle n'avait pas parlé une seule fois de ma brouille avec son père, mais maintenant que je vivais ici, je croyais qu'elle allait aborder le sujet. Elle était proche de Sean et je doutais qu'elle aime la tension entre nous. Mais peut-être qu'elle pensait que son père avait tort et qu'elle était de mon côté ? Je n'en savais rien.

– Oui, *Vidéo Gag*, parfait.

Elle s'est assise à côté de moi sur le canapé, mais elle ne s'est pas blottie contre moi comme nous le faisions auparavant. Puis elle a allumé la télé.

– Ooh… c'est une émission spéciale sur les animaux domestiques.

J'ai souri.

– Ça va être marrant.

Skye adorait les émissions familiales comme *La fête à la maison, The Brady Bunch* et *Incorrigible Cory*. Certains trouveraient ça puéril, mais je trouvais ça mignon. Elle serait toujours une petite fille dans l'âme.

Elle a mis un plaid sur ses jambes et s'est calée au fond du canapé.

– Tu veux du popcorn ?

– Je suis repu. Mais je peux t'en faire si tu veux.

– Non, c'est bon. Prends-toi une bière dans le frigo. T'es pas obligé d'arrêter de boire à cause de moi.

Je culpabilisais de me taper une bière alors qu'elle n'avait même pas le droit à une gorgée de vin. Je ne buvais pas non plus de café parce que je savais combien elle aimait ça. Techniquement, c'est elle qui portait le bébé, mais nous étions enceintes ensemble, donc c'était un effort d'équipe. Si elle devait se priver, moi aussi.

– C'est bon. Mais merci quand même.

– D'accord.

Elle s'est nichée sous le plaid et a regardé l'émission. Comme toujours, elle a ri à chaque vidéo, même si elle n'était pas drôle.

Pendant un moment, j'ai eu l'impression d'être revenu en arrière. Nous étions ensemble, heureux en ménage, et nous regardions la télévision comme avant. Notre amour emplissait l'espace autour de nous, et nous étions bien même sans rien faire.

Être ensemble suffit à notre bonheur.

– Bon, je vais me coucher. T'as besoin de quelque chose ?

Toutes mes affaires étaient dans la chambre d'amis au bout du couloir. C'était bizarre de ne pas dormir dans le même lit alors que nous vivions sous le même toit, mais je voulais avancer pas à pas.

– Non, ça va.

Ses yeux étaient lourds de tristesse, comme si elle voulait protester contre cet arrangement pour la nuit. Mais elle n'a rien dit, comme d'habitude. Elle faisait tout ce qu'elle pouvait pour me contenter, et non l'inverse.

– Je vais installer un système d'alarme demain en rentrant du boulot.

– Ce n'est pas nécessaire.

– Comme tu es seule à la maison toute la journée, je pense que c'est nécessaire.

Je suis monté à l'étage et elle m'a suivi. Elle soutenait son ventre pour l'alléger, tout en se dandinant.

Arrivés devant sa porte, nous nous sommes dit bonne nuit.

– Je suis au bout du couloir si tu as besoin de quoi que ce soit.

– Merci Cayson. Bonne nuit.

Elle m'a fait un sourire, mais il était forcé.

– Bonne nuit, Skye.

Je voulais lui donner quelque chose, n'importe quoi pour la faire sourire. Je me suis penchée et je l'ai embrassée sur la joue.

– Je t'aime, murmurai-je.

Son regard s'est immédiatement adouci et brouillé, presque comme si elle était en proie à une immense douleur.

– Moi aussi, je t'aime...

Je me suis agenouillé et j'ai embrassé son ventre.

– Bonne nuit, mon fils.

Skye a souri, au bord des larmes.

Je me suis relevé.

– On se voit demain matin.

– D'accord.

Comme elle se sentait mieux, j'allais mieux aussi. Je me suis dirigé vers ma chambre et j'ai fermé la porte. J'avais le lit pour moi tout seul, mais il me semblait trop grand. J'avais besoin de quelqu'un à côté de moi.

J'ai besoin de ma femme.

En morceaux

Je dormais profondément quand j'ai senti le matelas s'affaisser d'un côté.

La main de Skye m'a agrippé le bras.

– Cayson... Réveille-toi.

J'ai ouvert les yeux immédiatement et je l'ai dévisagée. Il m'a fallu un moment pour me concentrer et revenir à la réalité. Son visage était flou jusqu'à ce que je fasse le point.

– Qu'est-ce qui ne va pas, bébé ?

Je ne l'appelais plus ainsi depuis des mois, mais ça m'a échappé. Je me suis assis dans le lit et j'ai senti le drap tomber. J'étais torse nu, en caleçon.

Skye m'a agrippé la main.

– Le bébé n'arrête pas de donner des coups de pied.

Ma main s'est immédiatement déplacée vers son ventre. Sa chemise était relevée et son ventre masquait ses cuisses.

– C'est vrai ?

J'ai attendu, et au bout d'une seconde, j'ai senti les mouvements. Il agitait les jambes comme s'il courait. J'avais déjà senti ses coups de pied, mais jamais aussi virulents. Il était excité, agité.

C'est la sensation la plus incroyable du monde.

Mon fils était là, séparé par une paroi de peau et de chair. Il était vivant et en pleine forme, impatient de nous connaître. Il était si petit et si puissant à la fois. Sans même me connaître, il réclamait mon amour.

– Ouah...

Skye avait la main de l'autre côté de son ventre.

– C'est incroyable...

Ses yeux étaient humides.

– Merveilleux...

Il n'existait pas de mots pour décrire ce que je ressentais.

– Excuse-moi de t'avoir réveillé, mais...

– Réveille-moi toujours pour ça. S'il te plaît.

Je ne voulais pas rater ça une seule fois ni toutes les autres choses qu'il faisait.

Elle s'est tue et a continué d'encaisser les coups de pied. Parfois il faisait une pause avant de repartir de plus belle. La vibration était amplifiée contre ma paume tellement j'étais concentré.

Je voulais sentir ça pour toujours.

– Viens ici.

J'ai ouvert le drap et je me suis poussé pour qu'elle ait plus de place.

– Qu'est-ce que tu veux que je fasse ?

– Allonge-toi à côté de moi.

Elle a obtempéré et s'est couchée sur le flanc, appuyant son ventre contre moi.

J'ai remonté le drap sur nous, puis j'ai reposé la main sur son ventre. J'ai fermé les yeux, car je voulais sentir le bébé bouger en m'endormant. C'était l'expérience la plus extraordinaire du monde.

Skye m'a enlacé la taille d'un bras et s'est mise à pleurer.

Quand j'ai ouvert les yeux, j'ai vu les larmes couler sur ses joues. Je ne savais pas si c'était des larmes de joie ou de tristesse.

– Qu'est-ce qui ne va pas, bébé ?

– Ça fait tellement longtemps que je n'ai pas dormi avec toi...

Elle m'a serré comme si elle voulait s'assurer que je sois bien réel.

Ces mots m'ont brisé le cœur. À cause d'elle, j'ai souffert le martyre pendant deux mois, mais je commençais à me demander si elle n'avait pas souffert plus que moi quand j'ai déménagé. C'était un match nul et nous portions tous les deux de profondes cicatrices du combat.

– Skye, je serai là toutes les nuits jusqu'à la fin de notre vie, murmurai-je en essuyant ses larmes. Tout va bien.

Elle a essayé d'arrêter de pleurer. Elle retenait sa respiration pour se calmer.

– Excuse-moi... je suis bouleversée pour un rien en ce moment.

– C'est normal, dis-je en l'embrassant sur le front. Je suis là et je serai toujours là.

J'ai collé mon visage contre le sien et laissé la main sur son ventre, que mon fils continuait de tambouriner des pieds.

– Je suis désolée pour tout... je me déteste.

– Chut... ne dis pas ça.

Elle a reniflé.

– Et si tu n'étais pas revenu ? Et si j'avais dû vivre sans toi ? Les choses auraient pu être tellement différentes...

– Mais ce n'est pas le cas. Je t'aime et je ne peux pas vivre sans toi. Pardonne-toi. Je t'ai pardonné.

– C'est vrai...?

– Oui, dis-je en lui caressant les cheveux. Et bientôt, on sera de nouveau comme avant. Je ne partirai plus. On est ensemble pour toujours, d'accord ?

– D'accord...

J'ai pressé les lèvres contre les siennes et je l'ai embrassée tendrement.

– Pour toujours, d'accord ?

Elle a hoché la tête.

– Pour toujours.

Slade est entré dans mon bureau.

– Yo, tu veux déjeuner ?

J'étais au téléphone.

– Envoyez-moi le rapport quand vous aurez fini.

Il a commencé à faire un mime, comme s'il mangeait un énorme burger. Puis il s'est frotté la panse pour indiquer que c'était délicieux.

– Oui, dis-je au téléphone. Je dois y jeter un œil avant d'appeler le Dr Thanos.

Slade a pointé un doigt vers sa bouche, puis son estomac. Il a articulé sans le son : « tu veux aller déjeuner ? »

Je l'ai éloigné d'un geste de la main en articulant : « je suis au téléphone. »

Il a articulé encore plus lentement : « tu... veux... aller... déjeuner ? »

– John, je vous rappelle plus tard, dis-je en raccrochant sans lui laisser le temps de me saluer, avant de m'adresser à Slade. Tu ne pouvais pas attendre une minute ?

– Nan, j'ai la dalle.

J'ai roulé les yeux.

– Tu m'énerves vraiment parfois.

– Tu aurais pu simplement dire oui.

– Ou tu aurais pu t'asseoir et attendre patiemment.

– Peu importe, dit Slade. C'est de l'histoire ancienne.

– Mais tu vas me refaire le même coup la semaine prochaine.

– Ben, maintenant tu sais qu'il suffit de dire oui et je te laisse tranquille.

Pauvre Trinity.

– Tu veux y aller maintenant ?

– Ouais, j'ai envie d'un Mega Shake.

– Entendu.

Nous sommes sortis du bureau et avons marché jusqu'au fast-food

En morceaux

à quelques rues de là. Slade m'a raconté la conversation qu'il a eue avec son père sur l'éducation des enfants.

– Apparemment, il suffit de les aimer, ou un truc comme ça. Et tout roule.

– Ça ressemble à ce que mes parents ont fait.

– C'est bien plus compliqué que ça et tu le sais.

Nous avons commandé un menu et nous sommes installés dans un box.

– Je ne sais même pas comment faire son éducation sexuelle. Je dois lui parler de la sodomie ? Et si c'est une fille ?

– Non, tu ne parles pas de sodomie. Mais le problème se posera dans seize ans, alors tu peux te détendre pour le moment.

– Ça ne te fout pas la trouille ? demanda Slade.

– Non.

J'étais impatient. J'étais emballé. J'étais fou de joie.

– T'es zarbi...

– Je ne sais pas si je serai un bon père, mais je ferai de mon mieux. J'espère que ça suffira.

Slade s'est fourré une poignée de frites dans la bouche.

– Ouais, espérons. Alors, c'est comment de revivre avec Skye ? demanda-t-il en remuant les sourcils.

– Bien.

– Bien ? C'est tout ce que t'as à dire ?

– C'est super. Le bébé donnait des coups de pied cette nuit, alors on a dormi ensemble.

Slade a secoué la tête, déçu.

– Couche avec elle.

J'en avais marre de me répéter.

– Quand je serai prêt.

– Remarque, je suppose que la perspective de coucher avec une baleine n'est pas très bandante.

– Ce n'est pas une baleine. Et ce n'est pas du tout un problème. Je trouve son ventre sexy.

Slade a grimacé, puis bu du soda.

– Je vais lui dire pour Laura, lâchai-je.

J'y pensais déjà depuis un moment.

– Ah ouais ?

– J'ai vu Laura l'autre jour et je lui ai balancé ses quatre vérités. Elle a joué les innocentes, comme si sa mutation n'avait rien à voir avec moi. Elle va rester ; rien de ce que j'ai dit ne l'a dissuadée.

– Ça craint.

– Alors, je dois en parler à Skye. Et je vais devoir démissionner.

– Mec, non ! On était d'accord ; tu ne peux pas faire ça.

– Je sais, mais mon mariage est plus important. Skye sera mal à l'aise de savoir que je vois Laura tous les jours, et je ne peux pas lui reprocher. Elle ferait pareil pour moi.

– Cayson, n'y pense même pas. C'est un job de rêve pour toi.

– Je trouverai autre chose...

Évidemment, j'étais déçu de devoir partir. J'aimais mon travail et tout ce qu'il impliquait. Mais ma femme et mon enfant étaient plus importants. Ils passeraient toujours en premier.

Slade a soupiré et délaissé son assiette.

– C'est relou, soupira-t-il.

– Je sais. Mais Skye et moi, on s'entend bien et je veux sauver mon couple. Ça sera impossible si Laura est encore dans notre vie.

– Sans doute...

J'ai continué de manger.

– Je vais lui dire ce soir, puis présenter ma démission.

Slade avait du mal à encaisser.

– Je hais cette salope. Trinity pourrait lui casser la gueule, tu sais ?

J'ai pouffé.

– Je sais. Mais Laura n'en vaut pas la peine.

– Pourquoi elle ne peut pas se faire renverser par une voiture, cette pute ?

– Parce qu'on n'a pas cette chance.

J'AI ACHETÉ À DÎNER EN CHEMIN, PUIS JE SUIS RENTRÉ À LA MAISON.

Quand je suis arrivé, Skye lisait sur le canapé.

– Salut. Bien travaillé ?

Elle a posé son Kindle et m'a rejoint, son gros ventre l'obligeant à se dandiner.

– Pas mal. T'as faim ?

– T'as rapporté à dîner ?

– Je me suis arrêté au thaï que tu aimes bien.

– C'est trop gentil...

– Tu attends mon enfant. C'est normal que je sois attentionné.

J'ai posé les plats sur la table, avec deux assiettes.

Skye s'est assise et a pris des baguettes.

– Ooh... ça a l'air bon.

Je me suis assis en face d'elle.

– J'ai déjeuné avec Slade.

– Comment va-t-il ?

– Il angoisse à l'idée de devenir père.

– Il en fait tout un drame. Je suis sûr qu'il s'en sortira très bien.

– Tu connais Slade. Il flippe pour tout.

– Oui, je sais. On a passé notre enfance ensemble.

J'ai mangé un pâté impérial avec les baguettes.

– Qu'est-ce que tu as fait aujourd'hui ?

– Je me suis mise au yoga.

– Et alors ?

Elle a ri.

– J'ai roulé. On aurait dit un culbuto géant.

L'image m'a donné envie de rire, mais je me suis retenu.

– Je ne te crois pas.

– Oh si. Alors j'ai pris un sachet de chips et je l'ai bouloté sur le canapé au lieu de faire les exercices.

– Ça a l'air bien plus fun.

– Maman est venue pour le déjeuner. Elle m'a fait des sandwiches au concombre.

– C'est sympa.

Le fait d'habiter près de ses parents avait des avantages. Ils pouvaient s'occuper d'elle en mon absence.

Skye a dévoré son plat en un rien de temps, comme d'habitude. Elle mangeait plus vite que moi. Elle pourrait même battre Slade dans n'importe quel concours du plus gros mangeur.

– C'était trop bon. Dieu merci, j'ai un métabolisme rapide capable de brûler toutes les saloperies que j'ai ingurgitées.

– Je pense que c'est notre fils qui mange tout. Il a donné des coups de pied aujourd'hui ?

– Non, il préfère bouger la nuit quand j'essaie de dormir, soupira-t-elle. C'est mignon, mais c'est chiant. Pourquoi il ne peut pas gigoter le matin ? Ou même l'après-midi.

J'ai pouffé.

– J'ai l'impression qu'il va être du genre à pleurer la nuit.

– Tu m'étonnes.

– Au moins, on pourra se lever à tour de rôle.

– Absolument pas, dit-elle. T'as besoin de dormir pour être en forme au boulot.

– Ça ne me dérange pas, Skye.

– Moi si. Je dormirai quand il fera sa sieste dans la journée.

Je n'ai pas protesté parce que c'était dans deux mois.

Une fois le dîner terminé, j'ai débarrassé la table.

– Tu veux faire une promenade sur la plage ?

– Ça me fera du bien de sortir de la maison.

– Alors, viens.

Je suis allé chercher une de mes vestes chaudes dans laquelle je l'ai emmitouflée. Ses manteaux ne lui allaient plus en raison du volume de son ventre. Mais les miens étaient assez grands pour l'envelopper.

Nous sommes sortis de la maison et avons rejoint la plage. Il faisait froid, la fin de l'automne se mêlant au début de l'hiver. Les vagues étaient puissantes et le vent nous mordait la peau. Même le sable était froid.

Nous avons marché côte à côte.

– T'as trouvé quelqu'un pour sous-louer ton appart ? demanda-t-elle.

– À vrai dire, je n'ai pas encore cherché. Ça m'est sorti de l'esprit.

– Rien ne presse.

– Je ne sais pas où mettre mes meubles.

– On pourrait leur trouver une place.

– Ça m'étonnerait. Je vais plutôt les vendre.

– Si tu veux...

Elle a croisé les bras sur sa poitrine.

– Ça te manque de ne pas travailler ?

– Pas vraiment, dit-elle. Mais je m'inquiète pour Conrad.

– Il va bien, Skye. Et il a son clebs pour le réconforter.

Elle a pouffé.

– T'as raison. J'ai hâte de le voir.

Je savais que je devais lui dire la vérité sur Laura. Je ne pouvais pas la proroger éternellement. Renoncer à mon travail était la dernière chose que je désirais, mais je voulais passer ma vie avec Skye. Si Laura était constamment à l'affût dans les couloirs, ce serait impossible. Elle serait le serpent au paradis, le nuage noir qui cache constamment le soleil. Si Skye travaillait avec Rhett tous les jours, même si ça n'avait rien à voir, ça ne me plairait pas du tout.

– Skye, je dois te dire quelque chose.

La dernière fois que j'ai procrastiné, ça m'a explosé en pleine poire. Je devais arracher le pansement d'un coup sec et en finir une bonne fois pour toutes.

Elle s'est tournée vers moi.

– Je vais présenter ma démission demain.

Elle a suffoqué.

– Quoi ?

– C'est une longue histoire, mais... je ne peux plus travailler au CDC.

– Pourquoi ?

Le plus dur restait à venir.

– Laura y travaille. C'est l'ambassadrice du NIH, l'institut national de la santé. Je ne la vois pas tous les jours, mais je la croise dans les couloirs. Je ne peux pas la virer, car ce n'est pas moi qui l'ai embauchée. Alors c'est la seule solution.

Au lieu d'être déconcertée ou s'énerver, elle n'a pas réagi du tout. C'était comme si elle le savait déjà.

– Cayson, il est hors de question que tu renonces à ta carrière au CDC. Tu adores ton travail, et ce n'est pas parce qu'elle est là que ça doit t'empêcher de le faire.

Attends... qu'est-ce qu'elle a dit ?

En morceaux

– Tu veux que je reste ?

Elle n'a pas compris qu'il s'agissait de Laura ? La même Laura qui a failli détruire notre mariage ?

– Ce n'est pas parce qu'elle est là que tu dois partir. Ce n'est pas juste.

– Tu ne veux pas que je démissionne ?

– Certainement pas, affirma-t-elle. Elle te persécute, et tu ne devrais pas la laisser faire. Tu ne vas pas démissionner à cause d'une salope de psychopathe.

Je la dévisageais, les pensées se bousculant dans ma tête.

– Tu es sérieuse ?

– Oui. On s'en fout si tu la vois de temps en temps. Si elle te fait des avances, tu pourras la dénoncer aux RH pour harcèlement sexuel. À la moindre faute professionnelle, tu pourras te débarrasser d'elle en la faisant virer. Ne la laisse pas t'intimider, Cayson. Garde la tête haute et fais ton boulot sans penser à elle.

J'ai froncé les sourcils d'un air suspicieux.

– Tu savais qu'elle était au CDC.

Skye n'a pas démenti.

– La semaine dernière, je suis passée voir si tu voulais déjeuner. Elle attendait que tu la reçoives.

J'ai hoché lentement la tête.

– Pourquoi tu n'as rien dit ?

Elle a haussé les épaules.

– Je ne voyais pas en quoi c'était important.

Je ne savais plus quoi dire.

– Ça ne te dérange pas que je travaille avec elle ?

– Non, affirma-t-elle en soutenant mon regard. Elle peut faire ce qu'elle veut, Cayson. Je n'ai aucune inquiétude.

Tous les bruits alentour se sont soudain assourdis. Les vagues s'écrasaient sur le rivage, les arbres tanguaient au vent. Mais en même temps, il régnait un silence de mort. Je la fixais et elle me fixait. Peut-être qu'elle n'a pas réalisé la portée de ses paroles, mais ça ne m'a pas échappé.

– Tu as confiance en moi.

Elle a baissé la tête un instant, comme si elle avait honte.

– Bien sûr que j'ai confiance en toi, Cayson. Cette fille est comme une mouche horripilante qui ne veut pas s'en aller. Elle est dégoûtante, couverte de parasites, et insignifiante. Elle ne m'empêchera pas de dormir.

Comme un ballon qui éclate, toute ma colère et mon ressentiment ont disparu. Mon calvaire des deux derniers mois semblait un lointain souvenir. Mon cœur n'était plus fendu en deux. Les deux parties ont fusionné et l'espoir a surgi en moi. Je ne croyais pas que notre couple survivrait à cette épreuve, mais d'une certaine manière, nous avions réussi.

J'ai pris son visage en coupe et j'ai frotté le nez contre le sien. J'ai vu mon avenir dans ses yeux, une vie où nous vieillissions ensemble, entourés de nos beaux enfants. Ma foi était revenue. C'était elle et moi contre le monde entier. J'ai approché les lèvres de sa bouche et je l'ai embrassée passionnément, me donnant tout entier à elle pour la première fois.

– Je t'aime, Skye Preston.

Elle m'a rendu mon baiser avec la même passion.

– C'est Skye Thompson. Et je t'aime aussi.

J'AI FAIT L'AMOUR À MA FEMME DANS NOTRE LIT.

Son ventre touchait le mien tandis que je bougeais lentement en elle. Au lieu de le trouver gênant, je le trouvais excitant. Elle était étroite comme la dernière fois que nous avions couché ensemble, mais ce n'était pas ce qui me donnait le plus de plaisir. La voir me regarder dans les yeux avec amour, de ceux qui durent toute la vie, était ce que j'aimais par-dessus tout.

Nos âmes ont fini par se rejoindre, nos cœurs battaient à l'unisson. J'étais son mari à nouveau, l'homme en qui elle avait une confiance absolue. Mes lèvres embrassaient sa poitrine, surtout la peau sur son cœur. Ses mamelons avaient un goût incroyable. Ses seins étaient plus gros que jamais, et un million de fois plus excitants. J'aurais aimé qu'ils restent ainsi pour toujours.

Elle promenait ses mains sur mes épaules et ma poitrine, sentant la dureté de mes muscles. Ses ongles me griffaient de temps en temps, et parfois elle me poussait en elle pour que je la pénètre plus à fond.

Je me suis penché vers elle et je l'ai embrassée tendrement. Je sentais sa langue autour de la mienne et j'adorais son souffle brûlant de désir dans ma bouche. Toutes les sensations étaient amplifiées. Quand je bougeais en elle, je sentais à quel point elle mouillait.

Je suis au paradis.

– T'es tellement sexy.

J'ai tâté son ventre de la paume. J'aimais sa protubérance, dure et pointue. Le bébé que je lui ai fait était niché à l'intérieur. Notre amour persisterait quand nous ne serions plus là. C'était notre legs à la vie. Et il n'y avait rien de plus beau.

– C'est toi qui es sexy, dit-elle en me caressant la poitrine. Tu es parfait.

J'avais envie de jouir depuis le début, et j'ai réussi à me retenir. Mais l'horloge tournait. Sa grossesse diminuait mon endurance de façon mystérieuse. J'ai bougé plus vite en pressant la bouche sur son oreille.

– Jouis pour moi, Skye.

Elle a immédiatement planté les ongles dans ma peau et laissé échapper un gémissement étouffé.

Je me suis enfoncé plus loin en elle, ma bite touchant le col de l'utérus. Mon os pelvien frottait contre son clitoris, le stimulant. Puis j'ai pris sa bouche et je l'ai embrassée lentement, faisant tournoyer nos langues.

Elle s'est serrée contre moi et a enroulé les jambes autour de ma taille.

– Cayson...

Elle a penché la tête et m'a regardé dans les yeux tandis que ses chairs se contractaient autour de mon chibre. Elle avait les mains sur ma poitrine.

– Oh mon Dieu... oui.

J'ai accéléré le rythme sans la quitter des yeux. Je voulais voir ma femme chevaucher la vague de plaisir que je lui procurais.

Elle a poussé un gémissement interminable. Ses hanches se sont contractées et ont cogné les miennes. Puis elle a relâché l'air contenu dans ses poumons et est lentement redescendue sur terre, sa chatte plus serrée que d'habitude.

La voir jouir m'a fait exploser en elle. Je me suis enfoncé le plus loin possible et j'ai déchargé tout ce que j'avais. C'était tellement bon de prendre mon pied, d'être uni à elle. Avant, nous faisions l'amour tous les jours, et j'ai réalisé tout ce que j'avais raté. J'ai poussé un cri rauque quand l'orgasme a atteint son paroxysme. Puis je me suis relâché, sentant tout mon corps se détendre après l'onde de plaisir. Au lieu de me retirer, j'ai pressé le front contre le sien et je n'ai plus bougé. Maintenant que j'avais retrouvé notre connexion, je ne voulais pas la perdre.

Skye a laissé les jambes serrées autour de ma taille. Elle m'a caressé les cheveux pour m'apaiser.

– Ma famille... murmurai-je.

Je les ai retrouvés. Ils étaient là, juste sous moi. J'ai fini par revenir à l'endroit où je me sentais bien. À la maison. Elle était mon foyer.

C'est ici chez moi.

22

Roland

Conrad est venu regarder le match chez moi, mais il n'était pas seul.

– Je vous présente Apollo, dit-il en enlevant la laisse du chien. Ça vous embête qu'il soit là ?

Heath et moi l'avons dévisagé.

– T'as adopté un chien ? demanda Heath.

– Genre, un vrai chien ? ajoutai-je en observant le berger allemand.

– Ouais, il est plutôt cool, répondit-il. Je l'emmène courir avec moi et il garde le rythme. Il est tranquille. Et il ne fait pas ses besoins dans la maison.

– Depuis quand ? m'enquis-je.

– Beatrice me l'a donné.

– T'es retourné avec Beatrice ?

Conrad avait peut-être trouvé une nouvelle forme d'autodestruction.

– Non, on est juste amis. Elle se disait qu'il pouvait me tenir compagnie.

Je craignais qu'il vienne à dépendre de l'animal, mais j'ai gardé mon opinion pour moi.

Heath m'a fait un regard triste voulant dire : « oublie ».

– Alors, ça vous embête ?

– Non, non, répondis-je.

Il a tapoté la tête d'Apollo.

– Bon chien.

Quand il est allé chercher une bière au frigo, je me suis tourné vers Heath.

– Un chien ? Sans blague ?

Il a levé une main.

– Laisse-le faire ce qu'il veut. C'est mieux que courir les jupons, non ?

– Ouais...

– C'est seulement un clébard, et il ne fait de mal à personne.

– Mais il doit perdre ses poils...

– On a une brosse adhésive, me rassura-t-il en me frottant l'épaule. Ça ira.

– D'accord...

Je voulais seulement retrouver Conrad mon meilleur pote, pas le cavaleur ou le dépressif.

Il est revenu au salon.

– Alors, quoi de neuf ?

– Pas grand-chose, répondit Heath. Et toi ?

– Skye est partie en congé de maternité, du coup je suis seul aux commandes. Je suis content qu'elle soit partie, elle avait vraiment l'air de galérer avec son ventre.

– Moi aussi, opinai-je. Moins elle est fatiguée, moins elle est chiante.

Nous nous sommes installés sur le canapé pour regarder le match.

Apollo s'est allongé par terre sans faire un son.

Je l'ai lorgné, surpris de voir un chien aussi obéissant.

Conrad a lu dans mes pensées.

– C'est un ancien chien policier, il est vraiment sage. Sauf quand il entend des coups de feu. Si je regarde un film d'action à la télé, je dois couper le son, sinon ça le rend fou.

– Oh... c'est triste, dit Heath.

– Ouais... mais sinon il est très heureux comme toutou, dit-il en le regardant, un petit sourire aux lèvres.

– C'est cool, dis-je.

– Je l'emmène au bureau parce que je ne veux pas le laisser seul.

Il a bu une gorgée de bière.

Tu veux dire que tu ne veux pas être seul.

Je n'ai pas osé exprimer ma pensée.

– Quoi de neuf sinon, Conrad ? demanda Heath, la main sur ma cuisse comme d'habitude.

– Bah, pas grand-chose. Je commence à réaliser que mon penthouse était une erreur. C'est beaucoup trop grand pour moi. Mais c'est parfait pour Slade et Trinity, surtout quand leurs gosses seront là.

– Tu peux toujours le vendre, suggérai-je.

– Ouais, mais je viens de déménager... soupira-t-il. Je ne veux pas le refaire de sitôt. Quoique j'aimerais bien me trouver une maison avec un jardin pour Apollo.

– Tu ne trouveras pas ça en ville, remarqua Heath.

– Je sais. Mais j'y songe. J'en ai un peu marre de la foule, des embouteillages... toutes ces conneries.

J'ignorais à quelles conneries il faisait allusion, mais je ne lui ai pas demandé.

Il avait les yeux rivés sur l'écran.

– On met un peu de piquant dans la partie ? suggéra-t-il.

– Cent balles sur les Forty Niners, dit Heath.

– Tope-la.

Conrad et Apollo se sont levés après le match.

– Merci de nous avoir reçus.

Apollo était resté tranquille toute la soirée, et il nous fixait de ses grands yeux bruns comme s'il essayait de communiquer à sa façon.

Il commençait à me plaire. Il était plutôt cool, en fait.

– Y a pas de quoi, dis-je en le grattant derrière les oreilles. À bientôt.

Conrad a cogné le poing contre celui de Heath avant de sortir.

Une fois la porte fermée, nous nous sommes rendus à la chambre et préparés à aller dormir. Nous avons brossé nos dents dans la salle de bain, chacun devant son lavabo respectif, en nous matant dans le miroir.

Heath a craché dans le lavabo avant de se rincer la bouche.

– T'as quelque chose de prévu vendredi soir ?

– J'ai quelque chose de prévu d'habitude ? raillai-je.

J'ai craché à mon tour.

– On sort dîner ?

– D'ac. Où ça ?

– J'ai une réservation dans un nouveau restaurant français.

– Sur la cinquième ? Ils ont une liste d'attente de trois mois.

– Ouais, je sais. J'ai réservé il y a trois mois.

– Sérieux ? m'étonnai-je. Ouah, j'ai hâte.

– Cool, dit Heath avec un sourire en coin.

– C'est à dix-neuf heures, donc sois prêt à temps.

– Je vais jeûner toute la journée.

– C'est un peu extrême, pouffa-t-il.

– Eh ben, je veux en profiter jusqu'à la dernière bouchée parce que je sais que je n'y retournerai pas avant au moins trois mois.

– Pas faux.

Il s'est lavé le visage avant de retourner à la chambre.

Quand j'ai eu fini, je me suis joint à lui sous les draps.

Il s'est immédiatement hissé sur moi et il m'a embrassé comme s'il ne pensait qu'à ça depuis des heures. Il était torse nu et j'ai senti sa poitrine dure frotter contre la mienne. Lorsque nous étions en public ensemble, tout le monde le déshabillait du regard, tous sexes confondus. Avoir un mec aussi bien gaulé avait ses désavantages, mais j'essayais de ne pas être jaloux. Il était à moi, après tout.

Il a baissé mon caleçon.

– Actif ou passif ?

– Hmm, j'en sais rien. J'aime les deux.

Il a souri, puis m'a embrassé.

– Eh bien, j'ai envie d'être passif ce soir.

– Je ne me ferai pas prier.

23

SEAN

Cayson était officiellement retourné vivre avec Skye, et j'étais aux anges.

Mais je détestais l'indifférence et le mépris constants dans son regard. C'était comme s'il se fichait que je crève. Tranquillement, mon désespoir se transformait en indifférence aussi. Je ravalais ma colère, car ma relation avec lui était en jeu.

J'étais déterminé à arranger les choses d'une façon ou d'une autre.

Slade n'a pas réussi à le convaincre, ni ma femme. Il ne me restait plus qu'une personne vers qui me tourner.

Skye.

Maintenant qu'ils semblaient s'être réconciliés, elle était mon seul espoir. Elle pouvait lui faire entendre raison, le convaincre de me pardonner. Malgré mes actes répréhensibles, je l'aimais comme mon propre fils, réellement. Seule Skye pouvait le lui faire comprendre.

– Je te dérange ? demanda Heath en passant une tête.

Je ne l'avais même pas entendu s'approcher.

– Pas du tout. Entre.

J'ai chassé mes pensées négatives.

Il s'est approché de mon bureau, vêtu d'une chemise à col avec cravate noire. Son pantalon moulait ses jambes étroites.

– Comment tu vas ?

– Ça va. Et toi ?

Heath a vu clair dans mon jeu.

– Cayson te fait toujours la vie dure ?

– T'as pas idée.

– Il se ravisera, m'assura-t-il.

J'en avais marre d'entendre ces paroles vides.

– Que puis-je pour toi ?

Heath faisait maintenant partie de la famille. Scarlet et moi l'aimions, comme personne et comme partenaire pour Roland. Il était bon, respectueux et intelligent.

– Je voulais te parler. Mais je peux repasser si tu es occupé.

– Non, je t'en prie. Je ne fais que broyer du noir de toute façon.

– Eh bien, peut-être que ça va te remonter le moral...

Il a sorti un objet de sa poche. C'était un écrin, qui provenait visiblement d'un joaillier.

Ça veut dire ce que je pense ?

– Je sais que ce n'est pas traditionnel et peut-être un peu surprenant, mais... ai-je la permission de demander ton fils en mariage ?

Fixant l'écrin dans ses mains, je me suis perdu dans mes pensées un moment. Était-ce vraiment en train d'arriver ? Mon fils allait se fiancer ? Je me suis lentement levé, regardant Heath dans les yeux.

– Bien sûr... pardon, tu me prends par surprise.

– Je suis prêt, et je sais qu'il l'est aussi.

Il a posé l'écrin sur mon bureau.

Je l'ai ouvert et j'ai contemplé l'anneau anthracite à l'intérieur. Il était luisant et épuré, à la fois masculin et élégant.

– Très joli.

J'ai refermé l'écrin, puis je l'ai fait glisser vers lui.

– Merci. Le mien sera pareil.

J'étais encore un peu sous le choc.

– Alors… j'ai ta permission ?

– Oh, désolé, dis-je en me passant les doigts dans les cheveux. Bien sûr. Tu as ma bénédiction. Je suis heureux pour vous. Tu es déjà un membre de la famille, alors maintenant ce sera officiel.

Heath a soupiré de soulagement, comme s'il appréhendait une autre réaction.

– Merci. Ça me touche beaucoup.

J'ai contourné mon bureau et je l'ai serré dans mes bras.

– Félicitations, Heath. Je sais que vous allez bien prendre soin l'un de l'autre.

– C'est un mec vraiment génial. J'ai beaucoup de chance.

Je lui ai tapoté l'épaule.

– Tu vas lui demander quand ?

– Vendredi soir. J'ai une réservation dans un restaurant chic.

– Je parie qu'il va adorer.

– Je pense aussi, dit-il en remettant l'écrin dans sa poche, puis étudiant mon visage. Pourquoi j'ai l'impression que quelque chose cloche ? Et que ça n'a rien à voir avec Cayson ?

Décidément, j'étais un piètre acteur.

– Je ne veux pas que tu le prennes mal… commençai-je.

– Je vais essayer.

Je me suis passé les doigts dans les cheveux de nouveau.

– C'est juste que… Roland n'est sorti avec aucun autre homme que toi. Est-ce suffisant pour savoir s'il veut passer sa vie avec toi ?

Je savais que mes mots le blesseraient, mais je devais exprimer ma pensée.

Heath a hoché la tête.

– J'imagine que tu n'as pas tort.

– Je ne dis pas que vous ne devriez pas être ensemble, mais... ça me turlupine, c'est tout.

– Je ne pense pas qu'il a besoin de coucher à droite et à gauche pour savoir si je lui conviens. On est très heureux ensemble, et j'ai eu beaucoup de relations avant lui. Aucune d'elle n'était comme celle-ci. Roland comprend que ce qu'on a est spécial sans avoir eu plusieurs expériences, j'en suis sûr.

– Tu as sans doute raison, Heath, dis-je en lui tapotant l'épaule.

– J'ai raison, affirma-t-il.

– Alors, fais-le. On adorerait célébrer vos fiançailles... si ça vous dit.

– Ça plairait à Roland. On pourrait privatiser le Mega Shake ?

J'ai souri de toutes mes dents, me rappelant une fête de fiançailles où j'ai été il y a longtemps.

– C'est la meilleure idée que j'ai jamais entendue.

– Ah ouais ?

– Ouais. C'est parfait.

– J'ai manqué quelque chose ?

– Quand Scarlet et moi on s'est fiancés, on est allés au Mega Shake après.

Son regard s'est attendri.

– Alors, c'est vraiment parfait.

– Scarlet va adorer.

– Très bien. À vendredi soir alors.

– Je ne manquerai ça pour rien au monde.

Je suis passé chez Skye après le boulot, sachant que Cayson ne serait pas là. Il rentrait plus tard que moi, et c'était plus simple de l'éviter pour l'instant.

Elle m'a ouvert, puis nous sommes passés au salon.

– Quoi de neuf, papa ? dit-elle enjouée.

Je ne l'avais pas vue aussi rayonnante depuis longtemps.

– T'es de bonne humeur. La grossesse te va bien.

– Ce n'est pas la grossesse, expliqua-t-elle. Cayson et moi on a enfin réglé nos problèmes.

Quel soulagement.

– Je suis heureux de l'apprendre, ma puce. Je savais qu'il finirait par changer d'avis.

– Et il est redevenu lui-même. Il m'a tellement manqué…

– Je peux imaginer.

– Il va sous-louer son appartement et vendre ses meubles, dit-elle en souriant toujours. Et on ne voit plus le conseiller conjugal.

– On dirait que vous n'en avez plus besoin.

– En effet.

J'ai hoché la tête.

– Ta mère va être heureuse d'apprendre la nouvelle.

– Je lui ai déjà dit. Elle est passée déjeuner.

– Excellent.

Scarlet adorait habiter à côté de notre fille. Elle pouvait lui rendre visite chaque fois qu'elle en avait envie. J'adorais avoir ce luxe aussi.

– Tu ne faisais que passer ? Ou c'est le boulot ? T'as besoin de moi ?

– Non, pas du tout, ma puce. En fait, je suis venu te parler de Cayson...

Son visage s'est déconfit comme si elle savait exactement de quoi je parlais.

– Ma puce, j'ai besoin de ton aide. Parle-lui, s'il te plaît.

– Je vais le faire, papa. Promis.

J'ai soupiré de soulagement.

– Mais pas tout de suite, ajouta-t-elle. On vient de se remettre ensemble. Je ne veux pas faire de vagues.

– Je comprends.

– Mais je lui parlerai bientôt... donne-moi une semaine environ.

– Quand ça t'arrangera.

Je craignais que cette histoire ne se règle jamais.

– Je suis désolée, papa. Cayson te pardonnera. Je le sais.

– J'espère que tu as raison.

Skye s'est rapprochée de moi, puis elle a passé un bras autour de mes épaules pour me réconforter. C'était ironique que les rôles soient inversés.

– Je suis là, papa.

– Merci, ma puce, dis-je en lui frottant la cuisse.

– T'as du nouveau, au fait ?

– Oui, justement. J'ai une très bonne nouvelle à t'annoncer.

– Ooh, qu'est-ce que c'est ? demanda-t-elle les yeux arrondis, retrouvant son entrain.

– J'ai parlé à Heath tantôt. Il m'a demandé la permission de demander Roland en mariage.

Skye a étouffé un petit cri en se couvrant le visage.

– Putain, c'est pas vrai !

J'ai ri à son juron.

– Oh si.

– C'est merveilleux, s'attendrit-elle en s'éventant les yeux. Ils sont trop mignons ensemble.

– C'est vrai...

– Quand ? Quand ? demanda-t-elle excitée.

– Vendredi. On se retrouve au Mega Shake pour fêter ça après.

– C'est trop génial. Oh, je suis si heureuse pour mon frangin.

– Moi aussi.

Elle a tapé des mains.

– J'ai trop hâte. Je me demande si Roland va pleurer. Moi oui en tout cas.

– Heath est un type bien. Il prendra soin de Roland.

– Et Roland prendra soin de lui.

J'étais heureux pour mon fils. Réellement. Mais j'avais du mal à ressentir de la joie alors que ma relation avec Cayson était aussi tendue. La culpabilité me rongeait un peu plus chaque jour. Je me détestais profondément, et étant aux prises avec une telle aversion envers moi-même, il m'était impossible d'être réellement heureux.

Dès que j'ai passé la porte, Scarlet s'est jetée dans mes bras.

– Roland va se marier !

Ses bras se sont accrochés à mon cou et ses jambes se sont enroulées autour de ma taille.

Je l'ai attrapée d'un bras.

– C'est pas fantastique ? dit-elle tout sourire. Et Skye et Cayson se sont remis ensemble. Tout revient à la normale.

Je ne voulais pas gâcher le moment avec mon humeur noire.

Je l'ai embrassée passionnément.

– Comment tu l'as su, au fait ?

– Heath est passé à la maison tantôt.

– Il est passé à mon bureau aussi.

J'ai refermé la porte d'un coup de pied, puis porté Scarlet au salon.

– Et on va célébrer au Mega Shake après. N'est-ce pas parfait ?

– C'est plus que parfait.

Je me suis assis, ma femme toujours dans les bras.

– Notre fille va avoir un bébé et notre fils va se marier, s'enthousiasma-t-elle. On a réussi !

J'avais du mal à contenir mon sourire.

– On est des parents du tonnerre.

– Puis on aura bientôt des petits-enfants et on passera tout notre temps avec eux... commença-t-elle, et j'ai su qu'elle se lançait dans une tirade. Et chaque année à Pâques, on pourra leur apporter des paniers remplis d'œufs en chocolat.

Je me suis mis de la partie, car elle méritait bien de rêver.

– Et on les couvrira de cadeaux à Noël...

– Ils vont être pourris gâtés. Et Skye sera fâchée.

Elle a gloussé, perdue dans sa rêverie.

– Elle va s'énerver comme sa mère.

– C'est tellement excitant. La vache, ce que j'ai hâte d'être vendredi. J'ai l'impression que c'est dans une éternité.

– Ça arrivera vite, bébé.

– Entre-temps... on devrait célébrer.

Elle a posé des baisers sur ma mâchoire, puis dans mon cou.

Je l'ai serrée, sentant ses nichons s'écraser contre ma poitrine.

– Dans le jacuzzi, peut-être...?

– Bonne idée.

– Avec du champagne.

En morceaux

– Bébé, je me fiche du champagne. Je ne veux que la femme sexy à poil dans le jacuzzi.

Je me suis levé et je l'ai portée avec moi.

– Et moi, je veux mon bel étalon musclé.

– Un étalon, hein ?

Manifestement, elle était de bonne humeur.

– Oh oui.

Elle a continué de m'embrasser dans le cou tandis que je la portais dehors. Il faisait frais, ce qui rendait la perspective du bain à remous encore plus excitante.

Quand je l'ai posée par terre, elle s'est déshabillée, puis glissée dans l'eau.

– À poil ! s'écria-t-elle.

J'ai allumé la radio, puis ôté ma veste.

– Ouais !

– T'es saoule ? demandai-je en pouffant.

– J'ai peut-être commencé à boire après que Heath soit parti... dit-elle avec un sourire espiègle.

J'ai dénoué ma cravate, puis déboutonné ma chemise.

– Ooh... regardez-moi cette tablette de chocolat.

J'ai essayé de ne pas lever les yeux au ciel.

J'ai baissé mon pantalon, puis mon caleçon, émoustillant Scarlet encore plus.

– Tiens, tiens... quelqu'un est au garde-à-vous.

– Ben, tu secoues tes nichons sous mon nez.

– Viens donc les voir de plus près.

Ma femme était amusante quand elle était ivre. Très amusante.

– J'arrive.

Je me suis glissé dans l'eau, et elle s'est immédiatement assise à califourchon sur mes hanches. Son côté espiègle a disparu, laissant place à l'émotion.

– Merci d'être mon mari, de me donner une vie incroyable et d'avoir fait des enfants aussi merveilleux avec moi.

Ses mots inattendus m'ont touché.

– C'est moi qui devrais te remercier, pas le contraire.

– Je ne suis pas d'accord.

– Alors, remercions-nous l'un l'autre, suggérai-je. Même si notre histoire était inscrite dans les astres.

Elle m'a souri.

– Eh ben, merci.

Je lui ai rendu son sourire.

– Merci à toi.

24

Clémentine

Ward est très, très remonté contre moi.

Le mariage n'avait pas lieu en raison de la descente aux enfers de Conrad, et du fait que Skye et Cayson n'avaient pas réglé leurs problèmes jusqu'à la semaine dernière. Ce serait insensible de notre part de faire la fête dans ce contexte.

Mais il ne voit pas les choses sous cet angle.

Quand il est rentré à la maison, il était encore plus énervé que d'habitude. Au lieu de me regarder avec amour puis d'embrasser son fils, il m'a menacée de mort rien qu'avec les yeux.

La vache, il a besoin de se détendre.

Il a jeté ses affaires près du portemanteau, puis s'est immédiatement dirigé vers le frigo pour prendre une bière.

J'étais assise sur le sol avec Ward Jr. Il était allongé sur la couverture que ma mère avait tricotée pour lui. Elle était jaune, avec des éléphants. Un dessin animé passait à la télé.

Ward s'est planté devant nous et a bu sa bière, me fusillant toujours du regard.

Est-ce que j'ose demander ?

– T'as eu une dure journée au boulot...?

Il est enfin remonté à la surface pour respirer.

– Devine qui va se marier ?

– Quoi ?

– Devine qui d'autre se marie avant nous ?

Ses yeux étaient écarquillés et terrifiants.

– Euh...

– Roland. Roland va se marier avant nous.

– Quoi ? C'est arrivé quand ?

Je voulais me relever, mais je ne pouvais pas laisser Ward Jr seul par terre.

– Heath lui fait sa demande vendredi. On les retrouve ensuite au Mega Shake pour fêter l'événement.

– C'est merveilleux. Je suis tellement heureuse pour eux.

Ils avaient traversé des épreuves et ils méritaient que leur histoire d'amour ait une fin heureuse. J'aimais beaucoup Heath. Il était raffiné, ce dont Roland avait besoin.

On aurait dit que Ward avait envie de hurler.

– Et nous, Clémentine ?

Pourquoi ça l'obsède à ce point ?

– Ward, calme-toi. On aura notre grand jour. C'est juste que ça a été chaotique ces derniers temps.

– Chaotique ? Eh bien visiblement Roland et Heath ne trouvent pas que c'est trop chaotique pour se marier.

– Ils se fiancent, ils ne se marient pas. C'est différent.

Ward s'est agrippé le crâne comme s'il allait exploser.

– N'élève pas la voix devant notre fils, le menaçai-je.

– Tu m'épouses ce week-end ou c'est fini entre nous.

Qu'est-ce qu'il a dit ?

– Tu m'as entendu. Épouse-moi ce week-end ou c'est fini. J'en ai ma claque.

– Pourquoi es-tu si excessif, Ward ?

– Parce que si je ne fixe pas une date limite, tu ne m'épouseras jamais.

– C'est faux et tu le sais. Le bébé occupe tout mon temps. Tu dois te calmer, Ward. Si tu penses vraiment que je procrastine parce que je ne veux pas être avec toi, alors tu devrais partir.

Son air méchant ne s'est pas effacé.

– Ce que j'ai dit tient toujours.

– Tu es ridicule.

– Est-ce un non ?

– Ça ne me laisse pas assez de temps pour trouver une robe de mariée.

– Tu aurais dû commencer à chercher plus tôt. Tu sais, après que je t'ai demandé de m'épouser.

Il était psychotique.

– Deux semaines, implorai-je.

Ward a croisé les bras sur sa poitrine.

– C'est un compromis raisonnable. Si on se marie ce week-end, ce sera juste après les fiançailles de Roland, ça manque de tact. Deux semaines. D'accord ?

Il a serré la mâchoire.

– J'ai le temps de trouver une robe et de la faire retoucher dans ce délai... en payant une tonne de fric. Et maman pourra tout organiser, et ça te laisse le temps d'inviter ta famille. Tu veux qu'ils soient là aussi, n'est-ce pas ?

Ses yeux lançaient toujours des flammes.

– Et je veux trouver un petit habit mignon pour Ward Jr. Voyons, une semaine, c'est ridicule.

Il a fini par entendre raison.

– Deux semaines. C'est tout.

– D'accord.

– Je suis sérieux. J'en ai marre de parler de toi comme de ma fiancée. Ça fait plus de six mois que je t'ai demandée en mariage.

– Ward, j'ai compris.

– Et ton père me lance des regards de reproche. Comme si c'était moi qui freinais des quatre fers pour me marier.

– On se fiche de ce qu'il pense.

– Pas moi. C'est mon futur beau-père.

J'ai roulé les yeux.

– Mon père t'adore. Calme-toi.

Ward me faisait penser à Sean quand il pétait les plombs comme ça. J'avais parfois l'impression d'être l'homme dans le couple, car j'étais moins émotive que lui.

– Deux semaines, dit-il en levant deux doigts.

– Je sais compter.

Il a ramassé sa bière et bu une gorgée.

– Tu vas nous dire bonjour ? demandai-je. Ton fils regarde tout autour de lui parce qu'il peut t'entendre, mais pas te voir.

Je n'inventais pas. Ward Jr tournait la tête pour chercher son père. Il souriait en partie, comme s'il croyait qu'il s'agissait d'un jeu.

Cela a fait retomber la colère de Ward.

– C'est vrai ?

– Oui.

Ward a posé sa bière et nous a rejoints dans le salon. Quand il s'est agenouillé à côté de notre bébé, Ward Jr s'est mis à gazouiller et à gigoter les bras. Son père lui a fait un grand sourire, comme tous les jours.

– Viens là mon garçon, dit-il en le soulevant dans ses grandes mains. Papa est à la maison.

Ward Jr a glapi de joie.

En un instant, la mauvaise humeur de Ward a disparu.

– Tu t'es bien occupé de maman aujourd'hui ? demanda-t-il à son fils.

Je les ai regardés en souriant, adorant leurs échanges. Ward s'impliquait dans la vie de son fils et j'étais ravie qu'il soit un si bon père de famille. Il était toujours heureux de nous voir et ne nous traitait jamais de manière désagréable.

– C'est ton dessin animé préféré, hein ?

Ward Jr le dévisageait.

– J'ai l'impression de voir un mini-moi, s'extasia-t-il.

– En plus beau et plus intelligent, murmurai-je.

Ward était trop absorbé par notre fils pour se soucier de ce que je disais.

– Ouais... tout à fait.

Je les ai observés.

– Je vais préparer le dîner. Amusez-vous bien.

Comme s'il ne m'entendait pas, Ward a continué de discuter avec notre fils de tout ce qui lui venait à l'esprit. Il lui a parlé de son travail, et de ce qu'il avait mangé au déjeuner. Puis il lui a dit que nous lui avions beaucoup manqué tous les deux.

J'ai préparé le dîner bercée par le beau son de sa voix, le visage fendu d'un sourire.

QUAND NOUS SOMMES ALLÉS NOUS COUCHER CE SOIR-LÀ, NOUS AVONS placé Ward Jr au milieu du lit.

Ward était allongé d'un côté et moi de l'autre. Ma main jouait avec ses petits pieds et je regardais ses paupières s'alourdir tandis qu'il s'endormait. Regarder mon fils était mon passe-temps favori.

Ward lui a embrassé le front.

– Il nous empêche de baiser... mais il est trop mignon.

J'ai pouffé.

– Tu m'étonnes.

– On devrait demander à tes parents de le garder plus souvent.

– Non... j'adore m'occuper de lui.

– Moi aussi, mais ma bite n'est pas heureuse, darling.

– Quand il sera plus grand, on le mettra dans un berceau dans sa chambre.

– Et on ne va pas faire l'amour jusque-là ? demanda-t-il incrédule. Pauvre Slade. Il ignore ce qui l'attend.

– C'est un petit sacrifice, mais ça en vaut carrément la peine.

– Ouais, soupira-t-il. Sans doute.

Il s'est penché par-dessus notre fils et m'a embrassée.

– Bonne nuit, darling.

– Je t'aime.

– Moi aussi je t'aime.

Je suis entrée avec maman dans une boutique de robes de mariée à Manhattan — elle a pratiquement hurlé de joie quand je lui ai demandé de m'accompagner.

– Je suis tellement excitée par l'essayage, s'enthousiasma-t-elle. Tu as perdu ton ventre si facilement. Toutes les robes t'iront à ravir.

– Merci, maman.

– Tu sais que ce que tu as envie de porter ? Sirène ? Bouffante ? Dos nus ?

– Franchement, je ne sais pas. Je vais en essayer plusieurs jusqu'à ce qu'un modèle me plaise.

– C'est un bon plan.

Après avoir discuté avec la vendeuse, elle m'a installée dans une pièce et m'a apporté des robes à essayer. Elles étaient toutes magnifiques et je n'osais pas les toucher. Le moindre gras sur mes doigts pouvait les abîmer si je ne faisais pas attention.

Mon téléphone a vibré à l'arrivée d'un texto. Je l'ai consulté. C'était Ward.

T'as intérêt à t'occuper du mariage aujourd'hui.

Quel psychorigide.

Je suis en train d'essayer des robes.

Il m'a envoyé un smiley.

Merci, darling.

J'ai enfilé la première robe et je l'ai montrée à maman.

– Elle te va très bien.

Elle était assise à côté de la poussette de Ward Jr.

– Je ne suis pas fan de la dentelle... il y en a trop.

– Oui, essaie une autre robe.

L'heure suivante s'est passée de la même façon. Aucune des robes n'était moche, mais elles n'étaient pas faites pour moi. Finalement, j'ai essayé une robe sirène avec un haut en forme de cœur. Le bas était légèrement évasé et il scintillait discrètement. À la seconde où je me suis regardée dans la glace, je l'ai adorée. Elle était cintrée et soulignait ma taille de guêpe, cachant mes grosses cuisses. Mes jambes n'avaient pas repris leur forme normale après la grossesse. Ward faisait comme s'il ne le remarquait pas, mais ça me complexait un peu.

Quand je suis sortie de la pièce, j'ai su à l'expression de maman qu'elle l'adorait. On aurait dit qu'elle avait envie de pleurer et de crier en même temps. Elle a applaudi et ses yeux se sont embués.

– Oh, mon Dieu, elle est parfaite. Tu es tellement belle, Clem.

Je suis montée sur l'estrade et je me suis contemplée dans la glace. Mon physique ne m'a jamais subjuguée, mais là, j'adorais vraiment l'image renvoyée. La robe me faisait de jolis bras et épaules, et j'avais l'impression d'être une princesse. Je me suis imaginée bien coiffée et maquillée, et j'ai vu le visage de Ward tandis que je marcherais vers l'autel.

C'est la bonne.

– Elle te plaît, Clem ?

J'ai hoché la tête.

– Oui.

Maman a tourné la tête vers la poussette.

– Ta maman est tellement belle, mon chéri.

Je n'avais pas regardé le prix, car je ne voulais pas le savoir. Même si cette robe coûtait les yeux de la tête, je la voulais. J'avais un compte épargne et Ward gagnait bien sa vie, mais j'avais honte de dépenser une fortune pour une robe que je ne porterais qu'une fois.

– Tu vas la prendre ? s'enquit maman.

J'ai inspiré à fond et j'ai regardé l'étiquette.

– Euh... nan.

Le prix était si élevé que c'était inenvisageable. Jamais je ne demanderais une telle somme à Ward. Ça pouvait payer plusieurs années de scolarité à Ward Jr.

– Fais-moi voir, demanda maman en retournant l'étiquette. La vache...

J'ai masqué ma déception.

– Je suis sûre que je trouverai autre chose. Il y a d'autres robes là-bas.

– N'importe quoi. J'ai vu ton visage s'éclairer quand tu l'as mise. Je te l'offre.

– Non, maman. T'es pas obligée de faire ça.

– J'insiste, Clem. Ton père et moi nous sommes mariés à la mairie. Mais ma robe était fabuleuse. Ne t'inquiète pas, dit-elle en me serrant dans ses bras. Je veux que tu la prennes. Considère-le comme un cadeau de la part de ton père et moi.

– Maman...

Je ne savais pas quoi dire.

– Je te l'achète. Inutile de protester, c'est une perte de temps.

J'ai cligné plusieurs fois des yeux pour refouler mes larmes.

– Merci...

– De rien, ma chérie. Je t'aime, dit-elle en m'étreignant. Tu mérites de ressembler à une princesse le jour de ton mariage.

– Grâce à toi, j'ai vraiment l'impression d'en être une.

Quand Ward est rentré, il était de bien meilleure humeur que la veille.

– Comment ça s'est passé ?

– Bien.

Je lisais sur le canapé.

– T'as acheté une robe ?

Il a enlevé sa veste et l'a jetée sur le dossier de la chaise comme tous les soirs. Je devais régulièrement la faire nettoyer à sec et la ranger dans le placard.

– Ouaip.

– Ouais ? dit-il. Raconte.

– Tu sais que je ne peux rien t'en dire.

J'ai fermé le magazine et je l'ai jeté sur le coussin à côté de moi.

Ward a regardé autour de lui et réalisé quelque chose.

– Où est Ward Jr ?

– Ma mère le garde jusqu'à ce soir.

Il a souri immédiatement.

– Ah ouais ?

– Elle le ramène après le dîner.

– J'ai toujours aimé ta mère.

J'ai pouffé.

– Je sais que tu l'aimes particulièrement en ce moment.

– Combien a coûté la robe ?

– Maman l'a payée.

– Ah bon ? Elle n'était pas obligée de le faire.

– Euh… elle était vraiment très chère.

– Quand bien même.

– J'ai essayé de l'en dissuader, mais elle a insisté pour la payer.

– C'est vraiment très gentil de sa part.

– Oui.

Il a fait le tour du canapé et m'a soulevée dans ses bras.

– Bon, moins de bavardage et plus de baisers.

J'ai enroulé les bras autour de son cou.

– On n'a que quelques heures, alors on ferait mieux de s'y mettre rapidement.

Il a frotté son nez contre le mien.

– C'est exactement ce que je pensais.

25

CONRAD

J'ai emmené Apollo faire une promenade dans Central Park. Je le tenais en laisse parce que la loi m'y obligeait, mais je savais qu'il n'en avait pas besoin d'une. Il restait fidèlement à mes côtés, et lorsqu'un autre chien s'approchait, il ne jappait pas ni n'allait vers lui.

Je n'ai jamais été du genre à faire des marches, mais désormais elles faisaient partie de ma routine. C'était sympa, paisible. Bien que l'envie me démange, j'essayais de ne pas trop parler à Apollo pour éviter qu'on me prenne pour un barjot.

La nuit était fraîche et je marchais les mains fourrées dans les poches. L'hiver approchait à grands pas, ainsi que les fêtes. Je redoutais l'arrivée de la saison la plus heureuse de l'année. Je ne me suis jamais senti aussi seul de ma vie, et je savais que je me sentirais encore plus esseulé à Noël. L'an dernier, j'ai offert à Lexie un collier en or blanc qu'elle a porté tous les jours. Nous avons fait l'amour près du feu et ri de bon cœur, mais je ne me souvenais pas de quoi.

Et maintenant, je suis seul au monde.

Ma rupture avec Beatrice avait été pénible, mais celle-ci l'était mille fois plus. Je n'ai jamais éprouvé une douleur aussi vive. J'avais constamment mal partout, et je songeais même parfois à la mort. Quelle injustice d'avoir nagé dans le bonheur avant de me faire brutalement arracher le cœur. Je souhaitais n'avoir jamais été heureux.

Elle m'a bousillé.

– Oh, excuse-moi !

Une femme m'a bousculé et les laisses de nos chiens se sont emmêlées. Apollo a jappé en essayant de se dépêtrer, et le doberman de la fille a grogné.

Je marchais sans regarder devant moi, trop perdu dans mes pensées, aussi je ne l'avais pas vue arriver. J'ai réussi à démêler les laisses et j'ai tiré Apollo en arrière.

– Au pied, mon chien.

Il s'est assis, droit comme une statue.

La femme a tiré son doberman en arrière aussi.

– Je suis vraiment désolée. C'est pas moi qui promenais le chien, mais le chien qui me promenait, dit-elle un peu essoufflée.

Elle avait de longs cheveux bruns tirés en une queue de cheval lisse et sévère, et portait un pantalon de yoga avec un pull canari. Elle était jolie, sans doute une de ces nanas sportives qui font du jogging dans le parc tout le temps.

– Est-ce que ça va ? demanda-t-elle.

– Oui, il n'y a pas de mal. Désolé, je ne regardais pas où j'allais.

– Non, c'est ma faute. Je n'aurais pas dû prendre un aussi gros chien, dit-elle avant de rire de sa propre blague. Assis, ajouta-t-elle à l'intention de son clebs.

Son doberman a obéi, sans toutefois lâcher Apollo du regard.

– Ton chien est obéissant, remarqua-t-elle.

– C'est un chien policier.

– T'es flic ? demanda-t-elle impressionnée.

– Oh non, dis-je prestement. Je l'ai adopté. Son maître est mort.

Elle a semblé encore plus impressionnée.

– Comme c'est gentil...

– Ben, c'est mon amie qui l'a adopté pour moi, techniquement.

Je ne voulais pas qu'elle me prenne pour une sorte de héros. Quand Beatrice m'a présenté Apollo, je n'ai pas voulu de lui. Mais je n'imaginais désormais plus ma vie sans lui. Il était devenu mon confident, mon compagnon silencieux qui me suivait partout et écoutait tous mes problèmes.

– Eh bien, c'est quand même super qu'il ait trouvé un nouveau foyer.

– Merci.

– Comment il s'appelle ?

– Apollo.

– Cool.

– Et lui ? demandai-je en regardant son chien.

– Sassy.

– Oh...

– C'est une femelle, expliqua-t-elle. Et elle est insolente, comme moi.

Elle a ri de sa blague encore une fois.

– C'est sympa. Eh ben, enchanté.

Elle a fait comme si elle ne m'avait pas entendu.

– Je connais le nom de ton chien, mais quel est le tien ?

– Conrad. Ravi de faire ta connaissance.

– Carrie. Pareillement.

J'ai hoché la tête maladroitement. Je commençais à me sentir mal à l'aise.

– Eh ben, passe une bonne soirée, dis-je en repartant.

– Conrad ?

Je me suis arrêté et retourné, et Apollo est resté à côté de moi.

– Ouais ?

– J'aimerais bien prendre un verre un de ces quatre.

Venait-elle vraiment de m'inviter à sortir ? J'avais l'habitude que les nanas me draguent, mais en général, c'était des traînées. Je ne connaissais pas Carrie, mais elle m'apparaissait comme une fille bien. Et sa confiance en elle me plaisait. Mais je me suis rappelé combien j'étais brisé. Je n'étais pas en état de sortir avec une nana, leçon que je retenais de ma frénésie sexuelle.

– Je suis flatté, Carrie. Mais je ne peux pas.

– Oh, je me disais bien que tu avais une copine, dit-elle, haussant les épaules. Mais ça ne coûtait rien de demander.

– Non, je n'ai pas de copine, bredouillai-je.

– Alors, sortons prendre un verre.

Elle était directe, sans être une fille facile.

– C'est juste... compliqué.

– Vous cassez, puis vous vous rabibochez ?

– Non... J'ai demandé ma copine en mariage et elle a dit non. Je ne m'en suis pas encore remis.

Pourquoi je raconte ça à une parfaite inconnue ?

Elle a eu l'air triste, comme si elle ressentait ma douleur.

– Oh, je suis désolée. Ça vient d'arriver ?

– Non... ça fait environ trois mois.

– C'est quand même long.

Pas quand on en a passé la majeure partie dans le déni.

– J'imagine que je suis plus lent que tout le monde.

– Eh ben, j'aimerais quand même sortir avec toi un de ces quatre. On pourrait parler de nos chiens. Pas de pression.

– Tu veux sortir avec moi ? m'étonnai-je. Après ce que je viens de dire ?

– On a beaucoup en commun, en fait. J'ai perdu quelqu'un aussi et j'essaie de me remettre en selle.

– Oh, désolé.

Je ne lui ai pas demandé plus de détails.

– Alors, qu'en penses-tu ?

Où était le mal ? Ce serait sympa de passer du temps avec quelqu'un d'autre qu'Apollo. Et elle connaissait ma situation actuelle.

– D'accord.

Elle a souri.

– Super.

Carrie sirotait son vin en face de moi. Elle portait une robe dos nu pourpre et un pendentif argent ornait sa gorge. Ses cheveux ondulés étaient ramassés sur une épaule. Elle était maquillée, mais pas trop.

Elle est vraiment jolie.

– T'es toujours aussi taciturne ? demanda-t-elle.

– Désolé, je ne veux pas te gêner.

– Ça va. Aucun jugement.

– J'imagine que je suis un grand ténébreux... mais c'est vrai que je parle plus que ça d'habitude.

J'ai esquissé un sourire forcé. Puis j'ai bu une gorgée de vin avant de regarder par la fenêtre.

Je la sentais étudier mon visage.

– J'ai l'impression de t'avoir déjà vu quelque part...

Dans un tabloïd ? Un magazine people ?

– J'ai une tête ordinaire.

– Pas vraiment. Ton visage m'est familier... mais je dois te prendre pour un mannequin ou autre.

J'ai essayé de ne pas sourire.

– Je suis flatté.

Elle m'a scruté, son verre à la main.

– Aide-moi un peu. Tu me disais quelque chose l'autre soir dans le parc, mais il faisait sombre...

– Tu connais Pixel ?

– Qui ne connaît pas Pixel ? Regarde, je viens justement d'acheter un de leurs portables, dit-elle en me montrant son téléphone.

– Eh ben... c'est ma boîte.

Elle allait boire une gorgée de vin, mais elle s'est arrêtée, incapable de cacher sa surprise.

– T'es un Preston ?

– Ouais.

– Mais... je pensais que Pixel appartenait à Mike et Sean.

– Je suis le fils de Mike. Je prends sa relève cette année. T'as dû me voir dans les médias.

– Ouais, ça doit être ça, soupira-t-elle soulagée. Je suis contente d'avoir mis le doigt dessus. Ça me rendait folle.

– Comme quand ça nous pique et qu'on n'arrive pas à se gratter.

– Exactement.

– Et toi, qu'est-ce que tu fais ?

– Je suis chroniqueuse sportive.

J'ai sourcillé.

– Tu écris sur le sport ?

– Ouais, pour ESPN.

– T'es sérieuse, là ?

C'était le truc le plus cool que j'avais entendu de ma vie.

– Ouais, dit-elle en riant légèrement. Depuis que j'ai fini la fac.

– C'est vachement cool.

Elle a ri de nouveau.

– J'adore mon boulot, et j'ai beaucoup de chance. Je sais bien que des milliers de gens rêvent de faire ça.

– T'aimes le sport, alors ?

– J'adore le sport. Sauf peut-être le golf.

– Waouh, c'est génial.

J'aurais cru qu'elle était une fille traditionnellement féminine, le genre qui ne connaît pas Tom Brady.

– Merci. Ton job est impressionnant aussi.

J'ai secoué la tête.

– Il est rasant comparé au tien.

Elle a haussé les épaules.

– L'herbe est toujours plus verte ailleurs, n'est-ce pas ?

– Je suppose.

Elle a posé son verre, l'air espiègle.

– Alors ? Ce n'est pas si mal de sortir avec moi, hein ?

– Non, pas du tout.

Je ne voulais pas passer pour un goujat.

– Qu'est-ce qu'Apollo fait en ce moment ?

– Il est sans doute couché dans l'entrée à fixer la porte.

Elle a pouffé.

– Sassy fait sûrement la même chose. Mais je parie qu'elle est sur le canapé, parce qu'elle sait qu'elle n'est pas censée le faire.

– Je ne laisserais jamais Apollo faire ça. Il perd trop ses poils. Je me sens mal pour ma femme de ménage.

– T'as une femme de ménage ? s'étonna-t-elle.

– Ouais, avouai-je. Je ne sais pas me servir d'un aspirateur.

Elle a souri.

– Toi et tous les mecs de la planète.

Je n'aimais pas la vie de célibataire. Lexie me manquait, pas seulement parce qu'elle cuisinait et faisait le ménage pour moi, mais aussi parce qu'elle égayait mon appartement, l'emplissait de joie et d'amour. Quand elle m'a quitté, elle a emporté sa chaleur avec elle.

Carrie a remarqué ma tristesse.

– Je suis veuve.

Ses mots m'ont ramené à la réalité.

– Oh… je suis désolé.

– Il était dans l'armée. Son régiment était à l'étranger et ils se sont fait bombarder… commença-t-elle avant de boire une grande gorgée de vin. Personne n'a survécu.

Je n'avais jamais rien entendu d'aussi triste. Perdre son mari à un si jeune âge était horrible.

– Je suis vraiment navré… dis-je de nouveau. C'était il y a combien de temps ?

– Deux ans, répondit-elle sans émotion, comme si elle l'avait accepté. On était mariés depuis un an quand c'est arrivé. Je lui répétais de se trouver un boulot dans les forces de l'ordre, mais il a insisté pour partir là-bas… (Elle a soupiré comme si le souvenir était pénible). Bref, mes amis et ma famille m'encouragent à me remettre en selle depuis un moment, alors c'est ce que je fais.

– Tu te sens prête ?

Elle a haussé les épaules.

– J'en sais rien… je ne m'imagine pas retomber amoureuse comme je l'ai été. Je crois que c'est le genre de chose qui n'arrive qu'une fois dans une vie. Et quand c'est fini… c'est fini.

Ses paroles m'ont immédiatement fait penser à Lexie. Au début notre relation n'était qu'un plan cul, mais au fil du temps, nous sommes tombés profondément et passionnément amoureux l'un de l'autre. Je ne me lassais pas d'elle, c'était parfait. Je n'avais jamais été aussi heureux de toute ma vie. Mais aujourd'hui, je n'arrivais pas à imaginer me remettre en couple.

– Je sais exactement ce que tu veux dire.

Elle m'a souri tristement.

– Pourquoi elle a dit non ?

– Je ne sais pas. Elle ne me l'a jamais dit.

Et ça me hantait encore.

– Elle est partie, comme ça ?

– Ouais, dis-je en déglutissant. On était ensemble depuis des années et j'étais raide dingue d'elle. Je pensais que c'était réciproque. Mais quand j'ai mis un genou à terre, elle a dit non. Puis elle est partie. Et je ne l'ai jamais revue.

– C'est brutal...

– Ces trois derniers mois, j'ai... j'ai un peu perdu les pédales. J'avais une nana différente dans mon lit toutes les nuits, j'étais constamment ivre et j'étais un enfoiré avec mes amis. Puis j'ai craqué et reconnu que j'avais besoin d'aide. Depuis... j'essaie de prendre les choses comme elles viennent, sans distractions.

– Je te comprends. J'ai bu pendant environ un an après sa mort. En fait, j'étais saoule à toute heure du jour ou de la nuit.

Apparemment, nous avions beaucoup en commun.

– C'est pour ça que t'as adopté Sassy ?

Elle a hoché la tête.

– J'avais besoin de compagnie. Elle ne parle pas, mais elle écoute... et j'avais besoin de quelqu'un à qui parler.

– Même chose pour moi et Apollo.

– On dirait qu'on se comprend plutôt bien.

– En effet, opinai-je.

– À vrai dire, je doute de pouvoir retomber amoureuse.

– Moi aussi, dis-je tout bas.

– Mais peut-être que ça nous convient, ajouta-t-elle. Tu sais, si tu veux bien qu'on se revoie.

Maintenant qu'il n'y avait pas d'attentes, je me sentais plus à l'aise. J'étais un homme brisé, qui essayait de survivre au jour le jour. Carrie était comme moi, tout aussi bousillée. Je ne voulais plus sauter tout ce qui bouge, mais j'étais horriblement seul, alors c'était parfait.

– J'adorerais ça.

J'ÉTAIS ASSIS À MON BUREAU QUAND MON PÈRE EST ENTRÉ.

– Salut, papa.

J'avais du mal à feindre l'enthousiasme en général, même pour ma famille.

Les mains dans les poches, papa a regardé Apollo.

– Fiston, t'as un joli clébard, mais tu crois vraiment que c'est une bonne idée de l'emmener au bureau tous les jours ?

Apollo a dressé les oreilles.

– Bah pourquoi pas ? Il est tranquille et il ne fait pas ses besoins à l'intérieur.

– Mais... c'est un chien.

– Je sais.

Qu'est-ce que ça peut faire ?

– C'est juste que... c'est un lieu de travail ici. Ne crois-tu pas que tu devrais le laisser à la maison ?

– Il s'emmerderait, tout seul toute la journée.

Papa a soupiré en se frottant le menton.

– Je me demande même si ce n'est pas interdit... tu sais, la santé publique et tout ça.

– Mais on n'est pas un restaurant, alors je ne vois pas en quoi ça dérange. Et je ne l'emmène pas en réunion. Honnêtement, il ne dérange personne.

Qu'est-ce qui lui prend ?

Papa a remis la main dans sa poche.

– J'ai peur que tu t'attaches trop à lui, c'est tout.

– M'attacher à lui ? répétai-je incrédule. Beaucoup de gens sont très proches de leur animal de compagnie. À t'entendre, je suis bizarre de tenir à lui.

– Non, tu n'es pas bizarre, dit papa rapidement. C'est juste...

– Il ne fait pas de bruit et il ne dérange personne, l'interrompis-je. Tu n'as pas d'argument à m'opposer, alors laisse tomber.

Papa a serré la mâchoire.

– J'ai seulement peur que ta relation avec ce chien soit malsaine.

– C'est censé vouloir dire quoi, ça ? m'énervai-je.

– Je ne veux pas que tu passes le plus clair de ton temps avec un chien au lieu de fréquenter des humains. C'est tout.

– Eh ben, c'est pas le cas. J'ai même eu un rencard ce week-end.

Son attitude a changé du tout au tout. Il s'est rapproché de mon bureau.

– Un rencard ?

Il souriait en coin, comme s'il se retenait de sourire de toutes ses dents.

– Du genre, un vrai rencard ou... une de tes cavalières habituelles ?

Je n'ai pas réagi à sa pique.

– Un vrai rencard.

– Ah ouais ? Avec une fille bien ?

– Elle est sympa.

– Raconte.

Papa s'est assis, comme s'il voulait qu'on bavarde pendant des heures comme deux gonzesses. Pourquoi avais-je parlé d'elle ? J'allais avoir droit à l'interrogatoire.

– Je promenais Apollo l'autre soir et on s'est foncé dedans. Elle promenait son doberman. On a discuté un peu, et elle m'a invité à sortir.

– Waouh, c'est super. Vous êtes allés où ?

– L'italien où on va tout le temps.

– Cool. À quoi elle ressemble ?

– Brune. Environ mon âge. Belle, évidemment.

Papa a souri.

– Elle fait quoi comme boulot ?

– Elle est chroniqueuse sportive, répondis-je toujours aussi épaté. Pour ESPN. Pas mal, hein ?

– Conrad, c'est génial, dit-il un peu trop enthousiaste. Elle me plaît déjà.

Si je lui apprenais qu'elle était veuve, il ne l'aimerait pas autant. Il ne voudrait pas que je fréquente une fille bousillée, aussi j'ai gardé cette info pour moi.

– Tu vas la revoir ?

– Ouais, on promène nos chiens ensemble ce soir.

– Ça a l'air sympa. Tu nous la présentes quand ?

Je l'ai fusillé du regard.

– On est sortis ensemble une fois seulement. Ne commence pas.

Papa a levé une main.

– T'as raison. Je suis désolé.

– Merci.

– Eh ben, tu me diras comment ça s'est passé... si tu veux.

– J'y songerai.

– Invite-la au Mega Shake vendredi soir.

– Au Mega Shake ? Qu'est-ce qu'il y a vendredi ?

– Tu ne savais pas ? s'étonna-t-il. Désolé, je pensais que Heath te l'avait dit.

– Quoi donc ?

Papa a esquissé un grand sourire.

– Heath va demander Roland en mariage.

Je me suis redressé dans mon fauteuil.

– Ah ouais ?

– Ouaip.

– Sérieux ?

– Sérieux.

C'était la première fois que je souriais depuis... des lunes.

– C'est trop génial. Il était temps que ces deux-là se fiancent. Ils sont parfaits ensemble.

– Ouais. Sean et Scarlet sont aux anges.

– Roland va être tellement heureux.

Mon meilleur pote méritait tout le bonheur du monde. Je savais à quel point il aimait Heath quand il m'a avoué qu'il était gay. Il était terrifié de perdre notre amitié, mais il a tout risqué pour être avec lui. C'était la preuve d'un amour puissant.

– Skye et Cayson se sont réconciliés... Slade et Trinity vont avoir un bébé... et tu as retrouvé le droit chemin. C'est réjouissant.

– Ouais.

J'étais encore déprimé, mais je n'allais pas le montrer, pas quand mes potes étaient au comble du bonheur. Ce n'est pas parce que je me noyais qu'ils devaient se noyer aussi.

– Alors... tu vas l'inviter ?

– Il est un peu tôt pour ça.

Papa a compris qu'il avait dépassé les bornes encore une fois.

– Pardon, j'arrête.

– Ça va, papa. Je sais que tu te soucies de moi.

Son regard s'est attendri.

– Eh ben, au moins tu le sais, dit-il avant de se lever. J'ai hâte de la rencontrer si tu veux bien me la présenter.

Il m'a tapoté l'épaule, puis il est sorti de mon bureau.

Mon père était ravi d'apprendre que je tournais enfin la page. Tout le monde me regardait comme si j'étais une bombe à retardement. J'en avais marre de la pitié dans leur regard, des murmures derrière mon dos. Peut-être que s'ils me croyaient rétabli, tout s'arrangerait.

Ça vaut le coup d'essayer.

Carrie et moi marchions côte à côte dans le parc.

Sassy et Apollo s'entendaient déjà mieux, puisqu'ils passaient plus de temps ensemble et réalisaient qu'ils n'étaient pas des ennemis.

– Sassy est opérée, donc il ne devrait pas y avoir de surprises... dit Carrie.

Elle portait un pantalon de yoga noir et un pull rose. On aurait dit une fille qui achetait toutes ses fringues chez Victoria's Secret.

– Très bien. Je doute qu'Apollo ait envie de devenir père.

Elle a pouffé.

– Remarque, leurs bébés seraient trop mignons.

– Pas faux.

Je gardais une main dans ma veste en marchant. Il avait plu la veille et le pavé était encore humide.

– T'as passé une bonne journée au travail ? demanda-t-elle.

– Pas mal. J'emmène Apollo au bureau tous les jours, mais mon père a essayé de me convaincre de le laisser à la maison.

– Tu l'emmènes au boulot ? Pourquoi ?

– J'en sais rien. J'imagine que j'aime l'avoir à côté de moi.

– Comme ça tu ne te sens jamais seul, dit-elle comme si elle savait exactement de quoi je parlais.

– Ouais.

– Je travaille surtout de la maison, alors je suis souvent avec Sassy.

– Tu travailles chez toi ?

– La plupart du temps. Mais je vais au bureau pour les réunions et tout.

– C'est cool. J'aimerais pouvoir bosser de chez moi.

– Non, crois-moi, pouffa-t-elle. C'est hyper dur de faire preuve de discipline.

– J'imagine. Alors, t'as passé une bonne journée ?

– Ouais. J'ai interviewé Marshawn Lynch.

– Quoi ? m'esclaffai-je. C'est impossible. Ce type ne donne jamais d'interviews.

– Eh bien, à moi si.

– Sans blague. Il a dit quoi ?

– Lis l'article.

Elle a souri, sachant qu'elle faisait la maline.

– Allez, raconte, dis-je en lui donnant un petit coup de coude.

– Très bien. Il m'a parlé de son enfance et sa relation avec sa mère, des trucs comme ça.

– C'est vraiment cool.

– Je lui ai apporté une boîte de donuts pour l'amadouer.

J'ai pouffé.

– Bonne idée.

– Mais si tu veux en savoir plus, tu vas devoir lire l'article, ajouta-t-elle.

– Très bien. Il sort quand ?

– Le mois prochain.

– Je dégoterai un exemplaire, alors. T'as rencontré beaucoup de célébrités ?

– Pas mal. T'es fan de Peyton Manning ?

– Je ne suis pas fan des Broncos, mais c'était un quarterback d'enfer.

– Eh ben, j'ai rencontré lui et son frère Eli. Et Colin Kaepernick.

– La vache...

– Et Stephen Curry. Il est vraiment gentil.

– Il a l'air d'un type bien.

– Il est fou de ses enfants. C'est adorable.

– C'est le meilleur tireur de la NBA.

– Je suis on ne peut plus d'accord avec toi.

Je me suis demandé si elle avait des enfants.

– T'as des gosses, au fait ?

Elle a inspiré profondément.

– Non. Malheureusement... j'aurais pu garder une partie de lui.

J'ai regretté ma question.

– Désolé. Je n'aurais pas dû te demander ça.

– Non, ça va. T'en fais pas.

J'ai changé de sujet, pour qu'elle pense à autre chose.

– T'es allée à quelle fac ?

– J'ai fait quelques années dans un collège communautaire, puis j'ai été transférée à NYU.

– Cool. Alors t'as passé ta vie ici ?

– Ouaip. Heureusement, on n'a pas eu à déménager pendant que Scott était dans l'armée.

J'ai présumé que c'était le prénom de son mari.

– Et toi, t'as fait Harvard, non ?

– Comment tu le sais ?

– Les Preston vont tous là, non ?

– En fait, mon paternel a fait ses études à Yale.

– Oh, j'en savais rien. Eh ben, c'est deux excellentes écoles.

– J'imagine.

– T'as étudié le commerce ?

– Ouais... soporifique à mort.

Elle a ri.

– Allez, c'est pas vrai.

– Et toi, t'as étudié les lettres ?

– Le journalisme.

– Alors ça, c'est intéressant.

– Comme je l'ai dit, l'herbe est toujours plus verte ailleurs. T'es certainement plus célèbre que je ne le serai jamais.

– Crois-moi, ça n'a rien d'enviable.

Je me rappelais ma tronche à la une d'un tabloïd il y a quelques semaines. Puis le mari de Georgia qui m'a pété la gueule. Ce n'était décidément pas ma journée.

– Mon père et mon oncle en ont ras le bol.

– Ton oncle a été élu homme le plus sexy de la planète, non ? Je viens de me rappeler.

J'ai pouffé.

– On l'asticote encore avec ça.

– Tu viens d'une lignée de beaux hommes.

– Ma frangine est très jolie aussi.

Merde, je viens vraiment de dire ça ?

Carrie a souri.

– Oh... c'est mignon.

– Ne lui dis pas que j'ai dit ça.

Elle a ri.

– Motus et bouche cousue.

– Elle est enceinte, en fait. Je vais être tonton.

– C'est merveilleux. Je suis tante et j'adore ça. Elle accouche quand ?

– Elle est enceinte d'un mois seulement, alors ce n'est pas pour tout de suite. Mais c'est quand même excitant.

– Très.

– Au fait, t'as des plans vendredi soir ?

– J'espérais faire un truc avec toi, dit-elle souriante.

– Ma famille organise une fête pour célébrer les fiançailles de mon meilleur pote. Ça te dirait de m'accompagner ?

– Et rencontrer ta famille ? s'étonna-t-elle.

Je ne voulais pas qu'elle se fasse des idées.

– Eh ben, comme amie, ouais.

– Oh, j'aimerais bien. Ton ami va se marier ?

– Ouais. Il est avec son copain depuis déjà quelques années.

Elle n'a rien dit sur le fait qu'il était gay, aussi j'ai présumé qu'elle n'avait rien contre.

– Je dois apporter un cadeau ?

– Pas nécessaire, non. C'est qu'une petite fête.

– D'accord. C'est où ?

– Au Mega Shake.

– Ooh... j'adore cet endroit. Je ne me lasserai jamais de leurs burgers.

– Et si on y allait maintenant ?

– Ne me tente pas…

– Allez, j'ai la dalle.

Elle s'est léché les babines.

– Très bien, tu m'as convaincue.

J'ai ri.

– C'était facile.

– Hé, ne me juge pas.

Nous avons fait demi-tour. Carrie et moi étions plus des amis que des amants. Je ne l'avais pas embrassée ni prise par la main. Mais elle ne semblait pas s'attendre à ce que je le fasse. C'était agréable de pouvoir être moi-même avec quelqu'un. Elle était brisée et moi aussi.

Et ça me va parfaitement.

26

Roland

– Waouh, c'est beau.

J'ai balayé la salle des yeux et aperçu des bougies blanches sur toutes les nappes. Les serveurs étaient en uniforme, et un pianiste jouait dans un coin du restaurant. La plupart des tables étaient garnies de bouteilles de vin très chères et les femmes portaient des robes de marque.

Heath avait mis la chemise bleue que je lui ai offerte avec une cravate noire. Le bleu lui allait toujours bien en raison de ses yeux incroyablement clairs. Ils renfermaient toute une vie secrète et ce mystère m'attirait constamment. Ses cheveux blonds étaient habilement décoiffés, comme je les aimais.

– Qu'est-ce que tu prends, bébé ? s'enquit-il en parcourant le menu.

Je ne l'avais pas encore ouvert.

– Je ne sais pas encore. Ça ne m'étonne pas qu'il faille trois mois pour avoir une table ici.

– Ça te plaît ? demanda-t-il en souriant.

Ça crevait les yeux qu'il était heureux que je sois heureux.

– C'est chic, dis-je en prenant une gorgée du vin le plus suave du monde. C'est quoi ce vin ?

– Je ne sais plus. J'ai demandé au serveur de me conseiller.

– Eh bien, on devrait en boire plus souvent.

Heath a pouffé.

– Je bois à cette bonne résolution.

Il a fait tinter son verre contre le mien avant de goûter le vin.

J'ai fini mon verre et je me suis resservi.

– Tu devrais vraiment regarder le menu. Je suis surpris que tu ne sois pas affamé comme tu n'as rien mangé de la journée.

– Oh j'ai faim, dis-je en ouvrant la carte pour choisir un plat. Un pavé au risotto, ça me dit bien.

– Parfait. Je pense que je vais prendre le homard.

Je ne raffolais pas des fruits de mer.

– On peut partager, ça fera un plat terre et mer.

– Excellente idée.

Il a fermé le menu et m'a dévisagé sans vergogne.

Ce regard n'était pas déstabilisant pour moi. J'aimais qu'il me regarde comme s'il n'y avait personne d'autre dans la pièce.

– Ça a été, au boulot ?

– Super, dis-je. Je suis de plus en plus rapide pour agencer la maquette.

– J'ai remarqué que tu rentres le soir à une heure raisonnable.

– Heureusement, m'esclaffai-je. Je ne veux absolument pas être un bourreau de travail. Mon père me l'a toujours déconseillé. On doit d'abord vivre, le travail passe après.

– Un homme de sagesse.

Quand le serveur est venu, Heath a commandé pour nous deux.

– Le homard pour moi et le pavé au risotto pour mon ami. À point, s'il vous plaît.

Il a noté, ramassé les menus et s'est éloigné.

Heath et moi ne jouions pas un rôle défini dans notre couple. Parfois il prenait le volant et nous menait où nous devions aller, et parfois j'étais aux commandes. Ni lui ni moi n'avions de problème à laisser l'autre contrôler la situation, et je pense que c'est la raison pour laquelle notre relation fonctionnait si bien.

– Cette chemise te va bien, dit-il. Tu as de belles épaules.

J'ai senti la chaleur se répandre dans mon corps.

– Merci. T'as un beau cul dans ce pantalon.

– Je ne savais pas que tu le matais.

– Je jette toujours un coup d'œil en douce.

Il a fini son verre et s'est resservi.

– On est ensemble depuis longtemps… commença-t-il.

– Je sais. Ça doit faire un an.

– Ça fait plus longtemps. Je suis tombé amoureux de toi dès que je t'ai vu.

Mon cœur a triplé de volume, et la chaleur a afflué par vagues dans mon corps. Heath et moi avions un lien fort depuis notre rencontre. Je n'avais pas réalisé ce que c'était à l'époque, et quand je l'ai compris, je l'ai repoussé. Je ne voulais pas être gay. J'avais honte de cette possibilité. Mais depuis que j'ai accepté mon homosexualité, je n'ai jamais été aussi heureux.

– Je ne me souviens pas quand c'est arrivé pour moi. Mais j'ai l'impression que ça a toujours été comme ça… d'une manière étrange.

– Peut-être que ça a toujours été comme ça, murmura-t-il. Peut-être que c'est arrivé quand j'étais encore en Irlande et que j'essayais de trouver le chemin de la vérité. Peut-être que c'est arrivé quand on s'est croisés sur le trottoir alors qu'on ne se connaissait pas. Peut-être que ça n'est pas arrivé du tout parce que ça a toujours été là… d'une manière ou d'une autre.

Heath disait des choses poétiques aux moments les plus inattendus. Son raffinement et ses belles paroles m'allaient toujours droit au cœur. Il avait une profondeur que j'enviais, une chute vertigineuse vers son âme.

– Ouais... peut-être.

Nous nous sommes regardés longuement dans les yeux, sans ciller ni parler. La transe n'a été rompue que lorsqu'on nous a apporté nos plats.

– Ça a l'air délicieux, dis-je en prenant mes couverts, me préparant à attaquer mon assiette.

– Le mien a l'air bon aussi.

Nous avons mangé en silence. J'ai coupé un morceau de viande et je l'ai mis dans son assiette. Il savait que je n'étais pas fan des fruits de mer, alors il m'a donné un peu de purée. Tout cela s'est fait sans paroles, car nous pouvions communiquer avec notre corps.

Nous échangions des regards en mangeant l'un en face de l'autre. Avant, je me sentais gêné d'être avec Heath en public. J'avais peur de ce que les gens penseraient de moi et de la façon dont ils nous traiteraient. Et j'avais peur de l'impact que cela aurait sur ma famille. Puis j'ai compris que les gens critiqueraient toujours mes faits et gestes, alors autant faire ce que je voulais. Dès que j'ai cessé de me soucier du qu'en-dira-t-on, j'étais libre. Et quand ma famille m'a soutenue de façon inconditionnelle, j'ai réalisé qu'il était parfaitement normal d'être différent des autres. Les personnes qui comptaient me soutiendraient toujours. Les autres m'indifféraient.

Heath a mangé tout ce qu'il y avait dans son assiette, même les légumes verts.

– C'était vraiment incroyable...

Je n'ai pas fini mon pavé parce que j'étais repu, mais il avait un goût exquis.

– C'est la meilleure viande de ma vie.

– Tu veux qu'on réserve en partant ? railla-t-il.

– Ben ouais.

Heath a ri.

– Très bien, on le fera.

– C'est l'un des rares moments où j'aimerais être mon père. Il pourrait venir dîner ici sans réservation.

– On n'a qu'à l'inviter pour avoir une table.

J'ai ri.

– Si tu veux. Papa serait ravi de passer du temps avec nous.

– Mouais... alors non.

Le serveur a pris nos assiettes et demandé si nous voulions un dessert.

– Tu veux quelque chose, bébé ? demanda Heath.

J'ai secoué la tête et posé la main sur mon ventre.

– Je ne peux plus rien avaler.

– Peut-être la prochaine fois, dit Heath. Juste l'addition s'il vous plaît.

Le serveur est reparti.

– Une bonne baise et au dodo, lâchai-je.

– Je suis partant, dit Heath en souriant.

J'ai regardé par la fenêtre et j'ai senti ses yeux sur mon visage. Je me suis tourné vers lui et une grosse chaleur m'a envahi. Son regard était très différent. Il semblait même un peu nerveux.

– Je croyais qu'Ander était l'homme de ma vie... à un moment donné.

Je l'ai écouté en silence, sachant que ce qu'il allait dire lui tenait à cœur.

– Mais quand je t'ai rencontré, j'ai réalisé à quel point je me trompais, et pas seulement parce qu'il refusait de s'engager. On n'a jamais eu la relation qu'on a tous les deux. On est amis autant qu'amants. C'est vraiment unique.

J'ai dégluti, la gorge serrée par l'émotion.

– Je suis le seul que tu as connu, mais je suis le seul dont tu as besoin.

– Tu es le seul dont j'ai besoin.

Quand j'imaginais mon avenir, Heath en faisait toujours partie. Parfois, nous vivions dans une maison à la campagne, parfois dans un appartement en ville. Nous avions deux enfants. Quel que soit le scénario, il était là.

Heath s'est levé de sa chaise, puis il a posé un genou à terre.

Oh mon Dieu.

Il a sorti un écrin de sa poche et l'a ouvert. À l'intérieur, il y avait deux anneaux en métal noir, luisants sous la lumière tamisée.

Pince-moi, je rêve.

Je n'arrive plus à respirer.

– Roland Sean Preston, veux-tu m'épouser ?

J'ai fixé la bague, le cœur me martelant la poitrine. Le sang pulsait dans mes tempes. Tout bougeait au ralenti. Tout se passait à la fois si vite et si lentement.

– Oui.

Je n'ai pas senti ma bouche s'ouvrir. C'est sorti spontanément.

Heath a souri et pris les bagues dans l'écrin. Il en a glissé une à son annulaire et m'a passé l'autre au doigt.

J'ai regardé l'anneau et senti le métal froid sur ma peau. Il était fait pour mon doigt, comme s'il avait toujours été là. Quand j'ai retrouvé des sensations dans mes jambes, je me suis levé et je l'ai pris dans mes bras. Puis, sans me soucier de tous les yeux braqués sur nous, je l'ai embrassé sur la bouche.

Heath a pris mon visage en coupe et a intensifié le baiser.

Des applaudissements ont retenti, résonnant dans toute la salle.

Heath s'est écarté, les yeux embués.

– C'est l'heure de la fête.

– Quelle fête ? demandai-je.

– Ils nous attendent tous au Mega Shake.

Il y a longtemps, papa m'a raconté qu'après avoir demandé maman en mariage, ils sont allés au Mega Shake à Washington. Ensemble, ils ont fêté ça. Ce n'était pas un endroit chic, mais il était parfait pour eux. Le fait que Heath le sache m'a ému. Ça voulait dire qu'il avait parlé à mon père. Je lui ai pris la main.

– Allons fêter ça.

27

Conrad

Tout le monde a dévisagé Carrie à la seconde où nous sommes entrés.

Nous avions privatisé le Mega Shake, et les tables avaient été poussées dans un coin de la salle. Des ballons et des serpentins décoraient l'endroit et des confettis parsemaient toutes les surfaces. Carrie et moi ne nous touchions pas. Nous ne nous étions jamais même tenus par la main.

Theo a sourcillé en me voyant accompagné. Skye a dû s'y prendre à deux fois en nous voyant, comme si elle n'en croyait pas ses yeux. Un sourire fendait le visage de papa. De toute évidence, Carrie lui plaisait déjà.

– Ignore-les, lui dis-je à l'oreille.

Elle a pouffé.

– J'ai l'habitude. Ma famille est bien pire.

Je lui ai tiré une chaise avant de m'asseoir à côté d'elle. Je tentais de paraître normal malgré tous les regards dirigés vers nous.

– Les amis, je vous présente ma pote Carrie.

Je les ai présentés tour à tour.

Papa s'est empressé de lui serrer la main.

– Ravi de faire ta connaissance.

Maman était excitée aussi.

– Tu es ravissante.

J'ai roulé les yeux, gêné.

– Merci, c'est très gentil, répondit Carrie poliment.

Trinity ne l'a pas acceptée aussi chaleureusement que les autres. Elle restait sur ses gardes, m'offrant sa protection fraternelle alors que je n'en avais pas besoin.

– Comme ça, tu as un doberman ? dit papa.

Carrie a souri.

– Ouais. Elle s'appelle Sassy.

– J'adore ce nom, dit maman.

– Eh ben, il lui va à merveille, dit-elle en riant légèrement.

– C'est vrai que t'es chroniqueuse sportive ? lança Slade de but en blanc.

Comment il le sait ?

– Ouais. Je fais ça depuis que j'ai fini la fac.

– C'est chanmé.

– Merci, dit-elle souriante.

Skye s'est mise de la partie.

– Tu vis à Manhattan ?

– Oui, je...

– Bon, ça va, intervins-je. Vous avez posé assez de questions. Et Carrie et moi on est seulement amis, alors pas besoin de poser des questions indirectes.

Je ne voulais pas qu'ils l'effraient.

Carrie s'est tournée vers moi.

– Ça ne me dérange pas.

– Ben, moi si. Parlons plutôt de Heath et Roland. Ils arrivent quand ?

Sean a regardé sa montre.

– D'une minute à l'autre.

– Je suis tellement excitée, trépigna Scarlet. Notre bébé qui va se marier...

Sean lui a enserré les épaules d'un bras.

– C'est un homme aujourd'hui.

– Je me rappelle encore de lui bébé...

– Moi aussi. Comme si c'était hier.

Les conversations ont repris entre les autres alors qu'ils attendaient l'arrivée de Heath et Roland.

– Tu as une grande famille, remarqua Carrie.

– Je ne suis pas parent avec la plupart d'entre eux, en fait.

– Pas besoin d'être lié par le sang pour être une famille.

J'ai opiné du chef.

– Tout à fait. Je sais qu'ils sont un peu lourdingues, mais t'as vraiment bien géré.

– J'ai l'habitude. Si tu rencontres mes parents, t'auras droit au même traitement. Alors on sera quittes.

J'ai tourné la tête vers papa un instant, sentant son regard sur moi. Puis je me suis retourné vers Carrie.

– Œil pour œil, dent pour dent, c'est ça ? raillai-je.

Soudain, tout le monde s'est tourné vers la fenêtre en voyant Heath et Roland apparaître, main dans la main.

– Ils arrivent ! s'exclama Scarlet en sautillant.

Nous nous sommes tous levés. Certains avaient des mirlitons dans les mains, prêts à faire du bruit.

Heath et Roland sont entrés, rayonnants de joie et d'amour. Heath a passé le bras autour de l'épaule de Roland, qui a levé la main gauche pour montrer sa bague.

– On va se marier !

Des cris et sifflements ont fusé parmi la salve d'applaudissements.

Heath a pris Roland à la hussarde et lui a fait un baiser renversé.

Nous avons applaudi et sifflé de plus belle.

– Félicitations ! s'écria Skye.

– Mon bébé, s'attendrit Scarlet en s'approchant la première et serrant Roland de toutes ses forces. Je suis tellement heureuse. Tu vas te marier...

Roland lui a rendu son étreinte.

– Merci, maman. Ça me touche beaucoup que tu sois heureuse.

– Je suis si fière de toi, mon chéri.

Elle le serrait toujours, et on aurait dit qu'elle ne le lâcherait jamais.

Roland s'est laissé faire, levant les yeux au ciel dans son dos.

Nous avons tous ri.

Sean s'est approché de Heath et l'a étreint.

– Félicitations.

– Merci, monsieur. J'ai beaucoup de chance.

– Vous en avez tous les deux, dit-il en lui claquant le dos. Et maintenant, tu es officiellement un autre de mes fils.

Heath a hoché la tête.

– Merci pour votre soutien. Ça nous touche énormément.

– Je t'en prie. Scarlet et moi on vous soutiendra toujours. L'amour l'emporte sur la haine, n'est-ce pas ?

Quand Scarlet a enfin lâché Roland, je me suis approché.

– Félicitations, mec.

Il m'a serré plus fort que jamais.

– Merci. T'es le premier à qui je l'ai dit.

– Et j'en suis honoré. Vous allez avoir une super belle vie ensemble. Et je serai toujours le drôle d'oncle Conrad.

Il a pouffé.

– Le super oncle Conrad, tu veux dire.

J'ai souri.

– Si tu veux, dis-je avant de zyeuter son alliance. Elle me plaît.

– Moi aussi. Heath a la même.

– Cool.

Carrie s'est approchée.

– Félicitations, Roland.

– Merci... dit-il perplexe. Je ne crois pas t'avoir déjà rencontrée...

– Voici Carrie. C'est une amie à moi, expliquai-je.

Roland lui a serré la main en souriant.

– Enchanté. Et merci pour les félicitations.

– Vous avez l'air très heureux ensemble. C'est un honneur d'être en présence de l'amour, toujours.

Roland m'a fait un grand sourire.

– Merci, c'est très gentil.

Nous avions une conversation silencieuse.

Elle lui plaisait. Ça se lisait sur son visage. Et il était heureux de voir que mon invitée n'était pas un simple plan cul.

Carrie s'est présentée à Heath ensuite.

– Elle a l'air bien, me dit Roland.

– En effet, acquiesçai-je.

– Et elle n'a pas l'air d'une traînée.

J'ai ri.

– C'est une fille bien.

– Je l'aime encore plus. Alors... qu'est-ce qui se passe entre vous deux ?

– On sort ensemble de temps en temps, lentement mais sûrement.

Ça a semblé l'enchanter encore plus.

– C'est génial, mec, dit-il en me serrant de nouveau. Je suis tellement content que tu ailles mieux. C'est le meilleur cadeau que t'aurais pu m'offrir aujourd'hui.

J'ai posé le menton sur son épaule, repensant à mon attitude de merde quand je traversais une mauvaise passe, et culpabilisant un peu. Roland a toujours été là pour moi. Le rendre heureux me réconfortait.

– C'est beaucoup plus facile d'être heureux quand son meilleur ami l'est aussi.

– Tu l'as dit bouffi, dit-il en reculant. Alors, tu vas être mon témoin ?

– J'ai intérêt à l'être. Si t'avais choisi Cayson, je t'aurais trucidé.

Il a ri.

– Non, ce rôle te revient. Évidemment.

– Bon, on s'en reparle. Y a tous les autres qui veulent te parler.

– Bonne idée, dit Roland en me claquant l'épaule.

Je me suis approché de Heath ensuite.

– On dirait que t'es mon beau-meilleur pote.

Il a ri.

– On dirait bien. Et c'est un honneur.

Je lui ai serré la main.

– Merci de rendre mon ami aussi heureux.

– Tout le plaisir est pour moi, dit-il avec un clin d'œil. Crois-moi.

– Je ne veux pas savoir ça, mec, m'esclaffai-je.

– Hé, t'es mon beau-meilleur pote, non ?

– Pas faux.

Je me suis écarté, rejoignant Carrie pendant que le reste de la famille félicitait les fiancés. Des larmes de joie coulaient et des rires éclataient ici et là. J'ai observé la scène en retrait, ému. Le bonheur était palpable. Mon meilleur ami allait se marier et vivre heureux jusqu'à la fin de ses jours — le conte de fées qu'il a toujours mérité.

Skye a monté le volume de la radio.

– Bon, c'est l'heure de la nouba ! s'écria-t-elle en brandissant une bouteille de cidre, car c'était tout ce qu'elle pouvait boire.

Puis elle s'est mise à danser sur la piste improvisée, son gros ventre bougeant en rythme. Trinity s'est jointe à elle, ondulant les hanches et tournant sur elle-même.

– Roland, ramène ton cul ici ! dit Skye en lui faisant signe d'approcher.

Il a fait le moonwalk jusqu'à la piste de danse.

Heath l'a regardé, un sourire affectueux aux lèvres.

Cayson contemplait Skye avec la même expression.

– You-hou ! s'exclama Slade en sautant dans le cercle et se frottant le popotin contre celui de Trinity. T'aimes ça, bébé ?

Elle s'est tapé les fesses.

– Tu sais bien que oui.

– Bébé, viens là, dit Roland à Heath avec un signe de la main.

Heath a souri avant de se joindre au cercle.

Carrie s'est tournée vers moi.

– Alors, on y va ?

– T'aimes danser ?

– Comme ça, oui. C'est l'éclate.

– Eh ben, allons-y, dis-je en lui tendant la main.

Elle a souri, puis l'a prise.

– Tu vas me montrer tes talents de danseur ?

– Et t'en mettre plein la vue.

Nous avons intégré la foule en dansant.

Scarlet s'est jointe à nous, gesticulant avec Heath une bouteille de mousseux à la main. Bientôt, nous étions tous sur la piste de danse à nous déhancher comme des idiots et chanter à pleins poumons. Nous avions tous l'air débiles, mais ça nous était égal.

Parce que nous étions ensemble.

CHERS LECTEURS,

Merci d'avoir lu *En morceaux*. J'espère que vous avez aimé lire cette histoire autant que j'ai aimé l'écrire. Si vous pouviez me laisser une petite évaluation sur Amazon.fr, Livres ou Fnac.com, je vous en serais très reconnaissante ! Ces commentaires sont la meilleure façon de soutenir un auteur.

Merci !

Avec tout mon amour,

E. L. Todd

DU MÊME AUTEUR

Cœurs battants

Tome trente-deux de la série *Pour toujours*

<u>EN VENTE MAINTENANT</u>

Printed in France by Amazon
Brétigny-sur-Orge, FR

14317221R00195